a ilha caribou

a ilha caribou

david vann

Tradução de

Ricardo Gomes Quintana

EDITORA RECORD
RIO DE JANEIRO • SÃO PAULO
2014

CIP-BRASIL. CATALOGAÇÃO NA FONTE
SINDICATO NACIONAL DOS EDITORES DE LIVROS, RJ

Vann, David, 1966-
V341i   A ilha Caribou / David Vann; tradução de Ricardo Gomes Quintana. – 1ª ed. – Rio de Janeiro: Record, 2014.

    Tradução de: Caribou Island
    ISBN 978-85-01-09694-4

    1. Ficção americana. I. Quintana, Ricardo. II. Título.

13-06143   CDD: 813
                                                        CDU: 821.111(73)-3

TÍTULO ORIGINAL EM INGLÊS:
Caribou Island

Copyright © 2011 by David Vann

Texto revisado segundo o novo Acordo Ortográfico da Língua Portuguesa.

Todos os direitos reservados. Proibida a reprodução, no todo ou em parte, através de quaisquer meios. Os direitos morais do autor foram assegurados.

Editoração eletrônica: Ilustrarte Design e Produção Editorial

Direitos exclusivos de publicação em língua portuguesa somente para o Brasil adquiridos pela
EDITORA RECORD LTDA.
Rua Argentina, 171 – Rio de Janeiro, RJ – 20921-380 – Tel.: 2585-2000, que se reserva a propriedade literária desta tradução.

Impresso no Brasil

ISBN 978-85-01-09694-4

Seja um leitor preferencial Record.
Cadastre-se e receba informações sobre nossos lançamentos e nossas promoções.

Atendimento e venda direta ao leitor:
mdireto@record.com.br ou (21) 2585-2002.

— Minha mãe não era real. Era um sonho antigo, uma esperança, um lugar. Cheio de neve, como aqui, e frio. Uma casa de madeira, em cima de um morro, sobre um rio. Um dia nublado; a velha pintura branca da construção parecia mais brilhante com a luz escassa, e eu estava voltando da escola para casa. Tinha 10 anos, vinha sozinha, passando por trechos de neve suja no pátio, até chegar ao estreito pórtico. Não consigo mais me lembrar como meus pensamentos fugiram, nem quem eu era ou como me sentia. Tudo isso se foi, se apagou. Abri a porta da frente e dei com minha mãe pendurada em uma viga do teto. "Desculpe", eu disse, voltando e fechando a porta, de volta ao pórtico.

— Você disse isso? — perguntou Rhoda. — Pediu desculpa?

— Pedi.

— Ah, mamãe.

— Mas isso já faz muito tempo — disse Irene. — Não consegui ver aquilo na época, nem agora consigo. Não sei que aparência ela tinha, pendurada ali. Não me lembro de nada; só sei que aconteceu.

Rhoda chegou mais perto dela, no sofá, e pôs o braço em volta do ombro da mãe, puxando-a para mais perto. As duas olhavam para a lareira na frente, na direção do fogo, através da tela de metal que formava pequenos hexágonos. Quanto mais Rhoda olhava, mais eles pareciam a parte de trás, dourados pelas chamas. Como se a parede, preta de fuligem, pudesse ser revelada ou transmutada pelo fogo. E, quando Rhoda mexia os olhos, aquilo voltava a ser uma simples tela de novo.

— Eu queria ter tido a chance de conhecê-la — disse ela.

— Eu também — respondeu Irene, dando um tapinha no joelho da filha. — Tenho que ir dormir, amanhã vai ser um dia cheio.

— Vou sentir falta daqui.

— Foi uma boa casa. Mas o seu pai quer se separar de mim, e o primeiro passo é nos fazer mudar para aquela ilha. Para parecer que ao menos tentou.

— Isso não é verdade, mamãe.

— Todos nós temos regras, Rhoda. E a regra principal do seu pai é que ele nunca pode levar a culpa.

— Ele ama você, mamãe.

Irene levantou-se e abraçou a filha.

— Boa noite, Rhoda.

De manhã, Irene ajudava a carregar tora após tora, do veículo para o barco.

— Elas nunca vão caber — disse ao marido, Gary.

— Vou ter que cortá-las um pouco — retrucou ele, entre dentes. Irene riu. — Obrigado — acrescentou, com aquele olhar lúgubre que acompanhava todas as suas ideias impossíveis.

— Por que não construir uma cabana com tábuas? — perguntou Irene. — Por que tem que ser com toras?

Gary não respondeu.

— Você que sabe — continuou ela. — Mas essas nem mesmo são toras. Nenhuma delas tem mais de 15 centímetros. Vai ficar parecendo um barraco feito de gravetos.

Eles estavam na parte de cima da área de acampamento do lago Skilak; a água era de um pálido verde-jade, vinda das geleiras. Espessa, por causa dos sedimentos, e sempre fria, mesmo no final do verão, devido à profundidade. O vento ao redor era gélido e constante; as montanhas que se erguiam na margem leste ainda tinham bolsões de neve. No topo de uma delas, Irene via, em dias claros, o pico branco e vulcânico dos montes Redoubt e Iliamna, do outro lado da enseada de Cook. Em primeiro plano, tinha visão completa da península de Kenai: o musgo esponjoso verde e em tons avermelhados de púrpura; as árvores raquíticas que cresciam nos brejos e pequenos lagos; e a única estrada, serpenteando prateada ao sol, como um rio. Terras públicas, na maior parte. Sua casa e a do filho, Mark, eram as únicas construções na beira do Skilak; haviam sido erguidas em meio às árvores, o que fazia o lago parecer ainda pré-histórico, selvagem. Mas viver em sua margem não era o bastante. Estavam de mudança para a Ilha Caribou.

Gary estacionara a picape com a traseira voltada para o barco atracado na praia e com a proa aberta, que servia de rampa para deslizar a carga. A cada tora, Gary entrava na embarcação e percorria toda a sua extensão. Uma caminhada oscilante, porque a popa encontrava-se na água e sacudia.

— Parecem toras de brinquedo — disse Irene.

— Já tolerei o suficiente — rebateu Gary.

— Que bom.

Ele puxou mais uma tora pequena. Irene segurou na outra ponta. O céu escureceu um pouco, e a água passou de verde-jade para um cinza-azulado. Irene olhou para cima, em direção à montanha, e viu um de seus lados esbranquiçado.

— Chuva — concluiu. — E está vindo para cá.

— Vamos continuar — ordenou Gary. — Coloque um casaco, se quiser.

Ele vestia uma camisa de flanela com mangas compridas sobre a camiseta. Jeans e botas. Seu uniforme. Parecia mais jovem do que era, ainda em forma aos 50 e poucos anos. Irene gostava de sua aparência. Barba por fazer, suado no momento, mas real.

— Já está quase acabando — disse ele.

Começariam a construir a cabana do zero. Nem havia alicerces. Sem planta, sem experiência, sem permissão, sem aconselhamento, sem nada. Gary queria simplesmente fazê-la, como se os dois fossem os primeiros a chegar naquela vastidão.

Continuaram a carregar as toras, e a chuva os alcançou como um véu branco vindo da água. Uma espécie de cortina, uma borrasca com muitas trovoadas, mas as primeiras gotas e o vento sempre chegavam antes, invisíveis, toldando os olhos, e aquilo sempre a surpreendia, como momentos que lhe fossem roubados. Logo, foi a vez da ventania, juntamente com a tempestade, e as gotas caíram, grandes e pesadas, insistentes.

Irene agarrou a ponta de outra tora, caminhou em direção ao barco, virando o rosto para protegê-lo do vento. A chuva caía inclinada agora, com força. Ela estava sem chapéu e sem luvas. O cabelo despenteado, gotas escorriam-lhe pelo nariz. Sentiu um arrepio, primeiro nos braços, depois em um dos ombros, na parte superior das costas e no pescoço, quando a blusa ficou por fim ensopada. Curvou-se enquanto caminhava, no vaivém do descarregamento das toras, tentando proteger a parte seca do corpo. Ela tremia.

Gary caminhava à sua frente, igualmente curvado; a parte superior do seu dorso protegida da chuva, como se fosse desobedecer às pernas e seguir em outra direção. Pegou a extremidade de mais uma tora, puxou-a, dando alguns passos para trás enquanto a chuva começava a cair mais forte. O vento vinha em rajadas, e a atmosfera estava branca, repleta de água, ainda mais vista de perto. O lago desaparecera, assim como as ondas; a transição para terra tornou-se tema de mera especulação. Irene segurou a tora e seguiu Gary rumo ao limbo.

Vento e chuva formavam um bramido, frente ao qual não se conseguia ouvir nenhum outro som. Irene caminhou calada, encontrou a popa, descarregou a tora, virou-se e refez o caminho, agora ereta. Já não havia mais parte alguma seca a proteger. Estava encharcada.

Gary passou por ela, como uma espécie de homem-pássaro, os braços curvados para fora, como asas que se abriam pela primeira vez. Estaria tentando manter a camisa molhada distante da pele? Ou alguma primeira reação instintiva à batalha preparava-lhe os braços? Quando parou diante da caçamba do veículo, a água jorrava da ponta de seu nariz. Os olhos estavam sérios e pequenos, focados.

Irene aproximou-se.

— Não é melhor parar? — berrou, mais alto que a tormenta.

— Temos que levar essa carga para a ilha — gritou ele de volta, puxando outra tora.

Irene o acompanhou, mesmo sabendo que estava sendo castigada. Gary jamais faria isso de forma direta. Ele confiava na chuva, no vento, para a aparente necessidade do projeto. Seria um dia de punição. Iria segui-lo à risca, estendê-lo por horas, levando-o adiante com determinação sombria, feito destino. Uma espécie de prazer para ele.

Irene concordava porque, se suportasse, poderia punir também. Sua vez chegaria. E aquilo era o que vinham fazendo um ao outro havia décadas, de maneira incontrolável. *Que bom*, pensava ela, *que bom*. E isso queria dizer, *aguarde*.

Mais meia hora carregando toras no temporal. Irene ficaria doente por causa daquilo, congelaria. Poderiam usar as capas de chuva que tinham na cabine da camionete, mas a obstinação de ambos impedia-os. Se ela tivesse ido pegar o casaco quando Gary sugerira, o gesto significaria uma interrupção do trabalho, iria atrasá-los, e isso seria anotado, usado contra ela; uma pequena sacudidela de cabeça, talvez até um suspiro, mas, com um intervalo de tempo daqueles, ele poderia fingir que era por outro motivo. Acima de qualquer coisa, Gary era um homem impaciente com quase tudo em sua vida: impaciente com quem estava ao seu redor; com o que ele próprio fizera e se tornara; com a mulher; com os filhos; e, claro, com todas as pequenas coisas, ações feitas de forma incorreta, em qualquer período de tempo que não tenha se mostrado cooperativo. Era uma impaciência geral e permanente, que Irene tinha suportado durante mais de trinta anos, como um elemento respirado por ela.

A última tora foi, por fim, descarregada. Gary e Irene colocaram as abas da proa no lugar. Não era pesada, tampouco segura. Havia uma borracha preta no lugar do encaixe nas laterais, formando um lacre. Aquele seria o único meio de locomoção para entrar e sair da ilha.

— Vou estacionar o carro — avisou ele, caminhando sobre as pedras.

A chuva ainda caía, mas não com tanta força. Havia visibilidade suficiente para encontrar a direção, mas dali, a cerca de 3 quilômetros de distância, não se via a ilha. Irene perguntou-se o que aconteceria quando estivessem no meio do percurso. Daria para ver alguma coisa da margem, ou tudo estaria branco ao seu redor? O barco não possuía GPS, radar, nem sensor de profundidade. "É um lago. Só um lago", Gary dissera, na loja náutica.

— O barco está com água — observou Irene, quando o marido retornava.

Estava empoçando sob as toras, especialmente na popa, com uma altura de quase 30 centímetros por causa de toda aquela chuva.

— Vamos dar um jeito nisso assim que sairmos — respondeu Gary. – Não quero usar a bateria para ligar a bomba sem o motor estar funcionando.

— Qual é o seu plano, então? — perguntou ela, sem saber como tirariam o barco da praia, com o peso de todas aquelas toras.

— Não fui o único a querer isso — retrucou ele. — Não sou eu quem precisa ter um plano. Somos nós dois.

Era uma mentira grande demais para ser discutida naquele local e momento, debaixo de chuva.

— Ótimo. E como vamos tirar esse barco daqui?

Gary ficou olhando para a embarcação durante um tempo. Depois se abaixou e empurrou a proa, que sequer se mexeu.

A parte da frente se encontrava em terra, e ela avaliou que isso significava centenas de quilos naquela área, de tão carregada que estava. Gary não tinha obviamente pensado naquilo. Fingia que se esforçava para encontrar uma solução.

Caminhou de um lado para o outro. Subiu sobre as toras, dirigiu-se para a popa, até o motor. Apoiando-se nele, fez força, tentando balançar o barco, que parecia de chumbo. Nada aconteceu.

Arrastou-se então para a frente, pulou de volta ao chão e olhou de novo para o barco, durante um tempo.

— Preciso de ajuda para empurrar — disse, por fim.

Irene pôs-se ao seu lado. Ele contou um, dois, três, e eles empurraram a popa. O único movimento produzido foi o de seus pés escorregando sobre os pedregulhos negros.

— Nada é fácil — avaliou Gary. — Nada. Isso não vai funcionar nunca.

Como para comprovar o que ele estava falando, a chuva voltou a cair forte de novo, e o vento aumentou, trazendo o frio da geleira. Se alguém quisesse fazer papel de idiota e testar os limites de como as coisas podiam piorar, aquele era o lugar perfeito para isso. No entanto, Irene sabia que Gary não apreciaria qualquer comentário a respeito. Tentou então ser solidária:

— Talvez seja melhor voltar amanhã — sugeriu. — O tempo deve melhorar um pouco. Podemos descarregar tudo, empurrar e depois carregar de novo.

— Não — recusou ele. — Não estou com vontade de fazer isso amanhã. Vou levar essa carga hoje.

Irene calou-se.

Gary caminhou em direção à camionete, enquanto ela ficou na chuva, encharcada, querendo apenas estar aquecida e seca. A casa era tão perto; questão de minutos. Tomar um banho quente, acender o fogo.

Ele levou o carro para a praia, fazendo a curva na direção das árvores, e depois até o barco, tentando encostar o para-choque na proa.

— Avise quando estiver perto — berrou ele, pela janela.

Irene aproximou-se e orientou-o, até o para-choque tocar no barco.

— Pronto — disse ela.

Gary deu uma acelerada, e as rodas traseiras fizeram voar seixos para todos os lados. O barco sequer se mexeu.

Ele pôs tração nas quatro rodas, acelerando novamente. Os pneus cavaram sulcos, a parte de baixo do chassi sendo metralhada por pedregulhos. O barco começou a deslizar e entrou na água, fazendo uma curva.

— Agarre a corda! — gritou ele, pela janela.

Irene correu para a frente, a fim de pegar o cabo solto na praia. Segurou-o, fincou os calcanhares e deitou-se no chão, puxando com força, até a pressão diminuir. Depois, ficou imóvel, olhando para o céu negro. Podia ver a chuva cair em cascata, antes de atingir-lhe o rosto. Nada de luvas; as mãos frias e a corda de náilon áspera. Os seixos e as pedras maiores provocavam-lhe dor na parte de trás da cabeça. A roupa era como uma carapaça molhada e fria.

Ouviu Gary levar a camionete até o estacionamento do acampamento e depois o som de suas botas ao retornar, a passos largos e determinados.

— Certo — disse ele. — Vamos embora.

O que Irene queria de verdade era que ele se deitasse ao seu lado. Só os dois naquela praia. Desistiriam de tudo, deixariam a corda escapar, o barco ficar à deriva, esqueceriam a cabana, as coisas que não tinham dado certo naqueles anos todos. Voltariam para casa, iriam se aquecer e recomeçar. Não era impossível. Se ambos decidissem, poderiam fazê-lo.

Porém, em vez disso, entraram na água fria e subiram no barco, com as ondas quebrando contra suas botas até os joelhos. Irene agarrou-se às toras e pôs as pernas para dentro, perguntando-se por que estava fazendo aquilo. Questionando a dinâmica do que se tornara junto a Gary, do que se transformara no Alasca, do que tornava impossível parar naquele momento e simplesmente voltar para casa. Como tudo acontecera?

Diante do motor, ele apertou a válvula do combustível, acionou o afogador e puxou com força a corda, para dar partida. O motor pegou de primeira, funcionando perfeitamente e expelindo seu jato de água, com menos fumaça do que Irene estava acostumada a ver. Um belo motor de quatro tempos, ridiculamente caro, mas, ao menos, confiável. A última coisa que desejava era ficar à deriva, sob uma tempestade, no meio de um lago.

Ele ligou a bomba de água, que começou a ser ejetada de um dos lados, e tudo pareceu momentaneamente sob controle. Foi quando Irene viu a proa amassada, justamente onde Gary empurrara com a camionete. Não parecia nada grave, mas mesmo assim ela foi examinar o lacre de borracha que havia nos lados. Entrava um filete de água. Estavam tão carregados que parte da rampa do barco encontrava-se submersa.

— Gary — chamou ela, mas ele já estava fazendo um semicírculo e seguindo adiante.

O marido parecia concentrado; não prestava atenção nela.

— Gary! — berrou Irene, levantando o braço.

Ele pôs o motor em ponto morto e foi ver. Resmungou alguma coisa e cerrou os dentes. Depois voltou e engrenou de novo o motor. Nem uma palavra, nenhuma discussão sobre se deveriam prosseguir ou mandar consertar o barco primeiro.

Gary não estava em velocidade, a 5 ou 10 milhas por hora, mas ia de encontro às ondas provocadas pelo vento, com a proa amassada, e cada uma delas lançando borrifos suficientes para encharcá-los por completo.

Irene virou-se de costas para as ondas, ficando na direção do marido, mas ele também olhava para trás, orientando-se com base na margem que acabaram de deixar e que começava a desaparecer. A camionete ainda era visível em meio às árvores. Não havia mais nenhum veículo estacionado na área de acampamento. Em geral, sempre havia alguns barcos e gente acampada ali, mas naquele dia, se algo acontecesse, seriam só eles, as ondas batendo contra o casco e molhando-os, a cada segundo; a pilha escura e encharcada de toras, a amurada baixa e o jorro constante da bomba de água. Quase um novo tipo de carroça coberta, rumo a novas terras, a criação de um novo lar.

O castigado Datsun B210 de Rhoda não era para estradas sem pavimentação. Ela tinha o cuidado de manter a velocidade nas subidas, mas podia sentir os pneus escorregando na lama. E não conseguia ver nada, só a chuva batendo com força contra o para-brisa, o verde borrado das árvores distantes e a estrada de barro, com pedregulhos em tons de marrom, serpenteando à sua frente. Fazia anos que andava por concessionárias, procurando o modelo certo, mas nunca tinha dinheiro suficiente quando se sentava com o vendedor para fechar negócio. O que queria, na verdade, era um jipão esportivo, e não um utilitário compacto. Como estava na expectativa de um aumento, e também de se casar com um dentista, achava que não precisaria esperar muito.

O que fez Rhoda pensar em Jim, que provavelmente estaria comendo panquecas no jantar naquele exato momento, como era seu costume. Devia estar se perguntando onde ela estava, colocando fatias de pêssego em conserva sobre as panquecas e batendo na lata, sem necessidade, com a ponta do garfo. Rhoda, no entanto, sentia uma onda de bom humor inundando-lhe e não queria arruiná-la pensando em Jim.

Quando parou em frente à casa dos pais, viu que a camionete não estava lá. Atrasada para ajudá-los a carregar as toras, ela saltou do carro mesmo assim e passou correndo pelos canteiros de flores até a porta.

Os pais moravam em uma pequena casa de madeira, térrea, que ao longo dos anos fora sofrendo acréscimos em vários lugares, inchando de forma estranha, já que nem todas as partes combinavam. O pai de Rhoda sempre sonhara com uma vida rústica nas montanhas, desde que se mudou da Califórnia, aos 20 e poucos anos. Por agora, ele já possuía todos os apetrechos de um nativo do Alasca. Chifres de alce, caribu, veado, cabrito-montês e carneiro, todos pendurados ao longo do beiral do telhado e das paredes externas. O canteiro de flores, à direita da porta, ostentava uma antiga bomba manual de água; uma pequena calha; frigideiras, picaretas e baldes enferrujados; tábuas velhas, pertencentes à época da mineração, e coisas do tipo, trazidas sobretudo da mina Hatcher Pass, no nordeste de Anchorage, mas também compradas de outros colecionadores ou em vendas de garagem. Na parede, à esquerda da porta, havia uma pilha de lenha para a lareira e o antigo fogão de ferro fundido e níquel. Mais adiante, via-se um velho trenó, puxado por cães, com a madeira e as correias de couro apodrecendo um pouco mais a cada ano, com a chuva, a neve, o vento e um sol ocasional. O lugar sempre parecera um ferro-velho e motivo de vergonha para Rhoda. O que ela realmente gostava era do jardim com flores e musgos. Doze espécies destes últimos e todas as variedades possíveis de flores silvestres do Alasca, inclusive as mais raras. Canteiros repletos de lírios no tom chocolate e de todas as cores de *Epilobium angustifolium* e tremoços, desde branco e cor-de-rosa até os azuis mais arroxeados, apesar de apenas o primeiro estar florescendo.

Rhoda bateu mais uma vez na porta, mas não havia ninguém. Entrou no carro e foi até a área de acampamento e do deque. Talvez os alcançasse lá, embora não fizesse ideia de como insistiam naquela ideia em um dia como esse. Por que não ficar em casa?

Os pneus deslizaram um pouco enquanto descia o morro. Viu a camionete deles estacionada e dirigiu-se até a rampa, na beira da água. Nenhum barco, nem ninguém por perto. Seus pais estavam loucos, saindo num dia desses. Por que não esperar o tempo melhorar? Mesmo que aquela fosse a cabana das cabanas, o sonho de uma vida e todas essas bobagens. Rhoda não conseguia entender como sua mãe permitia aquilo.

— Sabe lá Deus — disse para si mesma, voltando para a cidade.

Rhoda e Jim moravam em uma casa estreita e alta, que dava para a foz do rio Kenai. Era uma das vantagens de estar com ele. O telhado inclinado, em forma de A, fazia-a lembrar-se de uma franquia da Wienerschnitzel, mas por outro lado juntava muita neve, criando uma abóbada de uns 6 metros bem na frente da sala de estar e do quarto principal, nos fundos. Pelas janelas termoacústicas, de quase 5 metros de altura, via-se o pôr do sol na enseada de Cook, e as vigas aparentes eram escuras como as de uma sala de banquete medieval. A mobília era toda de madeira e couro escandinavos. O tipo de casa com que Rhoda sempre havia sonhado.

Agora moro aqui, pensava ela, de pé, diante da bancada da cozinha, enquanto colocava pequenas amostras de fezes de beagle em um tubo de ensaio para fazer análise.

— Eu preferia que você não fizesse isso enquanto estou comendo — disse Jim, que saboreava suas panquecas com pêssego enlatado, do outro lado da bancada.

— Qual o problema? — disse Rhoda. — É só cocô de cachorro.

— Você é demais — riu Jim.

— Não — retrucou ela. — Você que é.

Estavam vivendo juntos havia apenas um ano, qual era o problema? O ex-namorado de Rhoda fora uma história diferente: um pescador que choramingava e reclamava o tempo todo das forças da natureza, da indústria e do governo, todos eles igualmente inescrutáveis e sem coração. Em um ano, era por causa do preço do halibute, que estava muito baixo; no seguinte, o valor das autorizações para pesca, que havia se tornado alto demais; e o mar ia acabar levando-o um dia. Era uma chatice ficar ouvindo aquilo, e a compensação tinha sido morar num trailer pequeno, comendo às vezes filés de halibute de graça. Ao passo que, com Jim, dispunha de um estoque ilimitado de pêssegos enlatados e quantas caixas quisesse de panquecas Krusteaz.

Rhoda sorriu. Ela era feliz, percebeu. Ou feliz o bastante, de qualquer modo. Soltou a seringa de plástico, cercou Jim por trás e deu uma fungada atrás de sua orelha.

Nas margens do lago Skilak, a menos de 1 quilômetro do local onde seus pais e o carregamento de toras batiam contra as ondas, Mark e sua companheira, Karen, acompanhados de um casal de amigos que tinham conhecido no Coffee Bus, tiravam a roupa. Ele pôs lenha no fogo, e todos entraram na sauna, fechando a porta. A sauna ficava na beira do lago, com um píer estreito estendendo-se à frente. Era quente e escura, não tinha janelas e fora isolada com papelão alcatroado, por trás da madeira. Os bancos eram tão altos que sua cabeça roçava o teto; pessoas de mais estatura tinham que se abaixar. Mark sempre trazia junto um ou dois ramos de amieiro, com folhas. Assim que começavam a suar para valer e o vapor ficava tão denso que, à luz vermelha da sauna, mal conseguiam se ver, Karen se curvava, com a cabeça entre os joelhos, abraçando as panturrilhas, e

Mark a chicoteava com os ramos. Era para trazer o sangue à superfície da pele, melhorando a circulação. Aquilo fazia também a pessoa ficar mais alerta, tendo um efeito ligeiramente medicinal e purificante. O som do açoite na pele era alto, enquanto Mark ficava ainda mais inundado de suor e Karen sentia dor, ambos arfando.

Era a vez de Mark inclinar-se. Sua pele estava tão escorregadia e salgada que não conseguia agarrar as panturrilhas, nem juntar as mãos, então segurou a tábua sobre a qual estavam os pés, enquanto Karen começava a golpeá-lo. Ela estabeleceu um ritmo, batendo com o máximo de força e incorporando também a voz, depois de um tempo, até ver-se gritando a plenos pulmões a cada chicotada. Segurou-o pela nuca, com a outra mão, e açoitou com mais força, de maneira que as folhas e ramos menores desprenderam-se. Depois, desabou sobre ele, que choramingava baixo.

Carl e Monique desejaram então experimentar. Mark saiu para buscar mais ramos e, na volta, ofereceu-se para chicotear Monique, mas ela pegou um dos galhos e disse, com sua voz baixa e sensual:

— Não, quero fazer no Carl.

Hesitante, Carl se inclinou, e Monique golpeou-o com força.

— Ei! — gritou. — Essa porra dói.

— Fique abaixado — ordenou ela. — Segure nos tornozelos.

Ela começou então a golpear de forma suave, aumentando gradualmente a força. No final, atendendo aos pedidos de Monique, Mark ajudou a manter a cabeça de Carl abaixada, até que ela disse:

— Meu Deus, estou sem fôlego!

Soltando o ramo destroçado, ela saiu pela porta, cruzou o píer e mergulhou de cabeça no lago.

Os outros a seguiram. Carl, mais uma vez, foi uma decepção, mergulhando por último. Depois, com cara de sofrimento, como se gritasse silenciosamente, ele retornou ao píer, nadando no estilo cachorrinho. Deitou-se sobre o piso de madeira, arfando e praguejando baixo, dizendo que não podia acreditar naquilo, e reclamando do frio, que parecia ser o de uma geleira. O que não deixava de ser verdade, já que o lago era abastecido por uma.

Os outros o ignoraram e nadaram mais uns 30 metros para longe do píer, comentando sobre a beleza daquela chuva forte, do vento constante e da montanha que pairava invisível acima deles.

— Estou viva — disse Monique. — Até as coisas mais idiotas são verdadeiras. Não quero mais me sentir morta.

Porém, todos tiveram que sair da água, porque senão estariam mortos de fato. Já estavam com cãibras. Retornaram então à sauna e decidiram fumar um pouco de maconha antes da segunda rodada.

— Melhor erva do mundo, essa — disse Mark, exalando por fim a fumaça. — A porcentagem de THC é altíssima.

Karen ficou semicatatônica, como sempre. Estava acostumada a ervas muito mais fracas, e o produto do Alasca subiu-lhe à cabeça com tudo. Assim, Mark sentiu-se livre para examinar Monique o quanto quisesse. Ela era alta e tinha os cabelos escuros, curtos, em um estilo europeu, como a mulher que fazia a propaganda da Clinique. Isso deixava Mark muito excitado, o fato de aquela mulher ao seu lado, com os mamilos duros e uma pele que podia ser comparada a alabastro, mármore e muito mais, parecer uma modelo. Ele estendeu a mão para tocar em seu pescoço.

— Você é um príncipe — disse ela, empurrando-lhe.

— Ei — falou Carl.

— Cale a boca — repreendeu Monique. — Não estamos precisando de nenhuma reação masculina agora. Estou gostando de tudo como está.

— Estou tão doida — disse Karen, levantando os braços e recostando-se contra a parede, a cabeça latejando.

Mark ajudou-a então a sentar-se ereta novamente, jogou um pouco de água nas pedras quentes e, em uma explosão de atividade, eles começaram a segunda das três rodadas do costume escandinavo.

Irene tremia, batendo os dentes. As roupas molhadas pareciam-lhe uma toalha, arrepiando-a e atraindo apenas o vento. A água estava quase congelada, produzindo-lhe choques cada vez que a atingia.

De repente, surgiu a visão do terreno: quase um acre na beira da praia, dando para a montanha e a nascente do lago, onde o rio Kenai entrava, vindo da geleira. Havia uma área de floresta nos fundos do terreno. Na parte da frente, a vegetação era mais baixa, com moitas de mirtilo e amieiro, flores silvestres e grama.

Gary apontou a proa do barco na direção da margem rochosa. Nada de praia, areia ou pequenas pedras, mas sim grandes rochas arredondadas, tocos de madeira boiando dos dois lados e ondas quebrando. Gary, que não reduzia, aproximava-se a toda a velocidade. Irene gritou-lhe que reduzisse, mas depois resolveu aguentar, apoiando um pé contra a rampa da proa. Quando eles colidiram, as toras na parte superior da pilha deslizaram para a frente, e ela tirou o pé bem na hora.

— Meu Deus, Gary!

No entanto, ele não lhe dava a menor atenção. Puxou o motor para cima, subiu na pilha de toras e saltou na água rasa, a cerca de 3 metros da margem.

— Preciso de ajuda para baixar a aba — falou ele.

A chuva e o vento haviam diminuído; ela podia ao menos ouvi-lo. Passou sobre a proa e afundou até os joelhos. A água fria entrou pelo alto das botas. Embaixo, pedras escorregadias. Ajudou-o então a soltar o fecho. Quando liberou o último, a aba abriu-se de repente, com a pressão feita pelas toras.

— Opa — disse Gary, mas ninguém se machucou.

Depois, seguraram a aba e baixaram-na. As ondas, que quebravam em suas coxas, inundaram o barco, entrando pela proa aberta. Não estavam muito perto da margem.

— Temos que descarregar rápido — alertou Gary. — E preciso ligar o motor por causa da bomba.

Em seguida, subiu sobre as toras e dirigiu-se à popa, desceu o motor, puxou a corda e ligou a bomba, a fim de esvaziá-lo da água que entrara.

— Vamos, depressa — falou, correndo para a proa.

Agarrou uma tora e retirou-a andando de costas.

— Pegue uma e puxe para a margem.

Irene agarrou uma tora e tirou-a com força. Seus pés estavam gelados dentro da água, e ela sentia arrepios pelo corpo inteiro. Seu estômago estava vazio e começava a doer, mas ela continuava trabalhando com afinco.

— O barco está afundando — gritou ela para Gary.

A bomba não era suficiente. A embarcação inundava-se rapidamente pela proa, balançando de um lado para outro com as ondas.

— Merda! — esbravejou Gary. — Vamos levantar a aba.

Fecharam-na apressadamente. Depois, ele pulou para dentro da embarcação. A parte de trás estava muito baixa. A cada três ou quatro ondas, mais água entrava. Gary colocou o motor na potência máxima, a fim de conduzir o barco para mais perto da margem. Irene ouvia as pedras arranhando a parte de baixo da proa. Moveram-se cerca de 30 centímetros e pararam. A popa arriou mais um pouco por causa do ângulo, fazendo entrar mais água.

— Porra — berrou Gary. Agarrou o balde e retirou a água rapidamente, antes da próxima onda, abaixando-se e erguendo-se, com o máximo de presteza.

Irene não sabia o que fazer, exceto observar. Não havia um segundo balde nem espaço suficiente para os dois na popa. Contudo, subiu ali, pois, com seu peso à frente, podia ajudar o barco a alinhar-se.

Sombrio e encharcado, Gary respirava forte e gritava a cada balde cheio, por causa do esforço. A fumaça do motor vinha em sua direção, enquanto a bomba cuspia água e as ondas entravam pela popa. Irene sabia que ele estava com medo e queria ajudá-lo, mas também podia ver que o marido começava a obter resultados. A popa estava subindo aos poucos e as ondas despejavam menos água a cada impacto.

— Você está conseguindo, Gary — incentivou ela. — A popa está levantando. Você vai conseguir.

Ela sabia que ele estava exausto. O intervalo entre um balde e outro aumentava e, às vezes, o marido não tinha forças para jogar a água longe o bastante, derramando-a no próprio barco.

— Vamos revezar — ofereceu ela.

Ele apenas sacudiu a cabeça, continuando a tirar a água; por fim, as ondas estavam batendo contra o cadaste, mas sem entrar. De repente, ele parou, largou o balde, inclinou-se sobre a amurada e vomitou no lago.

— Gary — disse Irene, querendo confortá-lo, mas sem fazer mais peso na popa. A bomba estava retirando a água que sobrara, mas ainda levaria um tempo. — Gary — disse ela, de novo. — Você está bem, meu amor?

— Está tudo bem — respondeu ele, por fim. — Tudo bem, me desculpe. Essa foi uma ideia idiota.

— Não tem problema — tranquilizou-o. — Vai ficar tudo bem. Vamos só descarregar o resto das toras e ir para casa.

Gary apoiou-se no motor por um instante, depois o virou e continuou a bombear. Dirigiu-se vagarosamente para a frente e ajoelhou-se sobre as toras, próximo a ela. Irene abraçou-o, e eles ficaram assim durante alguns minutos, agarrados um ao outro, enquanto o vento aumentava e a chuva voltava a cair com mais força. Fazia muito tempo que não se abraçavam daquele modo.

— Eu te amo — disse Gary.

— Também te amo.

— Muito bem — falou Gary, querendo dizer que era hora de mexerem-se.

Irene havia esperado que o momento se prolongasse mais. Não sabia que as coisas tinham mudado. No início, dormia com um braço e uma perna em cima dele, toda noite. Haviam passado domingos inteiros na cama. Caçavam juntos, os passos sincronizados, arcos em riste, atentos aos ruídos e movimentos dos alces. A floresta era como uma entidade viva, e eles faziam parte dela, nunca estavam sozinhos. Entretanto, Gary foi parando de caçar com arco. Preocupações financeiras demais. Passou a trabalhar nos fins de semana; nada mais de domingos na cama. *No início*, pensou Irene. *Não existe coisa melhor que o início.*

Eles lacraram a popa e cada um pegou uma tora, passando-a sobre a amurada. O vento acelerava-se, chegando em rajadas, enquanto a chuva espicaçava-lhes os olhos ao olharem na direção do lago. Irene espirrou e depois assoou o nariz, apertando a narina com um dos dedos e limpando com as costas das mãos. Já estava ficando doente.

Os dois levaram um bom tempo para terminar com as toras. Moviam-se com lentidão, cansados. Gary arrastou algumas das que Irene havia trazido para mais longe da água. Por fim, o barco estava descarregado e leve o suficiente para voltar. Eles o empurraram até a margem. Encostaram-se na proa, de costas para o vento e o lago, e olharam na direção da terra.

— Devíamos ter feito isso trinta anos atrás — disse Gary. — Devíamos ter nos mudado para cá.

— Estávamos na margem — observou Irene. — No lago. Era mais fácil de chegar até a cidade, mais fácil para as crianças irem para a escola. Não seria possível ter filhos aqui.

— Teria sido possível, sim — contrapôs Gary. — Mas deixe isso para lá.

Ele era um mestre do arrependimento. Todo dia tinha uma coisa, e era disso talvez que Irene gostava menos, de ter toda a sua vida questionada. O arrependimento era algo vivo, um vazio dentro dele.

— Bem, estamos aqui agora — falou Irene. — Trouxemos as toras e vamos construir a cabana.

— O que eu quero dizer é que podíamos estar aqui há trinta anos.

— Entendi o que você quer dizer — ponderou ela.

— Bom — disse Gary, comprimindo os lábios.

Ele olhava, imóvel, para a frente, na direção de uma moita de amieiros incapaz de tirar da cabeça a ideia de que sua vida poderia ter sido diferente, e Irene sabia que ela fazia parte desse grande arrependimento.

Ela tentou ficar acima daquilo, não se deixar envolver. Olhou a propriedade, que realmente era linda, com finas bétulas brancas ao longo da parte de trás; abetos vermelhos, maiores; um choupo-do-canadá e vários outros álamos. O terreno possuía contornos, algumas elevações, e ela podia ver onde a cabana ficaria. Construiriam um deque na frente e, nas tardes bonitas, observariam o sol se pôr sob a montanha, com sua luz dourada. Tudo aquilo poderia dar certo.

— Podemos fazê-la — disse Irene. — Podemos construir uma bela cabana aqui.

— É — retrucou Gary, depois de uma pausa.

Depois, ele deu as costas para a propriedade e olhou o vento e a chuva:

— Vamos embora logo.

Os dois empurraram o barco de volta à água e subiram pela proa. Gary alojou-se junto ao motor, e Irene, no fundo, abraçando os joelhos, tentando aquecer-se. A volta não foi tão ruim, pois as ondas quebravam atrás. A frente quadrada da proa mantinha-se agora acima da linha da água, e a embarcação não era mais uma barcaça. Eles balançavam um pouco a cada onda, mas sem solavancos nem borrifos de água. Os dentes de Irene começaram a bater de novamente.

Uma longa jornada, da ilha até a área de acampamento. Gary ia devagar, a bomba de água funcionava. Por fim, o estacionamento e a camionete ficaram visíveis. Ele desligou o motor e deixou a frente do barco subir pela praia, junto à rampa na margem. As ondas faziam a popa subir e descer, puxando-a um pouco para o lado.

— Não vamos usar o trailer — disse Gary. — As ondas estão muito grandes. Vai ser um inferno. Vamos só empurrar o barco mais um pouco e amarrá-lo numa árvore.

E assim foi feito, e eles chegaram em casa em alguns minutos. Tão perto, e eles sentindo tanto frio. *Não faz sentido*, pensou Irene.

Gary tomou uma chuveirada quente, rápida, e depois Irene encheu a banheira. Foi doloroso sentar-se; todos os dedos

— dos pés, em particular — estavam um pouco dormentes. O calor que a envolvia, no entanto, era delicioso. Ela afundou na água e fechou os olhos. Viu-se chorando cautelosamente, sem emitir som; a boca submersa. *Que burrice*, pensou consigo mesma. *Não se pode ter o que não existe mais.*

Na volta para o consultório, após o almoço, Jim fez uma parada no Coffee Bus, para comer um doce. Açúcar mascavo, mel, nozes, o que também significava dar apoio ao irmão de Rhoda, que poderia estar precisando desse tipo de coisa. Como sempre, pessoas desocupadas estavam à sua frente, na fila, mas dessa vez uma delas era tão linda que ele só percebeu que estava boquiaberto tarde demais, o que o fez parecer um idiota, é claro, desconcertando-o. Provavelmente, teria pouco mais da metade de sua idade, mas o jeito como ela o olhava o fez sentir-se com seu pinto à mostra, para todo mundo ver.

Na direção da jovem, Jim deu um meio sorriso e seu costumeiro resmungo, que raramente era alto o bastante para ser ouvido. Muita gente em Soldotna, que não o conhecia bem, considerava-o um misantropo por causa disso, ele sabia, mas aquilo o surpreendia. A seu ver, a saudação abafada soava como um olá pleno e jovial, mesmo que um pouco baixo e não muito positivo.

A mulher, encostada contra a lateral do ônibus, balançou-lhe a cabeça de volta, fechando um pouco mais o casaco velho e curto com as mãos. Jim caminhou, duro e desajeitado, até os degraus de madeira embaixo da janela, procurando não encarar. Ela estava a poucos metros de distância, e ele sentiu-se embaraçado. Desesperado, também. Um desespero que se assemelhava a uma mão fria, percorrendo seus órgãos genitais até a base das costas.

— Oi, Jim — disse Karen. — Um rolinho de canela?

Exatamente, esta seria a escolha de Jim.

Mark veio até a janela e estendeu a mão para fora. Jim apertou-a.

— Tudo bem?

— Vou apresentá-lo a uma amiga — disse Mark. — Jim, essa é a Monique. — Ele apontou para a jovem com quem Jim havia acabado de trocar olhares. — Monique, esse é o Jim. Ele é dentista, o motorzinho mais rápido do oeste. Monique está de visita ao nosso belo estado, veio conhecer as terras selvagens.

Monique estendeu a mão, e Jim abaixou-se para apertá-la.

— Oi — cumprimentou ele. — Está gostando?

— Estou — respondeu. — Mark e Karen estão cuidando bem de mim.

Depois, ela se calou, enquanto Jim a olhava fixamente. Para ele, Monique parecia não apenas ter tempo, mas controlá-lo. Como o Mágico de Oz em sua pequena cabana.

— Talvez você possa me ajudar, já que é dentista — continuou Monique. — Estou com um dente que dói às vezes quando sinto frio. Hoje, por exemplo, está doendo. — Ela mexeu um pouco a mandíbula, procurando o dente. — Será uma cárie ou pode ser outra coisa?

— Pode ser. Eu teria que ver para saber com certeza — respondeu Jim, conferindo o relógio. Uma e trinta e cinco. — Bem, posso dar uma olhada rápida agora, antes das duas, se você estiver livre.

— Hmmm. — Ela encolheu os ombros. — Tudo bem.

Jim levou-a de carro até o consultório. Ninguém tinha voltado do almoço ainda. Ele acendeu as luzes e conduziu-a até uma das cadeiras ao fundo.

— Ah, talvez eu devesse ter mostrado o consultório antes.

— Tudo bem — respondeu Monique, sentando-se na cadeira. — Adorei esses patos no teto.

Jim havia colado lá em cima uns patos de borracha pela cabeça, de modo que os pezinhos alaranjados ficassem nadando no ar, como se o consultório estivesse debaixo da água.

— É para as crianças — explicou Jim.
— Ou para os caçadores.
— É, talvez. — Ele tentou não rir alto, sem ter muita certeza se ela estava incluindo-o no grupo dos caçadores.

Jim acendeu a luz sobre a cadeira, pediu-lhe que abrisse bem a boca e examinou dentes e gengivas por alguns instantes.

— Tem um comecinho de cárie — disse ele. — Vamos tirar umas radiografias e, se preciso, resolvemos isso rapidamente. Melhor prevenir.

— Ahh — tentou dizer ela. Jim tirou os dedos de sua boca para que Monique pudesse falar. — Minha preocupação é com o custo disso.

— É por minha conta — falou ele.

Esperou que os outros chegassem, mandou tirar as radiografias e fez uma pequena obturação, embora aquilo tudo mandasse seus compromissos da tarde para o espaço.

— Não conte a ninguém — pediu Jim, levantando-se da cadeira.

Monique estava retirando o guardanapo de proteção. Jim inclinou-se sobre ela e sorriu um pouco ao dizer aquilo, tentando insinuar-se, e sentindo que havia um segredo entre eles.

Certa vez, ouvira um homem dizer: "Agora ela é uma vaca reprodutora." Por mais feias e doentias que fossem aquelas palavras, em sua opinião, ocorreu-lhe que eram verdadeiras. Ali estava a mulher com quem queria ter filhos.

Não conseguia imaginá-la trocando fraldas, nem sequer grávida, mas podia ver seus filhos fortes, altos e belos num retrato algum dia, todos sem qualquer tipo de insegurança ou dificuldade. Ela conseguia eliminar a possibilidade de qualquer outra mulher e também poderia ser rica, apesar de estar vestida como uma hippie e, provavelmente, não ter como arcar com os custos daquela obturação, caso lhe tivesse pedido que pagasse.

— Não vou — disse ela. Jim olhou para ela sem expressão. Não fazia a menor ideia do que Monique estava dizendo. — Não vou contar para ninguém — reforçou ela.

— Ah — entendeu Jim, por fim. — Ei, posso preparar um jantar para você qualquer dia desses? Tenho uma vista linda do pôr do sol, sobre a enseada de Cook. Poderia preparar um salmão ou um halibute, o que você quiser, só para você ter uma ideia do que é o Alasca, enquanto está aqui.

Tudo aquilo saiu surpreendentemente bem, até com um belo arremate no final. Não parecera tenso nem assustado.

Monique olhou para ele, considerando a proposta. Foi aí que Jim sentiu a coluna desabando, os ombros caindo até o estômago.

— Combinado — respondeu.

Monique passou o resto do dia lendo, na confluência de dois rios, levantando ocasionalmente os olhos para ver Carl não pegar nem um salmão vermelho sequer. Ele estava ao lado de centenas de outros pescadores, homens e mulheres, de todas as partes do mundo. O rio não era muito grande, com cerca de 50 metros de largura, mas aqueles pescadores encontravam-se a intervalos de pouco mais de 1 metro do outro, ao longo de ambas as margens, por quase 1 quilômetro. O melhor local de pescaria ficava supostamente do outro lado daquela curva, onde a água era mais profunda e corria com mais rapidez junto à íngreme margem de seixos.

Carl estava do lado mais raso, a uns 6 metros da beira, com água cobrindo o quadril, usando um anzol artificial que balançava ao fundo, onde os salmões nadavam à vontade, contra a corrente. Monique podia vê-los, como sombras na luz matizada, enquanto imaginava suas bocas abrindo e fechando, sugando toda a água e contemplando cautelosamente a fileira de botas verdes, que surgiam em pares, separadas a intervalos regulares, e as grandes iscas vermelhas, balançando de um lado para outro.

Todos aqueles pescadores eram sérios demais. Para Monique, o melhor daquele lugar era o cenário: as montanhas altas e magníficas, próximas às margens do rio; os vales pequenos salpicados de flores silvestres; as áreas alagadas cheias de copos-de-leite, samambaias, mosquitos e alces. Entretanto, nenhum pescador desgrudava os olhos da água. A atmosfera ao longo das margens era a mesma de um cassino.

Monique estava lendo um livro de contos, de T. Coraghessan Boyle. A leitura era engraçada e, muitas vezes, ela ria alto. Em um dos contos, Lassie tentava perseguir um coiote, um amor proibido. Esse era o que ela particularmente mais gostava. Sempre odiara Lassie.

Teve a sorte de levantar a cabeça a tempo de ver Carl lançar a vara em direção ao rio. Aquilo atrapalhou alguns pescadores. Suas linhas emaranharam-se por um momento, de maneira que vários começaram a balançar os caniços para a frente e para trás, tentando desembaraçá-las.

Carl voltou espirrando água com suas botas longas, escorregando um pouco sobre as pedras lisas e as entranhas de peixes, ou o que mais estivesse no fundo. Chegou até Monique, que fechou o livro.

— A pescaria não está boa? — perguntou ela.

Carl segurou-a pelos ombros e beijou-a com força.

— Meu Deus, agora me sinto melhor — disse ele.

Monique sorriu e agarrou-o para outro beijo. Aquela era uma das coisas que gostava nele. Com um pouco de tempo, conseguia reconhecer que estava fazendo merda. E, ao contrário de muitos homens, não persistia em bobagens só porque alguém estava olhando.

Rhoda chegou em casa e encontrou Jim com um drinque sobre a mesinha ao seu lado. De frente para a janela, ele saboreava a bebida enquanto olhava para o mar. Aquilo era muito estranho, já que ele quase nunca bebia, muito menos sozinho. Ela começou a perceber as coisas fortuitas que observava durante as tragédias: o refrigerador ligado por um curto espaço de tempo, e depois desligado; a luz do sol refletida na madeira escura da mesinha, mas não ao alcance do drinque. A casa parecia excepcionalmente quente também, quase úmida, claustrofóbica. Rhoda largou as sacolas do supermercado e foi até ele.

— O que houve de errado? — perguntou, com uma voz que lhe soou amedrontada.

Enquanto perguntava, tocou-lhe o ombro de leve.

— Oi — saudou ele, talvez um pouco corado, mas não bêbado, com a voz normal. — Como foi o seu dia?

— O que é isso? Por que você está sentado aqui, bebendo?

— Só estou tomando um pouco de xerez — respondeu Jim, pegando o copo e balançando o gelo —, e apreciando a vista.

— Tem coisa aí. Pensei que alguém tivesse morrido ou coisa assim. Por que essa mudança súbita de comportamento?

— Um homem não pode tomar um drinque? Meu Deus, não estou pondo fogo na casa nem escrevendo coisas nas paredes com lápis de cera. Tenho 41 anos, sou dentista. Estou na minha própria casa e tomando uma dose de Harveys depois do trabalho.

— Está bem, está bem.

— Relaxe um pouco.

— Certo — disse Rhoda. — Desculpe. Comprei um frango. Achei que podíamos fazê-lo com limão.

— Parece bom. Por falar nisso, acho que consegui um novo colega para trabalhar no consultório. Um dentista de Juneau, chamado Jacobsen, e pensei em convidá-lo para jantar aqui amanhã e acertar os detalhes. Eu queria saber se você pode sair para fazer alguma outra coisa, só por algumas horas, de tarde. Tudo bem?

— Claro. Tudo bem. Posso jantar com meus pais. Vou ligar para o Mark essa noite e avisar à mamãe.

— Ótimo — respondeu Jim. — Obrigado.

Depois olhou novamente para a enseada e para as montanhas ao fundo, para a neve no Monte Redoubt, e pensou em como era esperto e merecedor.

Irene estava se sentindo doente e infeliz no dia depois da tempestade, mas, na manhã seguinte, acordou com algo ainda pior: uma dor de cabeça pavorosa, que começava na órbita e subia, dando voltas, até a testa. Se fechasse os olhos, podia ver o rastro vermelho da dor. A cada piscada ou batida do coração, surgia um novo desenho, um céu escuro e sem limites, vindo de trás da sobrancelha direita. Ela fazia pressão em volta do olho e, quando apertava um pouco com o polegar, no canto superior da órbita, sentia algum alívio.

O nariz estava completamente entupido. A garganta doía, talvez por ter respirado a noite toda pela boca. Quando engolia, sentia-a inflamada e dolorida.

— Gary — grasnou ela, mas sem obter resposta.

Encolheu-se na cama, deitada de lado, sem querer abandonar o calor do edredom e do cobertor. Sentia o muco descendo pela garganta, sufocando-a. Sentou-se e pegou um lenço de papel, assoando o nariz, que continuava completamente entupido, secreção dura como pedra. Aquilo não trazia nenhum alívio, só aumentava-lhe a pressão nos ouvidos.

— Gary — chamou de novo, com mais desespero dessa vez.

Mesmo assim, não houve resposta. Olhou para o relógio e viu que dormira demais; passava das nove da manhã. Deitou-se novamente e gemeu. Aquela dor de cabeça era diferente de qualquer outra que já tivera, tão concentrada, tão insistente.

Por fim levantou-se da cama e foi até o banheiro. Precisava urinar e procurar algum analgésico. Tomou dois Advil e depois mais dois, caminhando de volta para a cama. Andar doía. Sentia o impacto dos passos dentro da cabeça. A parte de trás do olho transformara-se em uma nova região, que jamais havia percebido até então.

Irene enfiou-se embaixo das cobertas, mexendo-se com cuidado, e tentou de novo assoar o nariz. Em seguida, procurou dormir apenas. Não tinha vontade de ficar acordada para sentir-se daquele jeito.

Gary estava no barco, trabalhando na aba amassada da proa. A chuva afinal dera uma trégua, e ele estava aproveitando-se disso, embora se sentisse terrivelmente mal, meio resfriado e febril, com o estômago fraco. Tinha passado a maior parte do dia anterior na cama. Irene encontrava-se ainda pior.

Com um martelo de borracha, um velho alicate e algumas batidas, estava fazendo progresso. A cabeça do martelo vibrava na chapa, desentortando-a gradualmente.

Aquela proa deveria ter sido feita um pouco mais forte. Comportava uma rampa, afinal de contas. Tinha que resistir à passagem de um veículo, e o barco precisava ser grande o bastante para carregar um carro pequeno. Mas a pessoa que o desenhara não havia reforçado suficientemente o centro. Gary era soldador de alumínio e construtor de barcos. Já pensara em construir por si próprio um com rampa, mas Irene não gostara da ideia. Problemas demais com as estimativas de custo em projetos anteriores. Falta de confiança. Por isso haviam gastado tanto dinheiro nesse.

Não se via um único barco dois dias antes, durante a tempestade, mas naquele dia havia um movimento constante no cais, ao seu lado, cinco ou dez barcos pequenos tinham saído. Pescadores olhavam para ele, e alguns se aproximavam para examinar.

— Está amassado ali — disse um homem.

Ele usava botas até os quadris, com alças sobre os ombros; um jeito ótimo de se afogar.

— Você vai entrar na água com isso? — perguntou Gary. — Essas botas viram um balde gigante.

O homem olhou para as botas.

— Talvez você esteja certo.

— Sim — retrucou Gary, voltando a martelar.

O pescador foi embora, o que era ótimo.

Talvez porque viesse sentindo-se doente nos últimos dois dias, com o estômago fraco, Gary estava muito crítico em relação a si mesmo. Achava que não possuía um único amigo ali, após tantos anos. Ninguém se oferecia para ajudar na construção da cabana. Tinha alguns conhecidos, mas nenhum com quem tivesse uma amizade, de fato, a ponto de poder chamar para ajudá-lo. E perguntava-se por quê. Sempre havia tido bons amigos. Na Califórnia, ainda preservava um ou dois, embora os visse apenas com intervalos de anos. Irene não ajudava muito, não era exatamente sociável — um pouco tímida e raramente gostava de sair de casa. Mesmo assim, Gary não sabia por que não tinha amigos de verdade ali.

A chapa da proa não ficaria mais plana do que aquilo. Ele soltou as braçadeiras e viu que o encaixe da tranca não estava perfeitamente vedado. Certamente teria mais água entrando por ali. Mas por ora estava bom.

Gary recolheu as ferramentas e olhou para o lago. Ondas pequenas, um pouco de vento, nada que fizesse lembrar o cenário de dois dias atrás. Nenhuma chuva. Iria pegar Irene e levariam mais uma parte da carga. Eram quase onze horas, começariam tarde, mas ainda dava para fazer alguma coisa.

Ao entrar em casa, viu que a esposa ainda estava na cama.

— O tempo está melhor — disse ele. — Podíamos levar outra carga.

— Apague a luz — retrucou Irene, virando-se para o outro lado.

— Qual é o problema? Não está se sentindo bem?

— Estou com uma dor de cabeça infernal. A pior que já tive.

— Irene — falou ele. — Rene-rene.

Gary apagou a luz e sentou-se na cama, pondo um braço sobre ela.

— Está meio escuro aqui dentro — disse. As grossas cortinas encontravam-se fechadas; a luz vinha da porta apenas. Seus olhos não haviam se adaptado ainda, de modo que não podia vê-la bem.

— Quer uma aspirina ou um Advil? — ofereceu à esposa.

— Já tomei. Não está fazendo efeito. Não está servindo de nada. — Ela soava exausta.

— Sinto muito, Irene. Talvez eu deva levar você para um médico.

— Só me deixe dormir.

Ele beijou-lhe a testa, que não estava quente, e saiu, fechando de novo a porta. Antes de fechá-la totalmente, pôs a cabeça para dentro.

— Quer almoçar?

— Não. Só quero dormir.

— Está bem — disse ele, fechando outra vez a porta.

Gary entrou na pequena cozinha, abarrotada, tirou da geladeira salmão defumado, alcaparras e pepino em conserva. Sentou-se na mesa de madeira escura, como a de um salão medieval, perto da lareira, que era grande e de pedra, algo que sempre havia desejado. Porém, o espaço era muito pequeno, apertado; o teto, baixo demais. Parecia vulgar, e não autêntico. Chão de carpete, nada de madeira. Sempre odiara carpete, mas Irene quis assim, dizia que era mais quente. Ele preferia madeira ou até pedra. Placas de ardósia. Não sabia ainda como seria a cabana. Talvez chão de terra batida. Ou então de madeira.

Em geral, os dois jogavam cartas durante o almoço, de maneira que Gary agora não sabia o que fazer. Inclinou-se em direção à estante e pegou seu exemplar de *Beowulf*, colocou-o sobre a mesa, mas não o abriu.

— *Hwaet! We Gar-Dena* — recitou as primeiras linhas. Um truque de circo. Ainda sabia a abertura de *Beowulf* e "O Navegante", em inglês arcaico, e *Os contos da Cantuária*, de Chaucer, em inglês médio, e a *Eneida*, em latim, mas hoje não conseguia mais ler naquelas línguas. Podia até traduzir alguns versos, esforçando-se, com auxílio do dicionário ao lado e de suas anotações de trinta anos atrás, mas nada de leitura. Perdera a capacidade e, apesar de tentar recuperá-la, com intervalos de anos, as tentativas não duravam mais que uma ou duas semanas. Depois, sempre acontecia alguma coisa que requeria sua atenção.

O salmão estava tão bom que fechou os olhos. Era o branco, de carne mais saborosa, um pouco mais gordo e raro, apesar de já ter pegado um no verão anterior e tê-lo preparado ligeiramente defumado. Ainda tinha umas duas embalagens guardadas, seladas a vácuo. Precisava sair para pescar de novo, antes que a temporada acabasse, e poderia defumá-lo depois, na cabana.

Olhou o lago pela janela, através das árvores, enquanto comia; sabia que devia sentir-se sortudo, mas só conseguia sentir um ligeiro pavor interno, quando pensava no que iria fazer no restante do dia e como preencheria as horas. Havia sentido aquilo durante toda a vida adulta, principalmente ao entardecer, e em especial quando era solteiro. Depois que o sol se punha, o período de tempo até a hora de dormir parecia uma eternidade, algo sem fim, um vazio que não podia ser preenchido. Nunca contara aquilo a ninguém, nem à Irene. Pareceria que ele tinha algum defeito. Duvidava que alguém pudesse entender de verdade.

— Muito bem — disse Gary, levantando-se.

Tinha de se mexer. Irene não iria ajudá-lo naquele dia, mas precisava fazer alguma coisa. Teria de recorrer a Mark ou Rhoda para lhe darem uma mão. Assim, lavou o prato e o garfo, saiu e tomou o caminho que levava à casa de Mark.

Já havia percorrido muito aquela rota sinuosa, ao longo de moitas de amieiros, adentrando a floresta conífera. Devia ter passado por ali com um facão, anos antes, e aberto um atalho. No entanto, gostava daquelas voltas e reviravoltas; brotos que vira transformarem-se em árvores; o aspecto diverso das estações, verde agora, viçoso; depois fechado, bloqueando a visão da trilha adiante.

— Ei, urso — gritava ele, ao aproximar-se de uma curva. — Ei, urso, urso.

Mosquitos zumbiam em seus ouvidos, querendo atacar-lhe o pescoço. A floresta úmida e podre; o cheiro de madeira. Vento soprando no alto das árvores, um som tranquilizador, que aumentava de repente e parecia sempre tão longínquo, mesmo ouvido de perto.

Marcas da tempestade: galhos caídos que ia tirando do caminho, jogando para os lados. Gravetos partindo-se sob os pés.

Estava curioso para ver o córrego e, quando chegou a ele por fim, pôde ver que o nível da água, que ainda permanecia límpida, estava na altura das margens. As tábuas que colocara como ponte continuavam no lugar; as bordas cobertas de musgo, de um verde brilhante. Gary parou ali, observando a água correr em sua direção. Samambaias por todos os lados, arálias repletas de espinhos erguendo-se em planos horizontais, grandes folhas planas.

Ele prosseguiu, subindo uma elevação, cercada por coníferas e choupos, já entrando no terreno de Mark e vendo a casa mais abaixo, em meio às árvores, na margem do lago. Havia um grande jardim ao lado, e mudas de maconha num matagal mais atrás, em tonéis de plástico. Quase todo mundo na cidade já sabia daquilo. Mark comprara a casa e o terreno dois anos antes, por 18 mil dólares, resultantes de saques com cartão de crédito. Naquele primeiro inverno, esforçou-se para honrar o pagamento mínimo, esperando pelo verão, quando, juntamente com o restante da população do Alasca, obtinha toda a sua renda anual. E teve sorte. O preço do salmão foi excepcionalmente alto; a temporada, boa; e ganhou 35 mil dólares em menos de dois meses, um novo recorde para ele, já que estava recebendo inéditos trinta por cento do lucro em uma pescaria. A proprietária do barco o adquirira em virtude de um acordo de divórcio e tinha muito pouca experiência, de maneira que precisava de alguém bom e estava a disposta a pagar por isso. Mark era conhecido de todos, pescava em Kenai desde os 13 anos, com apenas um intervalo de quatro anos, quando fora para Brown.

Após pagar os cartões, fez um móvel com eles, que chamava de Crédito Flutuante, e pendurou-o em uma luminária, sobre a mesa da cozinha. A casa permanecia inacabada, todavia, necessitando ainda da aplicação de reboco e isolamento térmico; era fria no inverno, ainda sem banheiro ou água corrente. A caçamba de sua picape estava sempre repleta de grandes barris de plástico, para transportar água. No pátio, viam-se outros veículos também. Uma van Dodge enferrujada, um Fusca destruído e uma Kombi multicolorida, que mal andava.

Gary não podia dizer que aprovava a vida de Mark, mas sabia também que sua opinião em nada importava. Viu que o filho não estava em casa naquele momento; nem a companheira, Karen. Devia estar pescando, sem dúvida; e ela, no Coffee Bus. Gary tinha imaginado que esse seria o caso, mas gostava da caminhada, e podia usar o telefone ali, para ligar para Rhoda. Abriu a porta da frente, que sempre ficava destrancada, e foi até o telefone, na cozinha. Viu um prato com biscoitos de chocolate na bancada da pia e experimentou um.

— Estou trabalhando, papai — disse Rhoda, quando ele ligou.

Ela estava no consultório do Dr. Turin, ajudando a dar pontos em um labrador preto.

— Não posso falar no celular agora.

— Desculpe, querida. Perdi a conta dos dias. Venha nos ver quando puder. Sua mãe está doente.

— O que aconteceu? — perguntou Rhoda, preocupada.

— Ela está com dor de cabeça. Um resfriado forte.

— Vou mandar alguém até aí. E levarei os remédios. Que péssimo que ela esteja se sentindo assim tão mal!

— Não tem necessidade de ninguém vir. Acho que ela só precisa dormir.

— Eu vou de qualquer forma, papai. Vou jantar essa noite com vocês, lembra?

— Ah, é. Desculpe.

Gary, então, ficaria sozinho por enquanto, e tinha pouco tempo para dar conta de tudo, até o jantar. Refez o caminho, colocou a picape com a traseira voltada para a pilha de toras e começou a carregar. Não era fácil para uma pessoa só, mas também não era tão difícil assim. Bastava arrastar a tora até a tampa traseira do veículo, colocá-la de pé e depois empurrar a ponta.

Ao terminar, levou as toras até o barco, lembrando-se dessa vez de colocá-lo mais próximo da água. Estava tudo muito mais tranquilo. Irene tinha aguentado a pior parte. Nem vento havia quase; as ondas estavam muito pequenas, e descarregar na ilha não seria problema.

Gary pensou, então, que poderia ter esperado. Em vez de saírem naquela tempestade e de os dois caírem doentes, podiam ter aguardado, como Irene queria. Teria sido melhor. Entretanto, por algum motivo, isso não fora possível.

Irene despertou desorientada. Ergueu a cabeça para ver as horas. Passava das duas da tarde e aquele movimento pôs mais pressão em sua testa, fazendo-a latejar.

— Gary — chamou, com a garganta seca.

Tinha fome, sede e queria que ele a ajudasse, cuidasse dela. Não era o momento para ficar sozinha. A dor por trás do olho era tão intensa que precisava fazer algo para neutralizá-la. Começou a entrar em pânico.

— Gary — chamou de novo, sem obter resposta nem ouvir qualquer som na casa.

Ele a havia deixado ali, sem dúvida, e saído de barco, atendo-se ao plano, ao projeto.

— Gary! — berrou ela, enfurecida. — Vá se ferrar!

Ela pressionou as mãos contra os dois olhos, nas cavidades, depois a testa, o pescoço. Uma dor viva parecia escavar-lhe o interior da cabeça.

Irene puxou as coberta para o lado, devagar, sem querer fazer movimentos bruscos; sentou-se na beira da cama, um pouco tonta. Esperou até sentir que não cairia e, depois, levantou bem devagar, enveredando pelo corredor até o banheiro. Pegou o frasco aberto de Advil, tomou quatro comprimidos e, então, mais quatro aspirinas, além de um pouco de NyQuil. Queria ficar nocauteada, não sentir nada. Não se importava com o que aquilo poderia fazer a ela a longo prazo. O que importava era o agora.

Andou de volta para a cama, deitou-se de lado, encolhida, e choramingou.

— Igual a um cachorro — disse em voz alta.

Os remédios começaram a agir e, embora não fizessem nada em relação à dor, deixaram-na sonolenta, induzindo-a finalmente ao sono.

Irene despertou de novo após ter sonhos angustiantes e assustadores. Chamou por Gary outra vez, mas sem nenhuma resposta. O relógio marcava quase cinco e meia.

Levantou-se então e caminhou vagarosamente até a cozinha. Só conseguia respirar pela boca, e engolir lhe causava dor, mas estava faminta.

Procurou um iogurte. Era prático e desceria com facilidade pela garganta. Ingerindo com cuidado, conseguiu tomar um pote todo, com um suave sabor de baunilha. Depois, ouviu a lata-velha de Rhoda estacionando.

— Graças a Deus — disse. Ansiava em receber os cuidados.

Rhoda entrou rápido, ainda vestindo o traje cirúrgico azul-claro do consultório do Dr. Turin.

— Ah, mamãe — disse ela —, você está péssima.

Rhoda pulou sobre o banco e aproximou-se de Irene, pondo os lábios sobre sua testa.

— Pelo menos não tem febre.

— Não. A dor é atrás dos olhos, especialmente no direito.

— Não sei o que pode ser isso.

— Seu pai me deixou sozinha o dia todo.

— O quê?

— Veio ver como eu estava uma vez e depois desapareceu.

— Mas ele sabe que você está doente.

— Sabe.

— E não tentou ajudar? Não perguntou se você precisava de alguma coisa?

Irene pensou por um instante.

— Acho que perguntou se eu queria que ele me levasse ao médico e se eu estava com vontade de almoçar.

— Então ele tentou, mamãe.

— Isso foi há mais de seis horas. Seis horas.

— Bem, eu estou aqui agora, e Frank Bishop também vai dar uma passada aqui, a qualquer momento. Eu trouxe uns analgésicos, caso ele não tenha nenhum.

— Então vou tomá-los agora.

— Desculpe, mamãe, mas temos que esperar.

Irene suspirou.

— Saúde e doença. Na saúde e na doença. E se alguma coisa acontece comigo, seu pai foge na hora.

— Ele ama você, mamãe. Você não está sendo justa com ele porque não está se sentindo bem.

— É ele quem não está. Não pode cuidar de ninguém além dele mesmo.

— Por que você não se deita de novo, mamãe?

Elas foram para quarto e Rhoda acomodou Irene na cama. Um carro estacionou.

— Deve ser o Bishop — disse Rhoda.

Irene ficou esperando na cama, contida no próprio sofrimento, desejando que a dor se fosse.

Frank Bishop entrou, cumprimentando-a de forma bem-humorada.

— Olá, Irene. O que foi que você andou fazendo agora?

— Você só tem 30 anos, Frank. Não me venha com intimidade.

— Desculpe — respondeu ele, enquanto virava os olhos na direção de Rhoda.

— Não faça isso — revidou Irene.

Ele parou então de falar. Mexeu na maleta, sentou-se em uma cadeira que Rhoda havia trazido para perto da cama, e tirou um termômetro, enfiando-o na boca de Irene. Depois, tomou-lhe o pulso.

Os três esperaram um minuto em silêncio, aguardando o resultado. Por fim, ele retirou o aparelho:

— Sem febre — constatou Frank.

— É, ela não parece quente — observou Rhoda.

— O que você está sentindo, Irene?

— Uma dor terrível atrás do olho direito, como se fosse uma espiral. A cabeça toda e o pescoço doem, mas a dor atrás do olho é insuportável. Aspirina e Advil não fizeram o menor efeito. Preciso de alguma coisa mais forte. E a garganta está irritada; o nariz, completamente entupido. Me sinto péssima.

— Certo — falou ele. — Parece uma sinusite aguda.

— Sim — concordou Rhoda.

— Preciso levar você para tirar umas radiografias e verificar a gravidade disso.

— Você pode me dar algum analgésico agora?
— Amanhã.
— Isso não me ajuda muito.
— Desculpe, Irene, é só o que posso fazer. Preciso saber o que estou tratando — disse ele, levantando-se, dando-lhe um tapinha gentil no ombro e saindo.

Rhoda o acompanhou até o carro, um Lexus, com a parte de baixo toda enlameada.

— Desculpe — comentou ela. — Mamãe não está se sentindo nada bem.

— Leve-a amanhã de manhã.

Frank entrou no carro e deu a partida. Rhoda fora sua colega durante todo o período escolar, desde o primário. Agora ele estava rico e gostava de se fazer de Deus, enquanto ela remendava cachorros e recolhia amostras de fezes para exame.

Quando Rhoda retornou à cabeceira da cama, sua mãe pediu os analgésicos.

— Está bem, mamãe — disse ela. — Tem Vicodin. Mas é para tomar um só e de quatro em quatro horas. Não mais que isso, senão podem lhe causar problemas, dar náusea e outros efeitos colaterais também.

— Para com isso — retrucou Irene. — Não estou nem aí se a minha pele toda cair ou se nascer em mim uma terceira teta. Só quero dormir e não sentir nada.

Na saída da área de acampamento Lower Salmon River, Monique estava parada ao lado de um dos iglus de concreto azul que costumavam ser lojas de suvenir, parecendo uma caroneira ou talvez motoqueira. A culpa e o medo já tomavam conta de Jim. Ele pensou em só passar de carro por lá, mas ela o estava observando.

— Que carro grande, hein! — disse, subindo e sentando-se. — Cabem uns 12 aqui.

— É, é bem espaçoso — respondeu ele.

Era um Chevrolet Suburban, e não tinha certeza se Monique estava debochando dele ou não.

— Como você veio parar aqui? Fica a mais de vinte minutos de Soldotna.

— Carl gosta de andar e ver lugares diferentes. Ele acha que ver tudo já é alguma coisa.

— Carl?

— É, Carl.

— Quem é Carl?

— Meu namorado. Viemos juntos.

— Ah — disse Jim, como se o mundo tivesse acabado de desabar.

— Mas isso não importa — continuou Monique. — Não é como se eu fosse casada.

— Claro que não. É verdade. Não é como se você fosse casada. Aliás, não é como se eu fosse casado também.

— Você está saindo com alguém?

— Não, não.

— Hmmm.

Jim perguntou-se se ela já sabia sobre Rhoda. Depois se lembrou que havia conhecido Monique por meio do irmão de Rhoda, Mark. Com certeza ela sabia e talvez até já a conhecesse. As duas podiam tornar-se boas amigas em breve, inclusive.

— Merda — falou Jim, alto.

— O quê?

— Ah, desculpe. É que me esqueci de uma coisa importante hoje.

— Odeio quando isso acontece comigo.

— É.

Jim ficou pensando em como se sairia pelos próximos vinte minutos. Imaginara que flertariam um pouco e depois cairiam nos braços um do outro, quando chegassem na casa dele.

— Você é de onde?

— Washington — respondeu Monique. — Onde não é bonito e não existem montanhas.

— O que seus pais fazem lá? — Ele esperava obter alguma ideia de sua idade.

— Minha mãe é uma figurona na AID.

— Ah.

Não podia admitir que desconhecesse o que era a AID. Provavelmente, algum tipo de organização ou departamento do governo. Ele não era muito de ler jornal.

— E o que ela faz? — perguntou.

— Trabalha em programas de saúde. É formada em antropologia médica. Está sempre indo para lugares que não me leva nunca, e voltando com um sapato ou alguma outra coisa para mim. Às vezes viajamos juntas.

— E seu pai?

— Morreu.

— Ah, sinto muito.

— Tudo bem. Ele não era alguém importante. Somos mais felizes sem ele.

— Ah...

— E você, querido? — perguntou ela, imitando a voz de uma atriz famosa, alguém que ele devia conhecer. — Conte-me um pouco sobre sua vida.

— Meu pai era dentista também.

— Uma velha tradição. E sua mãe?

— Não trabalhava.

— Você quer dizer que ela tomava conta dos filhos, cuidava da casa e administrava as contas?

— Você tem quantos anos?

— O suficiente para ser sua avó.

— Essa foi boa — riu Jim.

— Foi — disse ela.

Carl, enquanto isso, estava no acampamento, encolhido na tenda, protegendo-se da chuva e escrevendo cartões-postais. Cumprimentando os amigos de Washington, contando-lhes como estavam ele e Monique, já que ela não escrevia para ninguém. Aparentemente, sua namorada não dormia em tendas, também. Havia encontrado algum lugar melhor. O bilhete dizia apenas "até amanhã". Aquilo o deixou furioso. Teve vontade de sair na chuva, rasgar as roupas e vociferar como o rei Lear, mas não tinha ninguém ao redor para ver. Monique não ficaria sabendo, nem se importaria. No final das contas, iria apenas ficar ensopado e com as roupas rasgadas. Aquilo tudo era péssimo.

O tipo de coisa que vinha acontecendo desde o primeiro dia em que chegaram a Soldotna. Carl e Monique ficaram sabendo sobre o anzol de três pontas, que permitia capturar os peixes sem o uso de iscas, no promontório de cascalho na cidade de Homer, e correram para alugar um carro. Isso foi quando Carl ainda tinha algum dinheiro.

Monique achou Homer linda. Enquanto Carl preparava o equipamento, ela foi dar uma caminhada em torno da enseada. As montanhas, do outro lado da baía, erguiam-se diretamente da água, em fileiras irregulares, e ainda tinham neve nos picos. Bandos de pelicanos sobrevoavam a praia de areia escura; a água parecia uma pedra preciosa sob o sol da tarde; e, olhando para a baía, protegendo os olhos, Monique viu o jato de água de uma baleia jubarte, erguendo-se dourada e brilhante e depois nadando pela superfície, ao vento. *Eu moraria nesse lugar*, pensou ela. Depois, caminhou até as docas, observando os barcos, e encontrou um pescador de cabelos negros e olhos azuis, que falou com ela sobre santolas, halibutes e a suavidade do mar à noite.

Carl sabia disso tudo porque Monique lhe contara mais tarde, em detalhes. Ela era assim. Não lhe ocorria que poderia estar arriscando-se.

Sem saber sobre o moreno bonito, de olhos azuis, e aquela conversa fiada a respeito da suavidade do mar, Carl caiu num buraco cheio de água suja. Com 30 metros de largura e o triplo de comprimento, parecia um lago estagnado. Pôde ver uns pequenos anéis iridescentes de gasolina sobre a superfície da água. Contudo, o famoso salmão branco aparecia por ali, aparentemente na maré alta

As marés eram perigosas na enseada de Cook. Pareciam uma corrente de rio e, quando chegavam, por volta das 8 horas, subiam rápido. Carl ficou impressionado. Os salmões pululavam, e uma centena de pescadores, Carl entre eles, balançavam na água anzóis enormes, pesados, sem isca, em todas as direções, tentando fisgar os salmões enquanto eles nadavam rapidamente. Muitas vezes, algum anzol escapava da água, passando por uma fileira de pescadores e indo enterrar-se no banco de cascalho, atrás. Algo absurdo e arriscado. Não era incomum ver-se fisgado e rasgado, contou-lhe um *habitué* com um sorrisinho abafado. Havia garotos de 10 anos de idade ali, sacudindo linhas para todos os lados, sem olhar para trás, e velhos, cambaleantes de tanto álcool ou medicamentos, com as roupas e os chapéus parecendo cascatas de anzóis. Era ridículo e degradante. Os salmões pescados vinham aos pedaços e esfiapados, cortados por todos os anzóis que não os haviam conseguido fisgar.

Carl escreveu um cartão-postal para a mãe de Monique: "É lindo aqui. Monique e eu estamos adorando o Alasca, o cenário, as pessoas e as pescarias. Conhecemos um pescador que nos falou sobre santolas e halibutes, e isso foi depois de vermos os pelicanos, em bandos enormes." Carl rasgou o cartão-postal. A mãe dela o achava muito devagar. Monique havia lhe contado que ela o chamava de "Carl, o molenga" pelas costas. Ele se encolheu dentro da parte mais seca do saco de dormir e tentou pegar no sono.

Monique e Jim também estavam tendo seus problemas com os preparativos para dormir. Tinham acabado de comer um delicioso salmão no jantar, com arroz selvagem, vinho branco e um *Baked Alaska*, de sobremesa, meio despencado mas, na opinião dele, delicioso. Jim lera a receita na própria embalagem e depois o fez. Na aparelhagem de som tocava uma música, e ele já se imaginava fazendo um sexo maravilhoso, quando Monique perguntou então onde iria dormir.

— Como? — perguntou Jim.

— Estou um pouco cansada. Fiquei acordada até tarde ontem à noite. Estou pensando em me deitar cedo, depois desse jantar maravilhoso. Estava realmente divino. Você é um *chef* — disse ela, erguendo a taça para fazer um brinde.

— Ah — reagiu ele. — Hmmm, eu estava pensando que ia levar você de volta essa noite, em algum momento.

Jim estava entrando em pânico. Rhoda às vezes passava a noite na casa dos pais, quando jantava lá, mas nem sempre, pelo menos não com muita frequência.

— Não acredito que você esteja pensando em me levar de volta para aquele acampamento no meio da noite.

— Não, não, claro que não. Nem sei o que estava pensando.

— É por causa da Rhoda? Ela vem para cá hoje?

— Vem.

— Você não mora aqui sozinho, não é?

— Não.

— E Rhoda planeja se casar com você, não?

A ereção de Jim havia terminado. Ele fechou os olhos e massageou as têmporas.

— Jim, isso foi mal planejado, você não acha?

Ele gemeu um pouco e tentou pensar, sem sucesso.

— Olhe — falou Monique. — Um bom hotel seria ótimo. Não quero criar problemas para você e Rhoda.

— Sério? — perguntou ele, animando-se. — Você é demais.

— Não me importo.

Jim levou-a para o hotel King Salmon, onde esperava não conhecer quem estivesse de serviço. No entanto, depois de esperarem na recepção e tocarem a campainha, um de seus pacientes apareceu, sorriu e disse:

— Olá, Dr. Fenn.

Jim teve que olhar rápido o nome dela no crachá.

— Oi, Sarah — disse ele.

— Em que posso ajudar? — perguntou ela, sorrindo para Monique também.

— Essa é minha sobrinha, Monique — falou Jim. — Veio fazer uma visita, mas estamos com obras em casa. Então pensamos em hospedá-la aqui temporariamente até podermos tirar a cobertura dos móveis e o cheiro de tinta sair, essas coisas.

Ele enrugou o nariz ao falar do cheiro de tinta, e Sarah retribuiu a careta, enrugando o seu também.

Monique riu quando entraram no quarto.

— Obrigada, tio.

— Não me chame de tio — disse Jim.

Depois, ela deu-lhe um longo beijo e empurrou-o para fora da porta.

Enquanto a mãe tentava dormir, Rhoda deu uma olhada em volta da cozinha, em busca de ideias para o jantar. Feijão enlatado, milho enlatado e purê de batata instantâneo. Seria fácil. Pôs uma chaleira no fogo para a mistura, aqueceu o milho no micro-ondas e despejou a lata de feijão numa panela. Quando a chaleira apitou, seu pai já vinha chegando em sua velha e combalida F-150. Ninguém na família dirigia alguma coisa que prestasse.

Ele andou uma parte do caminho até a casa, depois parou e olhou ao redor. As árvores, a montanha, os chifres ao longo do telhado, os canteiros. Sempre fazia isso. A vida toda, desde que ela era gente. Rhoda não sabia o que aquilo significava.

— Oi, papai — cumprimentou ela, quando Gary finalmente entrou. — Olhando as árvores?

— O quê?

— Você sempre para e olha em volta antes de entrar em casa, ou em qualquer outro prédio, até num barco ou numa camionete. Mas por quê?

— Como? — perguntou ele. — Não sei.

— Você vai se ver com a mamãe.

— O quê?

— Deixou-a sozinha o dia todo. Ela está querendo matar você.

— Perguntei se ela queria que eu a levasse a um médico.

— Já sei.

— Sabe?

— Ela me contou. Defendi você. E trouxe um médico, o Bishop. Ele disse que a mamãe está com uma sinusite aguda e precisa fazer uma radiografia amanhã de manhã.

— Está bem — disse o pai.

— Está bem? Estou preocupada com ela. Mamãe parece estar mesmo doente. Ela está ficando louca.

— Ah — falou ele.

Depois, atravessou o corredor e abriu a porta do quarto. Podia ouvir a respiração precária de Irene, a garganta cheia de muco. Fechou a porta devagar e deu a volta na cama, no escuro, deitando-se ao lado dela e pondo um braço à sua volta.

— Hmmm — murmurou ela, encostando-se nele, algo tão natural e simples.

Gary fechou os olhos, sem querer perder aquilo, um momento cada vez mais raro entre eles. Um conforto básico, os dois precisando um do outro. Por que isso não era o bastante?

Sua primeira atração por Irene fora instintiva. Era aluno de faculdade, em Berkeley, estudava cultura medieval, mas estava ficando para trás e sabia disso. Não conseguia acompanhar os outros. Foi bem nos textos básicos, porém sem êxito com os documentos secundários, histórias e registros longos, almanaques, diários, todos em inglês médio. Documentos religiosos em inglês médio, arcaico e latim. Ainda tinha todas as críticas, manter-se atualizado com os últimos livros e artigos. Era demais. E não sabia francês moderno nem antigo, o que era um grande problema.

Um colega do curso apresentou-o a Irene, durante um jantar de turma, em um restaurante barato. Ela tinha cabelos louros e compridos na época, olhos azuis. Parecia saída de uma saga islandesa da Idade Média. Não usava jargões ao falar. Professora de pré-escola, ainda em formação, mas nada intimidante. Ele sentiu que podia por fim respirar. Ela estava segura.

Gary abraçou Irene e tentou lembrar-se de como haviam sido aos 24 anos, procurou sentir o que tinha sentido então, mas fazia muito tempo. Irene gemeu de novo, saiu de perto dele e tentou limpar a garganta, arrancando as cobertas de repente.

— Não consigo dormir — disse ela. — Não consigo respirar e agora não consigo engolir. Como vou conseguir um pouco de ar?

Irene foi até o banheiro e Gary sentou-se.

— Posso fazer alguma coisa? — perguntou o marido.

— Faça isso parar. Não posso respirar. Não consigo dormir. A dor não passa. E agora estou tonta. É o Vicodin.

Ela gargarejou, tentando limpar a garganta.

— Volte para a cama.

— Estou sufocando — falou. — Talvez um pouco de comida ajudasse. E um pouco de chá.

Ela vestiu-se e os dois foram para a cozinha. Rhoda já tinha posto a comida na mesa e havia uma xícara de chá quente pronta.

— Obrigada — disse Irene, beijando a testa da filha.

Gary colocou jornal na lareira, atirou uns gravetos e acrescentou pedaços maiores de madeira, além de um tronco. Acendeu as pontas e abanou até conseguir um bom fogo.

Irene começou a chorar. Estava tentando comer um pouco de purê com feijão, mas só chorava.

— Mamãe — disse Rhoda.

— Irene — falou Gary.

Os dois sentaram-se, um de cada lado dela, pondo os braços ao seu redor.

— Dói de verdade — disse ela. — Não para.

Irene, no entanto, não estava chorando apenas por causa da dor, ela sabia. Tinha um pretexto, finalmente, para chorar sem precisar esconder, e era impossível parar. O choro possuía volume e profundidade, um espaço físico dentro dela, abobadado, que ecoava em tudo. Gary abandonando-a, após trinta anos, naquele lugar frio e implacável. Ela não sabia como parar aquilo, como reduzir a velocidade dos anos, como fazer com que ele visse.

Quando Jim retornou, após deixar Monique no hotel, Rhoda já estava em casa, na pia, lavando os pratos do jantar dele.

— Que banquete — disse ela. — Não sobrou nenhum *Baked Alaska* para mim?

Rhoda sorria, fingindo. E parecia muito bem para Jim, que a beijou, puxando-a mais para perto.

— Ei, espere. Deixe eu tirar o sabão da mão primeiro.

Jim estava tirando o jeans de Rhoda bem ali, diante da pia.

— Imagino que o encontro tenha sido bom — falou Rhoda, mas a voz estava ficando mais baixa.

Jim ajoelhou-se na sua frente, no chão da cozinha.

— Não faz mal — murmurou ela.

Depois, jogaram general[1] na mesa da cozinha. Rhoda conseguiu fazer um general, uma sequência só com números 1. Ficou prosa, enquanto ele resmungava. Na próxima rodada, ela repetiu o feito, em apenas duas jogadas.

— Uau! — disse Jim. — A sorte está do seu lado.

Ele fez um lance péssimo, um 3, alguns 2, e ao final mais 1. Tentou outra vez, mas não foi além.

— Para mim, chega — falou.

Rhoda fez então um terceiro general, novamente só com números 1.

— Ah! — gritaram os dois.

Ela mordeu as mãos e começou a pular na cadeira. Jim berrava, completamente enlouquecido. Os dois levantaram-se e começaram a correr em volta da cozinha, esfregando-se instintivamente e tremendo, como se a sorte, com suas pequenas mãozinhas bêbadas, ainda estivesse agarrando-se a eles.

---

[1] Também conhecido como *yahtzee*, um jogo que envolve combinações e somas dos arremessos de dados, objetivando o melhor resultado em que a jogada que vale mais pontos é chamada *general*, revelando o mesmo número em todos os arremessos. (*N. do T.*)

Irene sentia cada solavanco da estrada a caminho da cidade. Cada sulco e saliência, lombada ou buraco, tudo irradiava arcos vermelhos, circulando naquele mundo que jazia atrás de seu olho direito. Um dia ensolarado, de verão, mas até a luz doía, de maneira que mantinha os olhos fechados.

— Já estamos chegando — disse Gary. — Aguente só um pouco mais.

— O Vicodin está me deixando enjoada.

— Só mais uns minutos — disse Gary.

No consultório, tiraram as radiografias, e Frank examinou-as sobre um painel iluminado.

— Essa é a visão frontal — explicou ele.

Era o crânio de Irene, as órbitas, mandíbulas sem carne, fileiras de dentes sorrindo, como no símbolo da caveira com os ossos cruzados atrás. Uma visão que se adiantava a sua própria morte.

— Medonho — disse ela.

— Essa aqui é uma visão lateral — continuou Frank. — E o outro lado.

— Onde está a infecção? — perguntou Irene. — Com o que parece?

— Bem, esse é o problema, Irene. Não tem nada aqui.

— Como assim não tem nada?

— Você não está com nenhuma infecção interna, de acordo com os exames.

— Estou, sim.

— Você está visivelmente resfriada, com um pouquinho de infecção talvez. Se quiser, posso lhe receitar um antibiótico por uma semana.

— Não entendo.

— As radiografias não estão mostrando nada.

Ela começou a chorar, inclinando-se para a frente, na cadeira, e segurando a cabeça com as mãos.

— Irene — chamou Frank, dando-lhe tapinhas desajeitados no ombro.

— Estou com alguma coisa — falou ela. — Tem alguma coisa errada.

— Lamento. Vou prescrever a receita. Mas não tem nada aí.

Irene aguardou até poder se recompor, tentou sem sucesso assoar o nariz, pegou a receita, pagou a consulta e teve de contar a Gary, na sala de espera.

— Não apareceu nada na radiografia.

— Como?

— Sei que há algo errado — falou ela. — Só que não apareceu no exame.

— Irene — disse ele, puxando-a para seus braços. — Lamento muito, mas talvez seja uma boa notícia. Talvez você fique boa logo.

— Não. Há algo errado.

— Vou levar você para casa. Vamos colocar você perto da lareira.

Eles assim o fizeram. Compraram o remédio, foram para casa, com todos os buracos e saliências pelo caminho, e Irene em agonia. Gary trouxe cobertores para o sofá, ao lado da lareira, deitou-a e fez um belo fogo.

Uma lareira de pedra, uma boa casa, o marido provendo seu conforto. *Talvez essa dor terrível acabe se tornando uma coisa boa*, pensou Irene. *Talvez nos aproxime mais. Talvez Gary se lembre de mim.* Época estranha da vida, os filhos crescidos, o trabalho se fora, só sobrara Gary, mas não aquele Gary com quem havia começado. Ela não apreciava a aposentadoria. Até alguns meses atrás, dançava e cantava todos os dias na escola, com crianças de 3 a 5 anos de idade, que aprendiam por meio de brincadeiras, cultivando seus interesses, que iam de jardins com minhocas, passando por dinossauros, até a construção de trens que pudessem chegar à Rússia e continuar em direção à África. Elas vinham sentar-se em seu colo, sentindo-se em casa.

Gary lhe preparou um chá, e ela bebericou-o, segurando a caneca quente nas mãos. Tomara a nova medicação na camionete, a caminho de casa, e ainda aguardava que fizesse efeito.

— A dor não passa — disse ela a Gary. — Não sinto a medicação fazer efeito nenhum. Qual analgésico ele me receitou?

Gary abriu a sacola da farmácia.

— Amoxicilina como antibiótico, um descongestionante que não sei pronunciar o nome, e Aleve como analgésico.

— Aleve?

— É.

— Aquela merda. Aleve é a mesma coisa que Advil. Ligue para Rhoda. Preciso de mais Vicodin.

— Irene, você tem que tomar o que ele receitou. Frank disse que as radiografias não acusaram nada.

— As radiografias estão erradas.

— Como é que as radiografias podem estar erradas?

— Não sei, mas estão.

* * *

Rhoda ficou no trabalho até tarde, até depois de o Dr. Turin e o restante do pessoal irem embora.

— Só estou terminando de organizar uns papéis — dissera-lhes.

No armário de amostras de medicamentos, ela pegou o que havia sobrado de Vicodin, o qual fora enviado por engano. Era um suprimento para uma semana apenas, e não haveria mais. Precisaria pegar outra coisa.

Encontrou Tramadol, outro analgésico, e fez uma busca na internet. Parecia não causar problemas em humanos. Poderia perder o emprego por causa daquilo, talvez até enfrentar algum tipo de acusação criminal. Pensou em pedir uma receita para Jim, mas não queria pressioná-lo.

Dirigindo em direção à casa dos pais, pensava sobre o casamento. Jim ainda não havia feito o pedido, mas já tinham conversado sobre isso, indiretamente. Ela desejava que o casamento fosse no Havaí, e ele basicamente concordara. Rhoda não queria frio, mosquitos, nem qualquer sinal de salmão. Nada de chifres de alce na sala ao lado, ou botas até os quadris. Ansiava por Kauai, Waimea Canyon ou a baía de Hanalei. Uma cerimônia na praia; ou no cânion, com vista para o oceano; algo bonito. Coqueiros, pratos enormes com frutas frescas, suco de goiaba, nozes-macadâmia. Alguma antiga casa de fazenda, talvez, branca e com uma varanda coberta, madeira trabalhada e balaustradas. Aves-do-paraíso sobre as mesas, com talos longos e finos e tufos multicoloridos. Talvez alguns pássaros de verdade, também, papagaios ou algo no gênero. "E talvez eu use um tapa-olho", dizia Rhoda em voz alta, sorrindo. "Pobre Jim, não faz ideia do que o espera."

Ela pegou a via em direção ao lago, chacoalhando e sacudindo na péssima estrada. O que desejava mesmo era algo com classe. Nada de vulgar, mas digno, o que seria difícil com sua família. Mark estaria doidão, sem a menor dúvida, e o pai tiraria o smoking na primeira oportunidade. Já a mãe se portaria bem. Ela tentava visualizar o local, mas tudo que conseguia ver eram pedaços de casamentos, flutuando no ar, sem muito nexo. Talvez ela e Jim tivessem que fazer uma viagem de reconhecimento ao Havaí. Precisava ir pessoalmente ver os lugares.

Quando parou o carro, deparou-se com o pai preparando o jardim, mexendo nos vasos.

— Tudo bem, papai?

— Olá, Rhoda. Trouxe os analgésicos? — perguntou ele, pondo-se de pé e tirando a poeira do jeans com as mãos.

— Posso ser presa por isso. Temos que conseguir uma receita para ela.

— Sim — disse Gary. — Mas acho que em um ou dois dias isso vai passar. Não é nada sério, só um resfriado.

— Hmmm — fez Rhoda, entrando na casa.

A mãe encontrava-se no sofá, em frente à lareira, debaixo de um cobertor.

— Estou me sentindo péssima — disse Irene.

— Tem analgésico para umas duas semanas — falou Rhoda. — Vicodin e Tramadol, que usamos para cachorros grandes. Dá no mesmo. Se um comprimido não for suficiente, talvez você possa tomar outro, mas não conte para ninguém onde conseguiu.

Rhoda pôs água num copo e deu-o à mãe, juntamente com um Vicodin.

— Obrigada, meu amor. Agora me ajude a ir para o quarto. Preciso dormir.

— Claro — respondeu Rhoda. — Mas você não está podendo andar?

— Estou um pouco tonta. Só me segure. Por que todo mundo questiona isso?

— Desculpe, mamãe.

Elas caminharam até o quarto, e a mãe deitou-se sob as cobertas, sem dizer mais nada.

Rhoda lavou um pouco da louça e depois saiu, para falar com o pai:

— Qual é o problema dela? — perguntou.

— Está me castigando — respondeu ele. — Por termos saído na chuva. Algo que eu não deveria ter feito. Mas ela ainda vai se aproveitar desse resfriado o máximo que puder, para que eu veja como se sente.

— Papai...

— É verdade. É isso que está acontecendo. É minha culpa, mas não sou obrigado a aturar isso.

— Ela não faria uma coisa dessas, papai.

— Bem, você não a conhece como eu. Vocês duas têm um relacionamento diferente. E isso é bom.

— Acho que tem alguma coisa errada com ela. Não creio que esteja fingindo.

— Seja lá o que for, preciso voltar a cuidar das flores aqui, e amanhã tenho que trabalhar na cabana. Sua mãe deveria me ajudar.

— Se eu não tivesse que trabalhar amanhã, ajudaria.

— Obrigado — disse Gary, comprimindo os lábios e dando a entender que a conversa acabara.

Ele sempre fora assim, durante toda a vida de Rhoda. Qualquer conversa de verdade era interrompida. Cada vez que ela tentava ver quem era seu pai, ele desaparecia.

* * *

Mark retornou de outro longo dia de pesca e encontrou sua irmã e Karen, sentadas à mesa da cozinha.

— Como foi? — perguntou Karen.

— Estamos livres da pobreza por mais alguns dias — respondeu ele. — Temos comida suficiente lá fora para nos manter longe da rua.

— Fiz *fiddleheads* — disse Karen.

— Ah, que bom — respondeu Mark, indo até a bancada da cozinha provar um pouco das pequenas espirais verdes, marinadas em vinagre balsâmico e azeite. — Adoro isso.

— Tudo bem, Mark? — disse Rhoda.

— Olá, minha irmã. Como vai a busca por riqueza e felicidade?

— Bem, obrigada.

Mark deu a volta por trás dela e inclinou-se rápido, para encostar as mãos cheirando a peixe em seu rosto.

Rhoda soltou um berro e jogou-se de costas contra ele, caindo no chão, enquanto ele dava um pulo para sair do caminho.

— Que bom, Mark — falou ela. — Você realmente está mudado.

— Não preciso mudar — contestou ele. — Já sou ótimo.

Karen riu. Mark abaixou-se até ela, dando-lhe um beijo e um apertão rápido.

Rhoda pegou a cadeira do chão e sentou-se novamente.

— Detesto a ideia de interromper a celebração de amor de vocês. Tenho certeza de que os dois não se importariam de fazer bem aqui no chão, na minha frente, mas vim por um motivo.

— Conte-nos sobre seus sofrimentos, irmã — disse Mark.

Karen riu, mas Rhoda ignorou-os.

— Mamãe está com muita dor, e papai não acredita que haja algo errado com ela, porque os exames não mostraram nada.

— Hmmm — fez Mark.

— Só queria pedir para vocês irem até lá, algumas vezes por dia, para dar uma olhada nela. Vocês moram praticamente do lado. Eu estou a quarenta minutos de distância.

— Eu adoraria, mas tenho que trabalhar. Vou estar fora de novo amanhã e depois. E Karen vai trabalhar também.

— Está bem — disse Rhoda. — Esqueça, então.

— Eu queria ajudar, mas tenho que trabalhar.

— Está bem — repetiu ela. — Eu entendo. Você sempre foi um bosta irresponsável.

— Sinta o amor — falou Mark.

— Quer fumar um? — perguntou Karen.

Jim desmarcou suas consultas para aquele dia, o que incomodou a secretária e o higienista. Depois correu para o hotel King Salmon.

— Chegando sobre duas rodas — disse para si mesmo. — Sou um homem numa missão, um garoto com uma arma.[2]

Tentou cantar a antiga canção do Devo, mas não conseguia lembrar-se direito da melodia.

Isso o fez pensar em outra música da banda: garotinha com quatro lábios vermelhos, nunca imaginei que pudesse ser assim, estou mergulhando, mergulhando.[3] Ele ria então. *Por favor, trepe comigo hoje, Monique. Por favor, por favor, por favor.*

Ele freou bruscamente o Suburban no cascalho, saltou e praticamente correu até a porta.

Houve uma espécie de pausa longa, antes de ela abrir. Porém estava vestida e parecia pronta para sair. Vestia uma camisa masculina xadrez, verde-escura, para fora da calça; os botões de cima estavam abertos. Jeans.

— Uau — disse ele.

— Ei — retrucou ela, dando um passo à frente para fechar a porta, de forma que Jim teve de recuar.

---

[2] Versos da canção *Big Mess*. Na música original: "I'm a man with a mission/ A boy with a gun". (*N. do T.*)

[3] Versos da canção *Going Under*. Na música original: "Little girls with the four red lips/ Never knew it could be like this/ I'm going under". (*N. do T.*)

Nenhum convite para entrar, nenhum beijo. Monique trancou a porta e depois se virou, encarando-o:

— O que vamos fazer hoje?

— Hmmm — fez ele. — O que você quiser.

— Que tal um voo de helicóptero? Gostaria de ver esse lugar de cima.

— Certo — concordou ele.

Os dois entraram no Suburban e foram em direção aonde ele tinha visto alguns helicópteros, que revelou ser um terreno baldio. Jim telefonou para obter informações, em busca de passeios de helicóptero, encontrou algo, e eles passaram por shopping centers, picapes e barcos em trailers, estacionados nas ruas.

— O Alasca é um lixo — constatou Monique. — Mas eu gosto.

— A gente devia ir para a água — sugeriu Jim. — Pescar. Acho que você gostaria.

— Talvez — respondeu Monique. — Mas o helicóptero primeiro. Preciso me achar, entende?

Jim estava sentindo-se usado, um pouco chateado, mas tentou ficar de bom humor. Eles voariam um pouco por aí e depois voltariam ao hotel, onde trepariam ou ele desistiria daquela bobagem toda.

— Epa — alertou Monique. — Você acabou de passar, caubói. Vi uns helicópteros ali.

— Desculpe — falou Jim, procurando um lugar para dar meia-volta.

Estava começando a ficar meio desesperado, achando que Rhoda talvez não fosse tão mau negócio. Era boa para ele, e isso tinha seu valor.

Jim pagou metade de seu salário pelo passeio, já que Monique recusou-se a fazer o giro rápido. Queria o voo completo de cinco horas, com direito a sobrevoar as geleiras e a enseada do príncipe Guilherme, parando para almoçar em Seward, depois prosseguindo o voo para Homer, por toda a península. Eles subiram num reluzente helicóptero preto e colocaram capacetes.

Monique chegou mais perto e segurou-lhe o braço.

— Obrigada, Jim — disse ela, no fone de ouvido. — Vai ser divertido.

Quando levantaram voo, ele sentiu o humor melhorar também. Talvez aquilo funcionasse.

O piloto colocou-os no alto e começou a dizer bobagens sobre o Alasca.

— Estamos quase do tamanho do pássaro símbolo do Alasca, e vocês sabem qual ele é, gente?

— O mosquito[4] — brincou Jim, numa voz sem entusiasmo.

O piloto fez uma pausa, desconcertado.

— É isso aí, brincalhão — retrucou ele. — Então você já está acostumado com essas pragas. É daqui?

— Sim.

— Certo. Vou só apontar algumas das atrações quando nos afastarmos mais. Desfrutem o passeio, gente. Se tiverem alguma pergunta, é só fazer.

Eles subiram rapidamente e dirigiram-se rumo ao leste. Florestas e depois o lago Skilak prontamente anunciado pelo piloto. Jim olhou pela janela, tentando encontrar a casa dos pais de Rhoda ou a de Mark, mas elas estavam ocultas em algum lugar entre as árvores. À luz do sol, o lago estava de um verde-jade profundo naquele dia; as ondulações na

---

[4] É comum usar a piada de que o mosquito é o pássaro símbolo do Alasca, uma vez que em determinadas estações do ano estes insetos invadem a região de forma maciça. (*N. do T.*)

superfície eram visíveis mesmo lá de cima. Um rio serpenteava para nordeste, partindo da nascente do lago.

— Aqui é o começo da geleira Skilak, amigos — informou o piloto. — É a que alimenta o lago. Vamos segui-la na direção das montanhas.

Ele deu um voo rasante sobre o gelo. O helicóptero parecia apenas um ponto insignificante em meio à vasta extensão branca; a geleira era uma imensa rampa, com rochas íngremes dos dois lados.

— Uau! — disse Monique.

A geleira assemelhava-se a algo produzido por pressão, fendida e inclinada. Para Jim, parecia viva, e ele se perguntou por que nunca fizera aquele voo de helicóptero antes. Aquilo era lindo. Rhoda tinha que ver também. Ela havia praticamente crescido no pé da geleira. Encontravam-se agora um pouco mais distante, mas não muito longe do lago. E mesmo que tivesse visto aquela paisagem em caminhadas, Jim tinha certeza que ela não vira daquele ângulo.

— Quero pousar aqui — falou Monique.

O piloto também tinha fone de ouvido, mas não respondeu.

— Pode ser? — perguntou Jim — Dá para aterrissar aqui?

— Bem, acho que dá. Mas vocês têm que ficar por perto. Nada de sair por aí.

— Está bem — concordou Jim.

O piloto continuou voando em direção ao começo da geleira; depois, diminuiu a velocidade, baixou um pouco o helicóptero e olhou em volta, buscando um lugar seguro. As fendas, vistas de perto, eram muito maiores do que Jim tinha imaginado. Tudo parecia imenso; as distâncias, tremendas; as paredes rochosas, mais altas. E não havia o menor sinal de outros humanos.

Eles desceram devagar, aterrissando sobre uma área lisa de neve, longe de qualquer fenda. A neve envolveu-os em uma nuvem em torno do helicóptero; o trem de pouso tocou o solo, dando um tranco; e o piloto reduziu a velocidade das hélices, até desligar o motor. O ar clareou de novo. O sol brilhava.

Monique foi a primeira a sair. Sempre havia desejado andar sobre uma geleira.

— Um mundo totalmente novo — vibrou ela, virando a cabeça para trás.

Podia ouvir Jim vindo atrás dela. Preferiria estar sozinha naquele momento.

— Impressionante — disse Jim.

— Então fique quieto — retrucou. — Não vamos falar. Só experimentar essa sensação.

— Certo — falou ele.

Monique partiu em direção a uma fenda, um precipício de luz azul. Era como um farol, translúcido. A maioria delas era como cavidades, cortes, mas aquela fora erguida sob pressão e, enquanto caminhava em sua direção, Monique percebia que as distâncias ali eram enganadoras. Tudo ficava muito mais distante e parecia maior do que havia imaginado.

— Adoro isso! — exclamou. — Um universo em expansão, bem aqui.

— Pensei que não era para falar — comentou Jim.

— Isso só se aplica a você. Então, por favor, não estrague meu momento.

Ela continuou a andar; as botas afundando sob a macia camada de neve e batendo no gelo duro, logo abaixo. Sabia que podia haver buracos ali, fendas encobertas, invisíveis, mas parecia de certo modo tão seguro. Deitou-se na neve, abrindo e fechando os membros de maneira a marcar o formato de seu corpo no chão e olhou para o azul brilhante acima.

— Isso é sensacional!

— Hmmm — fez Jim.

— Pobre Jim. Pode falar agora.

— É bem bacana — comentou ele. — Um lugar bonito. Não acredito que nunca vim aqui antes.

— Ai! — exclamou Monique. — Adoro isso.

Ela fechou os olhos e sentiu o frio entrando por seu jeans e até pelo casaco. Uma sensação refrescante e pura.

— Acho que poderia até tirar um cochilo — acrescentou.

Entretanto, alguns minutos depois, sua cabeça começou a esfriar. Ela levantou-se, e eles caminharam de volta ao helicóptero.

Colocaram o cinto de segurança e o capacete.

— Leve-nos para o paraíso, senhor — disse Monique ao piloto.

— Sim, senhora — respondeu ele, fazendo as hélices moverem-se e erguendo-os no ar, em direção à outra vastidão branca, chamada Harding Icefield, que se estendia talvez por uns 160 quilômetros, com elevações e montes, de onde picos escuros projetavam-se. Cruzaram a cordilheira e viram o oceano estendendo-se diante deles.

— Golfo do Alasca — anunciou o piloto. — Vamos passar sobre o monte Marathon, ali na frente, e depois descemos em Seward, em Ressurrection Bay. Continuamos para enseada do príncipe Guilherme e voltamos por esse mesmo caminho até Seward, para almoçar, se for conveniente para vocês.

— Parece ótimo — disse Jim. — Obrigado.

Eles desceram abaixo da linha da neve, passando por montanhas verdes, que se alongavam até Ressurrection Bay.

Um azul muito escuro. Monique continuava a olhar pela janela lateral, mas também colocava a mão na perna de Jim, levando-a até a zona genital. Não muito, a princípio, mas depois sentiu que ele estava tendo uma ereção. Esfregou levemente e sentiu o inchaço, uma forma meio curvada sob a cueca. Aquilo era divertido. Então, deixou a mão ali, ajudando a manter aquela forma. Podia sentir Jim mexendo-se, desconfortável. Depois, riu.

— Desculpe — disse Monique.

Ele parecia um pouco ofendido, mas ela não conseguia parar de rir.

— Desculpe pela brincadeira — continuou, puxando-o mais para perto, a fim de beijá-lo, mas, com os capacetes, era impossível.

Não conseguia chegar a seus lábios, e isso a fez rir ainda mais.

— Desculpe, desculpe — repetiu. — Mais tarde, prometo.

Depois, olhou pela janela de novo.

Estavam voando baixo sobre a costa, com as ondas quebrando brancas contra a rocha negra, a floresta verde descendo densa até a beira da água. Era possível ver umas praias largas, de cascalho cinza e com troncos de árvore repousando ali. Espetacular, tudo aquilo. E nenhuma casa na costa; isso era o que mais impressionava Monique. Para quem vinha de Washington, devia realmente ser uma fronteira.

— Não quero voltar a Soldotna — decidiu ela. — Quero ficar aqui. Vamos procurar um hotel em Seward, algum que tenha banheira quente.

Jim não tinha certeza do que significava aquilo. Olhou para Monique, mas ela estava entretida com a paisagem de sua janela, o rosto virado. Ele não sabia como explicaria a Rhoda, mas talvez pudesse dizer que tinha feito uma viagem para encontrar aquele parceiro em potencial, com quem dividiria o consultório. Provavelmente, isso iria funcionar. E um hotel, os dois juntos, passando a noite, não soava mal. Monique ainda poderia apenas embromá-lo, mas havia uma chance.

— Tem algum problema? — perguntou ao piloto, por fim. — Podemos ficar em Seward e vocês nos pegam amanhã?

— Sim. Não vejo problema — respondeu o piloto. — Será cobrada uma taxa extra, naturalmente.

Gary estava trabalhando sozinho pela manhã, carregando mais toras. Para uma cabana pequena, parecia uma quantidade imensa de madeira, mas ele próprio fizera as contas.

A caminho, finalmente, atravessando o lago em uma tarde ensolarada; brisa leve, tempo perfeito. Borrifos de água, provenientes das pequenas ondas que batiam na proa. Ele estava na popa, com o cabo do acelerador para cima; gostava de encontrar-se ali, de estar fazendo aquilo. O ar era fresco e limpo.

Ao avistar a ilha aproximando-se, fez um desvio, em forma de arco, e tomou a direção de terra. Caiu sobre as toras quando o barco bateu nas pedras submersas, mas segurou-se a tempo.

Desligou o motor, subiu na pilha de toras e começou a descarregar pela proa, puxando uma de cada vez e empurrando-as sobre a água. Não havia dificuldade; o trabalho era um prazer.

Gary sempre havia gostado de esforço físico, de construir coisas, o que era um contraste com a vida acadêmica. Apreciava a ideia de Vonnegut — na verdade, de Max Frisch — de que o homem deveria ser chamado de *Homo faber*, ao invés de *Homo sapiens*. *Vivemos para construir.* É o *que nos define. Essa é a verdade*, pensava ele. Imaginar algo, projetar aquilo na cabeça, visitando a coisa em sonhos, e depois fazê-la acontecer no mundo real. Não existia nada mais satisfatório do que isso.

Gary puxou as toras para terra, até todas estarem dispostas em fileiras e pequenas pilhas. Depois, atravessou uns arbustos baixos, chegando ao local da construção carregando uma pá. Faria aquilo do modo mais simples. Limparia uma parte retangular de terreno, iria nivelá-la e enterraria parcialmente as primeiras toras no chão. Nenhum outro tipo de alicerce era necessário. A ideia era construir uma cabana da forma que costumavam ser feitas. Nada de lajes de cimento ou licenças. A cabana seria a expressão do homem, uma forma de sua própria mente.

Olhou para o lago, examinando a vista, a perspectiva, movendo-se alguns metros para um lado e para o outro, a fim de ter certeza de que ali era o ponto certo. Depois, enfiou a pá no que seria o centro do terreno.

— Começando a cavar — disse ele. — Finalmente. Depois de trinta anos. Como se faz isso?

Deu três passos para o lado, fez outra marca, e mais três passos para o outro lado a partir do centro que havia marcado primeiro. Uma cabana de seis passos de largura e quatro de profundidade. Nada de trena para medir. Só com passos. Tendo os lados marcados, fez os cantos.

— Pronto — continuou ele, pondo-se novamente no meio.

O ombro esquerdo doía; uma bursite adquirida anos atrás, que se fazia sentir toda vez que ele trabalhava. Caminhou até uma conífera e apoiou a mão contra ela, a fim de alongar o ombro. Depois fez o mesmo com o outro braço, sem esquecer-se das pernas. Estava dando início àquele projeto já tão no fim da temporada que não podia dar-se ao luxo de lesionar-se. Tudo tinha que estar nos trilhos. Já estavam na metade de agosto. A ideia era ter começado em maio.

Voltou à área da cabana e retirou toda a madeira morta, atirando galhos e também algumas pedras para longe. Depois, cavou com a pá. Terra escura, rica e leve, mas com tantos estolhos e raízes que nunca conseguia encher a pá. Um ancinho teria sido mais útil nessa situação. Algo que arrancasse aquelas coisas. Estava com um bom par de luvas, de forma que se ajoelhou e limpou com os dedos, puxando, sacudindo e descobrindo que aquilo tudo era mais resistente do que pensava.

— Coisinhas de merda — disse ele.

Levantou-se e tentou usar a pá novamente, para cortar. Pareceu funcionar. Assim, pôs-se a cortar toda a área que seria o lado de fora da cabana, todo o perímetro; os mosquitos atormentando-o, atacando-lhe rosto e pescoço, atrasando o trabalho por causa dos tapas que ele tentava lhes dar.

Ajoelhou-se e puxou todas as raízes que tinha cortado, mas algumas ainda estavam presas, de forma que se viu cortando e cavando de novo com a pá. A área toda era um emaranhado de raízes, e ele começou a se perguntar se deveria usá-la como chão e construir algo ali em cima. Por que a terra era melhor? Todo aquele terreno iria se tornar um lamaçal quando chovesse.

Gary deitou-se no chão e fechou os olhos. O cheiro de terra, de madeira apodrecida, de copos-de-leite. O zunido dos mosquitos em seus ouvidos. Estava usando repelente, mas aquilo não os intimidava, como sempre. Abriu os olhos, e o céu começou a girar. Sentia o pulsar do sangue nas têmporas, a cabeça tonta.

Trinta anos antes, aquele lugar tinha sido novo, e ele mais jovem, os sonhos ainda frescos, alcançáveis. O ar era mais claro, as montanhas tinham um recorte mais preciso contra o céu, a floresta parecia mais viva. Algo assim. Um sentimento de animação em relação ao mundo, que se dissipava com o tempo. Era como um presente recebido, mas frágil, efêmero. Agora, o lugar estava mais próximo de uma mera ideia, oco, carente de essência. Reduzido a mosquitos, a um corpo velho e cansado e a uma atmosfera comum. Iria morar ali, mas devia ter feito isso antes.

Irene achava que ele estava sendo implacável, uma falha de caráter. Ela não conseguia ver a forma do mundo, da vida. Não entendia as enormes diferenças. Ele devia ter procurado alguém mais inteligente. Porém, em vez disso, escolhera alguém mais seguro. E sua vida diminuiu de tamanho por causa disso.

Entretanto, precisava concentrar-se.

— Preciso pensar nisso tudo — disse em voz alta, tentando refletir com clareza.

Estava criando um lamaçal. As toras colocadas ali formariam represas, uma espécie de piscina para juntar água. Estava construindo uma cisterna, e não uma cabana. Porém seus pensamentos desviaram-se para o almoço, para Irene e sua dor de cabeça, para Rhoda e se ela ou Mark viriam alguma vez ali para ajudar. Vagueando, falhando, incapaz de concentrar-se. Uma mente que um dia fora lúcida, e que agora era limitada.

— Certo — disse Gary. — Uma plataforma. Preciso de uma plataforma.

E podia ver que era verdade. De madeira, um piso, com uma elevação de uns 15 centímetros do solo, nivelada. Construiria as paredes em torno dela.

Levantou-se e decidiu dar uma caminhada. Era tarde demais para juntar material para a plataforma ainda naquele dia, poderia então explorar um pouco a ilha.

Foi até as bétulas, nos fundos da propriedade, e continuou a caminhar até encontrar um caminho. Era fácil segui-lo, uma trilha de caça, com percurso mais nivelado. Bétulas e coníferas erguiam-se por todos os lados; não era possível ver a água. Ele deu de cara com uma cabana vazia, de madeira, como a que havia imaginado, com toras bem maiores que as suas, com cerca de 30 centímetros de largura. Perguntou-se onde os moradores as teriam encontrado. Aproximou-se então para examinar, tentar descobrir como conseguiram encaixá-las tão bem. Havia algo nas frestas, mas não sabia dizer o que era. Encontravam-se cobertas de musgo e teias de aranha. Olhou por uma pequena janela e viu uma bacia branca e um fogão a lenha escurecido. Dirigiu-se até os fundos; era uma cabana grande, com mais dois aposentos. Olhou por outras janelas, tentando ver o chão. Parecia ser de tábuas. Depois, ajoelhou-se, examinando as bordas, tentando descobrir como as paredes encaixavam-se no chão, mas não havia frestas entre elas, nada para ver.

— Bem — disse ele, erguendo-se. — Essa será uma boa referência.

Perguntou-se por que alguém construiria uma cabana ali, sem vista para a água, apenas uma instalação em meio às árvores. Não era de admirar que estivesse vazia. Ele podia fazer melhor.

Irene esperou sozinha o dia todo, deitada na cama, olhando para as tábuas do teto. O marido naquela ilha, os filhos trabalhando, o Vicodin deixando-a enjoada e fraca, fria e pegajosa. O quarto estava claro demais com o sol, mas ela não tinha energia para levantar-se e fechar as cortinas. Ninguém se importava com o que pudesse lhe acontecer. Poderia morrer.

— Pena de si mesma — disse em voz alta. — Não é uma coisa muito boa.

Parecia algo próximo do que ocorrera nos anos que se seguiram à morte da mãe e, depois, à do pai. Mudando-se da casa de um membro distante da família para outra, enviada para o Canadá e, então, Califórnia, indesejável, sozinha demais.

Tomou outro Vicodin, a dor chegando ao ponto máximo mais uma vez, e ela não notou nada a principio, mas após uns quinze ou vinte minutos, pôde sentir um frio aguilhoando-a e transformando-se em enjoo e esquecimento, um alívio bem-vindo. Sua mente foi embora, ou pelo menos a consciência dela, deixando Irene concentrada no restante do corpo. Ficara pesada, afundava no colchão.

Era quase como estar mergulhando quando fechava os olhos, a superfície lá em cima, distante. Um oceano com batimentos cardíacos, lentas ondas de pressão; água compactando-se, mas nenhuma margem. Nenhum contato com a superfície. Um mundo de ar, de mito apenas; tempestades, relâmpagos e sol. A única realidade era a densidade da água, o frio, a pressão e o seu peso.

Irene despertou horas depois. A dor retornou, intensa e irregular, irradiando-se pela cabeça.

— Gary — chamou ela, ouvindo dessa vez uma resposta, um ruído na cozinha.

Ele abriu a porta do quarto.

— Como você está? — perguntou.

— Preciso de outro Vicodin. Estou assustada. Essa dor é diferente.

— Acho que você deveria esperar um pouco mais se puder. Rhoda disse que não é para tomar mais que quatro comprimidos por dia. E o médico achou que você não precisa deles.

— A dor está insuportável, Gary.

— Quem sabe uma refeição quente? Comida e água vão ajudar um pouco. O que você quer comer?

Irene não conseguia respirar. Virou-se de lado, e aquilo fez com que a dor e a respiração piorassem.

— Posso tentar — falou ela. — Só quero que isso passe.

— Estou descongelando um pouco de carne de veado. Vou cozinhá-la e fazer um purê de batatas. Você precisa comer mais.

— Está bem — disse ela, cerrando de novo os olhos e ouvindo-o fechar a porta.

Tentou expirar a dor para longe, deixá-la ir-se a cada exalação; não entrar em pânico com a falta de ar, mas os ouvidos zumbiam, reverberavam alto, na frequência da dor, algo que não dava para ignorar. Não conseguia pensar em outra coisa. Tomou outro Vicodin. Não importava o que Gary ou qualquer outra pessoa achasse.

A espera pelo alívio foi mais longa que antes; quinze minutos eram um período de tempo extraordinário. Depois, foi entrando em uma calmaria, em um intervalo de descanso, e Gary abriu a porta novamente.

— Está pronto — avisou ele. — Como está se sentindo agora?

— Tive que tomar outro comprimido.

— Irene...

— Você não sabe de nada. Não tem ideia do que seja isso. Se alguém me contasse, eu não acreditaria também.

— Bem, o jantar está pronto.

Irene sentou-se na beira da cama, sentindo-se tonta.

— Meu chinelo e o roupão. Pode me ajudar com eles?

— Você precisa realmente de ajuda?

— Sim, preciso.

— Tudo bem.

Ele ajudou-a, e logo os dois estavam sentados à mesa; o fogo crepitando. Filés de carne de veado empanados, resultado de uma caçada que fizera no outono passado, em Kodiak. No alto flanco de uma montanha, a flecha que Irene apontara perfurou ambos os pulmões do animal. Agora Irene inclinava-se sobre a comida, cortando um pedaço pequeno de carne que parecia delicioso. Estava faminta, mas também a ponto de vomitar. Os alimentos fariam um estranho percurso.

— Obrigada, Gary — disse ela.

— Eu sinto muito — respondeu ele. — Sinto muito por termos saído no meio daquela tempestade. E vou fazer o que puder para ajudar você a melhorar. Mas estou preocupado com os analgésicos. Você pode ficar viciada neles. Talvez já esteja.

— Não é isso que me preocupa, mas o fato de que eles talvez não sejam suficientes. Até agora não aliviaram completamente a dor. E se ela piorar? O que vou fazer?

— Acho que você está entrando em pânico.
— Completamente.

Jim e Monique alugaram uma suíte no melhor hotel de Seward. As mesinhas tinham os cantos revestidos de marfim falso. Nas paredes, aquarelas horríveis retratavam barcos de pesca. Havia, contudo, uma cama gigantesca e convidativa, para onde foi o olhar de Jim. Também uma banheira jacuzzi, grande o bastante para dois.

— Vamos almoçar — disse Monique. — E depois um passeio de barco.

— Certo — replicou Jim, tentando manter a tristeza e o desejo longe da voz.

Eles saíram e caminharam pelo cais.

Outros turistas estavam ali também; as calçadas encontravam-se cheias. Uma balsa havia chegado. Jim ficou esperando na fila de uma das companhias de turismo, enquanto Monique visitava as lojas. Fazia um belo dia, e ela, linda, alta e magra, fazia todos virarem a cabeça quando passava. Jim achava que deveria estar feliz. Contudo, sentia-se usado, injustiçado e culpado.

— Pare com isso — resmungou para si mesmo. — Você já chegou até aqui.

Certamente que não desejava perder a compensação.

Nunca levara Rhoda para um passeio assim, nem por um ou dois dias. Jamais haviam ido a parte alguma.

Jim chegou finalmente ao início da fila e comprou dois bilhetes para um passeio de três horas, pela Ressurection Bay e o Parque Nacional Kenai Fjords.

— Um passeio de três horas — cantou ele, baixinho, o tema de *A ilha dos birutas*, mas a mulher do guichê já tinha ouvido aquilo um milhão de vezes e não respondeu.

Jim encontrou Monique maravilhada diante de cartazes feitos de veludo preto, com ursos e águias.

— Incrível — disse ela. — A arte chegou no fundo do poço. Preciso ter um.

— Está bem — falou Jim, comprando um cartaz de veludo de cerca de 1 metro, mostrando um urso cinzento prestes a pegar um salmão.

— Isso é um arquivo cultural que você está preservando. Nada além disso — zombou Monique, pegando-lhe o braço, rindo do Alasca e dos turistas.

E eles foram procurar um restaurante.

Apenas o toque dela em seu braço era o suficiente para deixá-lo excitado. Ele percebeu que a desejava mais do que já havia desejado qualquer mulher na vida. Nem nos tempos de colégio e faculdade sentira tanta urgência, e estava com 41 anos. Não pensava que ainda fosse capaz de sentir-se assim. Fazer sexo com Rhoda algumas poucas vezes por semana era o máximo que conseguia. Perguntou-se mais uma vez que idade teria Monique. Achava que uns 20 e poucos, mas não tinha certeza. Parecia tão mais jovem que Rhoda, que estava com 30.

Conseguiram uma mesa no cais, ao ar livre, e pediram ostras, halibute e champanhe. Em geral, Jim não comia ostras, por causa do estômago. No entanto, Monique o fez experimentar uma, e não era tão ruim assim. Sentia mais o gosto da manteiga, e o molho Tabasco queimou-lhe os lábios. Não mastigou muito, engolindo logo.

— Conte umas histórias do Alasca e me divirta — pediu Monique. — Pode começar com seu encontro mais próximo com um urso.

— Vamos falar um pouco de você — sugeriu ele. — Não sei quase nada a seu respeito.

— Não tenho nada demais para contar — respondeu Monique. — Washington, pais imponentes, boas escolas, nenhuma visão nem objetivo definido.

— Quantos anos você tem?

— O suficiente. E se você está a fim de foder comigo, tem que parar de fazer essa pergunta.

— Desculpe.

— Agora me conte sobre o urso.

— Foi num rio. O mesmo onde peguei meu primeiro salmão branco, quando tinha 10 anos, talvez menos. Só lembro que ele era maior que eu, que tinha 1,21m de altura e o peixe, 1,24m. Fiquei lutando com ele por quase uma hora, sendo arrastado pelo rio, tentando ficar no raso, perto da margem. Estava com botas até o quadril, com medo de afundar, mas meu pai me segurava.

— Ahh, aposto que você era um garotinho lindo.

— Cabelo louro, olhos azuis, cheio de charme — exibiu-se Jim.

Monique riu.

— Foi nesse mesmo rio, anos depois — continuou ele. — Estava com 20 e poucos anos. Tinha voltado ali por nostalgia, para pescar no mesmo lugar, mas sozinho, o que não é uma boa ideia, ainda mais no final da temporada, quando os ursos ficam um pouco mais desesperados. Peguei um salmão, limpei e amarrei na minha mochila. Depois continuei pescando.

— Não... — disse Monique.

— Sim, fiquei com ele pendurado nas costas. Um metro de salmão brilhante, com cheiro forte e sem as vísceras, balançando nas minhas costas enquanto eu pescava. Virei uma espécie de isca para urso.

Monique sacudia a cabeça.

— Aí ouvi alguma coisa atrás de mim, um passo pesado, espirrando água para tudo quanto era lado. Virei e vi aquele urso enorme, marrom, pardo. Do tipo que come gente. Vindo pela água na minha direção. De repente, ele parou. E eu percebi que o salmão estava nas minhas costas, escondido dele. Como se eu estivesse tentando ocultar a comida.

— E o que você fez?

— Conto o resto mais tarde — respondeu Jim.

Monique lhe deu um soco no braço. Tinha uma visão boa, do outro lado da mesa.

— Seu filho da puta — falou ela, baixo, para que ninguém ouvisse.

— No Alasca, você tem que merecer as histórias — disse ele, sorrindo.

— Vamos ver.

— Ainda temos uma hora antes do passeio de barco. — Ele olhou para o relógio.

— Então vamos fazer compras. Eu queria um sapato alto, e talvez uma gravata — sugeriu ela, com um sorriso malicioso. Jim pensou que fosse desmaiar.

Ele pagou a conta, e os dois saíram, caminhando ao longo do cais e procurando uma loja. Monique encontrou um par de scarpins pretos que a agradou.

— Gosta? — perguntou ela.

— Claro — respondeu Jim. — Fica bem sexy com jeans. Diferente.

— Não vou usá-los com jeans.

Depois, foi a vez da gravata. Só tinham mais vinte minutos antes do passeio, mas encontraram um lugar que vendia gravatas estampadas com salmão, halibute, santola, barcos de pesca e algumas mais conservadoras também. Monique escolheu uma simples, de seda azul-escura.

— Vamos ter que correr para não perder o passeio — disse Jim.

— Será que eles têm outro passeio, mais tarde? — perguntou ela.

Eles remarcaram então para as quatro da tarde. Caminhando de volta ao hotel, Monique pegou a mão de Jim. Nenhum dos dois disse nada. Ele estava com medo de falar, de arruinar aquilo de alguma forma.

— Tome uma ducha rápida, primeiro — falou Monique.

Jim obedeceu. Quando reapareceu, enrolado na toalha, ela o examinou.

— Você tem pneu — observou ela.

— Pneu?

— Um comecinho de pneu — sorriu ela. — Não se ofenda.

— Hmmm — fez ele.

— Mas tudo bem — tranquilizou ela. — Nunca fiz com alguém que tivesse pneu. Vou me adaptar.

Monique foi tomar então banho, e Jim deitou-se na cama, sentindo-se velho e nojento. Um pneu.

— Se você tivesse um pouco de respeito por si mesmo — disse, repreendendo-se em voz alta —, se levantaria e iria embora nesse momento.

Ele abriu a toalha, e seu pequeno pênis flácido, pendurado ali, parecendo apenas mais um alvo para piadas. Ela iria provocá-lo e rir dele. Com certeza.

Jim gemeu e decidiu se enfiar debaixo das cobertas. Iria esconder-se. Jogou a toalha em cima de uma cadeira e se acomodou, usando os dois travesseiros.

Monique fechou a água, e houve uma longa espera. Jim pensava em Rhoda, sentindo-se culpado, porque ali estava ele, pronto para traí-la. Agora era inevitável. Tudo até aquele momento poderia ser perdoado, talvez, mas daí em diante, não.

Foi então que Monique reapareceu, andando devagar em volta da cama, com o salto e a gravata. Mais nada.

Ela era muito alta, especialmente de salto, e tinha aqueles contornos esguios que só a juventude proporciona, a linha suave das costelas e omoplatas, barriga e coxas. O cabelo ainda estava molhado; o rosto, anguloso.

— Depilei tudo para você — disse ela.

Estava inteiramente lisa. Veio até o lado da cama, virou-se devagar, dobrou-se sobre os saltos, a gravata pendurada, os seios jovens, e olhou para ele por entre as pernas.

— Chega de provocações — falou Monique. — Agora você pode fazer o que quiser.

Mark convidou Carl para o barco por pura pena, já que ele andava sem destino com a ausência de Monique. Ela tinha ido para algum lugar.

Assim, Carl, com uma sacola plástica na mão, cheia de rosquinhas e hambúrgueres de soja, tremendo embaixo da capa de chuva, esperava às três e meia da madrugada sob uma luz amarela, pálida, na ponta do píer Pacific Salmon Fisheries. Olhava para as embarcações ancoradas em pares, no canal do rio Kenai. Os barcos e a água encontravam-se 6 metros abaixo dele; o rio, demarcado por margens de lama. Ele iria para o barco de Mark, que, juntamente com a dona, tinha chegado na noite anterior e dormido ali. Mark, porém, havia omitido a parte sobre como Carl chegaria ao barco ou o encontraria. Seu nome era *Slippery Jay*, mas ele não sabia onde estava ancorado.

Assim, ficou sob a luz do píer por mais vinte minutos, até alguns barcos, no canal, acenderem a luz das cabines, ligarem os motores e aguardarem. Uma lancha de alumínio, aparentemente uma espécie de embarcação auxiliar para descarregar salmão, já que trazia três grandes latas, aproximou-se subindo o rio. Com cerca de 6 metros de comprimento, um grande motor externo de duzentos cavalos vinha com tudo, deixando um rastro branco e brilhante sobre a água. Parou, batendo na lateral dos barcos ancorados, fazendo-os balançar. O céu começava a clarear no horizonte, sob as nuvens chuvosas, e Carl não tinha a menor ideia do que devia fazer. Não podia simplesmente pular e nadar.

Ficaria para trás. Passaria o dia ali, no píer, debaixo da garoa e comeria seus hambúrgueres de soja por volta do meio-dia. Depois, caminharia, ou pediria uma carona, de volta ao acampamento.

Então, uma jovem índia americana, provavelmente filha de pais índios, calçando botas de pescaria e uma capa de chuva verde-escura, passou por ele, descendo do píer por uma longa e estreita escada, em direção às lanchas que balouçavam embaixo.

— Com licença — disse Carl, quando ela já estava a uns 3 metros de distância.

Nenhuma resposta. Então ele repetiu, mais alto dessa vez, limpando a garganta.

— Sim? — perguntou ela, olhando para cima.

— Eu tenho que embarcar no *Slippery Jay*. Você sabe onde ele está ou como posso chegar até lá?

— É um dos nossos barcos — respondeu ela. — Posso levar você.

A jovem sorriu enquanto dizia aquilo, mas muito rapidamente. Carl, entretanto, ficou mais animado e achou que Monique não parecia assim ser uma grande descoberta. Na verdade, ela era uma pessoa sem consideração.

Carl sorria, portanto, quando entrou na lancha. E fez uma pequena encenação humorística, na hora de passar o último pé pela amurada.

— Obrigado — disse, cordialmente, pondo-se de pé diante dela.

— É melhor se segurar — falou a moça, ligando o motor, acelerando e entrando no rio.

Carl sentou-se bem na hora e quase caiu no fundo do convés, enquanto ela permaneceu de pé.

— Uau! — exclamou ele, mal podendo ouvir-se em meio ao ronco do motor.

A jovem mantinha o olhar à frente, na água. Fez uma curva fechada, rio acima, ziguezagueou em meio a outros barcos e parou de repente, colocando o motor em ponto morto, a centímetros do *Slippery Jay*.

Carl saltou meio desajeitado, tendo que ficar momentaneamente com um pé em cada barco, sendo sacudido em direções opostas. Conseguiu, entretanto, seu intento sem despencar na água nem deixar cair o almoço.

— Obrigado.

— Por nada — respondeu ela, acelerando e desaparecendo em seguida.

O que ele estava fazendo ali, de pé sobre o convés traseiro e olhando vagamente em direção ao horizonte? A pergunta parecia de alguma forma mais ampla que aquele barco, o nascer do sol, Monique e até o Alasca. Era alguma coisa relativa à sua vida, algo inaceitável e meio urgente, mas devia ser resultado da falta de sono.

Soltou um longo bocejo na direção do horizonte. Depois, virou-se e foi para a área da cabine. Colocou o almoço sobre o banco da popa, ou banco do piloto; não sabia como chamavam aquilo. Ponte de comando? Mas num barco tão pequeno? Alguns degraus mais abaixo, via-se uma área para cozinhar e comer, com uma pequena mesa, umas prateleiras diminutas e um velho fogão de ferro, com barras de metal. Em frente a ele, passando-se por outra porta mínima, ficava o dormitório. Podia ouvir gente ressonando ali.

Carl sentou-se então sobre a mesa, perto de seu almoço; os pés calçando botas, balançando. Olhou pelas arranhadas janelas de acrílico para o céu, tornando-se um azul mais claro e um branco amarelado, e ficou esperando o despertador tocar.

Mark deu-lhe um "oi" brusco. Depois, Carl disse "oi" também para Dora, a dona do barco, que abanou a mão e foi fazer café, enquanto comia rosquinhas. Elas pareceram de repente magníficas para ele, que se perguntou se conseguiria passar o dia todo sem comer uma, mesmo que escondido. A comida dos outros sempre dava a impressão de ser melhor que a sua.

Logo, já estavam a caminho, seguindo depressa pelo canal. Bancos de lama e margens íngremes, erodidas. O ar era fresco e as nuvens baixas, a distância, iam adquirindo um tom alaranjado nas bordas.

Carl foi para o convés superior, em cima da cabine. Ali também havia um leme e controles. Dora dividiu o banco com ele, guiando de um jeito resignado e preocupado, que não convidava a conversas. Vez por outra, chamava Mark por um orifício no chão e perguntava sobre a profundidade.

Quando saíram do canal, atravessaram a enseada e rumaram para sudoeste, em direção ao mar aberto. Vários barcos pesqueiros de alumínio com uma grande rede presa a um carretel, na popa, passaram rápido por eles. Tinham motores poderosos, que abafavam o som do *Slippery Jay*. Um se aproximou; o piloto saudou Dora, que retribuiu, e depois se foi.

— Gasolina — disse ela. — Eles conseguem fazer mais de vinte nós. Mas se um dos detectores falha, eles explodem.

— Detectores de quê? — perguntou Carl.

— Sensores que detectam o acúmulo de vapores de gás no motor. Eles os bombeiam para fora antes que comecem e injetam ar puro, mas, mesmo assim, se ficar algum gás, o barco todo se transforma em uma granada.

— E nós temos diesel? — indagou Carl, tentando apenas manter a conversa, aprender um pouco mais, porém percebendo que a pergunta era completamente óbvia e burra.

— Sim, é o que temos.

Carl assentiu com a cabeça. Uma verdadeira frota de traineiras cercava-os. Podia ver uns cinquenta barcos, no mínimo, seguindo na mesma direção, embora alguns rumassem para o norte, buscando outras partes da enseada.

— Quantos barcos têm por aqui? — perguntou.

— Na enseada de Cook? Uns seiscentos provavelmente, e a maioria deles não está aqui hoje. Você já guiou um barco antes?

— Só lanchas pequenas, canoas, coisas do gênero.

— Então, segure o leme — disse Dora, levantando-se. — Está vendo essa bússola? Mantenha a direção entre essas duas marcas — apontou. — A resposta é um pouco lenta, tenha paciência. Vou descer um instante.

— Certo — assentiu Carl. — Obrigado.

Dora foi para a parte debaixo, enquanto Carl olhava a bússola e o horizonte. Nunca conseguia ir completamente reto. Acabava resvalando mais para um lado; virava então o leme e resvalava mais para o outro; depois, corrigia de novo. Girando constantemente. As ondas eram lentas, pequenas, a superfície, lisa. O único vento era o que eles mesmos criavam, e ele estava ali em cima, com boa visibilidade, a proa embaixo. Tinha tudo para ser fácil, mas havia uma espécie de corrente na parte inferior. A enseada toda parecia um rio. Procurou também ficar atento a toras que boiavam ali, imaginando que não podia bater em nenhuma.

— Como está indo aí em cima? — perguntou Mark pelo orifício, depois de um tempo.

— Bem — respondeu Carl.
— Ótimo. Deixe o barco brincar um pouco.

Depois, ele permaneceu por conta própria de novo, por um longo tempo. Perguntava-se se estaria indo na direção certa e se os dois estariam tirando cochilos. Parecia não haver nada mais para se fazer. Podiam estar jogando cartas.

Quase duas horas se passaram até Mark aparecer, vestindo apenas a parte debaixo do traje impermeável, presa por suspensórios. Era verde-escura, igual ao que a mulher que trouxera Carl usava, e ele calçava também as mesmas botas para pesca, de borracha escura.

Mark apontou para a direita, um pouco à frente.
— Vomitões — disse ele.
— O quê? — perguntou Carl.
— Vomitões. Pescadores por esporte. Aquele iate ali, sendo levado pela correnteza, apesar de eles acharem provavelmente que estão parados. Querem halibute.
— Gostei do nome — falou Carl. — Todo mundo chama eles assim? Se eu morasse aqui e fosse pescar por esporte, seria um vomitão?

Mark riu:
— Você cozinha?
— Claro.
— Será que poderia preparar o café da manhã?

Quando chegaram por fim à área da cozinha, Carl viu-se quebrando ovos. Por alguma razão, o barco parou, voltou a se mover e parou outra vez. Carl ouviu Mark e Dora gritando coisas um para o outro. Depois, teve um vislumbre do amigo, na parte de trás do convés, soltando a rede. O barco balançava muito, de um lado para outro, mais do que as ondas baixas pareciam permitir; porém, Carl não conseguia ver muito.

Mark queria ovos mexidos, uma dúzia inteira, mas a única vasilha existente era pequena. Enquanto Carl escorava-se contra uma bancada, evitando cair sobre o fogão, tentava ao mesmo tempo manter a tigela, cheia de ovos, equilibrada no ar e, quando podia, dava uma mexida com a outra mão.

Depois, deu-se conta de que precisava fritar o bacon antes. Continuou segurando a vasilha, tentando mantê-la reta com uma das mãos, enquanto se abaixava para tirar o bacon da pequena geladeira.

Abriu a embalagem com os dentes e depois deixou-a cair sobre a bancada, onde deslizava para cima e para baixo, enquanto procurava uma panela. De repente, o barco balançou com mais força, e ele bateu a cabeça contra um armário. Um pouco dos ovos mexidos escorreu, amarelo e grudento, sobre seus jeans, deslizando vagarosamente até o chão.

— Muito bem — disse Carl, mais alto que o ronco do motor a diesel.

Esfregou a parte de trás da cabeça com a mão livre, enquanto observava na tigela, agora mais baixa, o que sobrara dos ovos, balançando-a.

Quando finalmente Carl conseguiu acender o fogão, pegar uma panela e colocar uns pedaços de bacon para fritar, Mark enfiou a cabeça na cabine e gritou:

— Suba aqui. Preciso que você guarde os peixes. — E desapareceu em seguida.

Por um momento, Carl permaneceu no mesmo lugar, ainda batendo a massa de ovos, tentando pensar no que fazer. Jogou-os então na panela, com o bacon cru, desligou o gás e saiu para o convés.

— Jesus — disse ele.

Havia salmão por todos os lados, e alguns ainda presos na rede do carretel.

— Venha aqui! — berrou Mark.

Ele estava entre o carretel e a popa, pegando os salmões, o que não parecia fácil. Quando a rede subiu e passou sobre a amurada, puxou um peixe, segurando-o só pelas guelras e sacudindo-o com força, até cair no convés. Em torno de seus pés, havia grandes quantidades de salmão, prateados, de boca aberta, pulando e deslizando na própria espuma de visco, sangue e água do mar.

— Jogue esses nas latas do lado! — gritou Mark.

O motor e o carretel hidráulico juntos faziam um bocado de barulho.

Carl foi pegando os peixes e arremessando-os, mas deixava-os cair ou atirava-os sem força, de maneira que os salmões batiam contra a lateral dos latões e escorregavam de volta, fazendo-o tropeçar neles e cair.

Mark o agarrou pelo colarinho e o pôs de pé com um sacolejo.

— Pegue pelas guelras! — berrou. — E saia do meu caminho!

Carl distanciou-se alguns passos e começou a pegar os peixes pelas guelras, o que era mais fácil, a menos que estivessem muito juntos. A maioria, entretanto, ofegava, com as guelras vermelho-escuras expostas e dentadas, como algas marinhas. A parte de cima parecia mais escura, em um tom esverdeado de azul, como o próprio oceano. Os lados eram prateados, tornando-se brancos na direção da barriga. Olhos grandes e móveis, espantados. Carl jogava-os o mais rápido que podia. Havia algo afiado neles; estavam cortando seus dedos.

Irene e Gary estavam carregando o barco com tábuas de compensado. Era a primeira vez que ela saía desde a tempestade, a não ser para ir ao consultório do médico.

— Está feio hoje. Frio e ventando um pouco.

— Você atrai tempestade — observou Gary. — É o dia mais cinzento desde a semana passada. Normalmente tem estado calmo e ensolarado.

— Se eu atraísse tempestade, elas seriam bem piores — retrucou Irene. — Sodotna toda seria varrida do mapa.

— Oh! — disse Gary, pegando a caixa de ferramentas e alguns pregos. — Guarde essa energia para o martelo. Precisamos pregar essas tábuas todas hoje.

Ele estava de bom humor, Irene podia perceber. Gary havia vencido. E ela saíra de casa para ajudar naquele projeto idiota.

Levantaram a proa, prenderam a aba e se foram. Irene de casaco e chapéu, enfiando o pescoço pelo colarinho, de costas para o vento, que, somado ao frio, tornavam sua dor de cabeça pior. Assoou o nariz, cuja ponta encontrava-se dolorida e em carne viva. Antibióticos e descongestionantes não pareciam estar fazendo qualquer efeito. No entanto, de acordo com o médico e com todos os outros, ela estava bem. Não havia nada de errado. Apenas um resfriado. Num instante em que Gary não estava olhando, engoliu dois Tramadol.

Eles pararam quase em terra; o barco encontrava-se leve o bastante para aproximar-se. Pegaram as grandes tábuas de compensado e carregaram-nas por entre a vegetação. O vento as empurrava se eram pegas pelo lado do barco, o que fazia Irene quase cair. Mosquitos mordiam-lhe o pescoço e o rosto, e ela com as mãos ocupadas. Gostaria de expressar um pouco de sua frustração, mas de que adiantaria? Apenas ouviria uma arenga de Gary. O sermão do "você tem que ser mais dura", ou o do "eu preciso de ajuda" ou, pior ainda, o da grande mentira sobre "essa cabana é para nós dois". Dali a algum tempo, ela se tornaria uma ideia inteiramente sua.

Gary havia construído uma moldura para o chão. Estacas finas enterradas na terra, vigas unindo-as, tudo já fixo. Nada plano ou regular, porém mais estável do que ela havia esperado.

— Isso está bom — disse Irene. — Você tem feito um bom trabalho.

— Obrigado. Vi que o chão de terra batida não ia funcionar. E tive o cuidado de acertar os cantos, para que as tábuas se encaixem.

— Como as paredes vão se juntar?

— Não acho que vão. É só prender umas nas outras, nos cantos, e tentar fazer com que se encaixem bem.

— Entendi — falou ela.

Colocaram então as tábuas de compensado sobre a plataforma, alinharam-nas com cuidado e pregaram nas vigas. Irene sentia cada martelada atingi-la, mesmo com o Tramadol recém-tomado. Não conseguia respirar, e a dor estava provocando-lhe lágrimas nos olhos, mas ela enxugou-as sem dizer nada.

O vento aumentou como se só para cumprimentá-los e acusar sua presença. O sol desapareceu em meio a uma grossa cobertura de nuvens, mas não choveu.

Apenas seis tábuas de compensado, uma plataforma pequena, de 3,5 por 5 metros, de modo que não tomou muito tempo pregá-las. Eles deram alguns passos para trás, para dar uma olhada.

— É bem pequeno — reparou Irene.

— É — assentiu o marido. — Sem desperdícios. Só uma cabana. É tudo o que precisamos.

— Acho que precisamos de mais. Se você quer que eu more aqui, se realmente quer, precisamos de espaço para uma cama, uma cozinha, um banheiro e talvez um pouquinho de espaço para andar. Outro para sentar.

— É bem grande, 3,5 por 5 metros — insistiu Gary. — Acho que está mais que bom.

— E onde vai ficar o banheiro?

— Vamos fazer um do lado de fora.

— Do lado de fora?

Os dois ficaram em silêncio por um tempo.

— E a lareira? — perguntou Irene. — Vai ter lareira?

— Isso já seria complicado. Talvez uma dessas de chão. Podemos colocar depois.

Em um momento terrível, Irene pôde ver que eles realmente iriam morar ali. A cabana não daria certo. Não teria tudo que precisavam. No entanto, morariam ali de qualquer jeito. Podia ver isso com absoluta nitidez. Embora quisesse dizer a Gary para morar ali sozinho, sabia que não podia fazer aquilo, porque era a desculpa pela qual ele estava esperando. O marido a deixaria para sempre, e não seria bom para ela ser abandonada outra vez. Isso não aconteceria mais em sua vida.

— E a água?

— Vou colocar uma bomba para trazer água do lago.

— Vamos ter eletricidade?

— Vai ser uma bomba manual. Preciso procurar uma.
— Eu quero dizer luz.
— Vamos usar lanternas.
— E fogão?
— Propano. Vou conseguir um portátil, de duas ou três bocas.
— E o telhado?
— Ainda não sei como vai ser o telhado. Por Deus, Irene. Estou só começando. O chão está ficando bom, não? O resto também vai ficar — falou, passando o braço em torno dela por um momento, puxando-a mais para perto; um ou dois abraços para dar-lhe segurança.
— Está bem — disse ela. — Acho que preciso voltar para casa. Minha cabeça está doendo muito. Preciso deitar.
— Vou levá-la agora mesmo — respondeu ele, ajudando-a ostensivamente a entrar no barco, juntando as ferramentas etc. O momento de otimismo que sempre precedia seus fracassos. E, para Irene, esse era o pior deles. Todos os empreendimentos profissionais malogrados; os barcos construídos, que tinham ultrapassado o orçamento e não sido vendidos, ou mal vendidos. Todos começaram assim, cheios de esperança. E ele era inteligente, bem-educado · Devia saber mais e fazer melhor. Suas vidas deviam ser melhores que aquilo.

Gary havia parecido tão promissor. Estudante de pós-graduação, brilhante o suficiente para ser admitido em Berkeley. Tinha os cabelos longos, loiros e cacheados. Quando ela puxava um cacho, este voltava direitinho para o lugar. Eles tocavam violão, sentados de pernas cruzadas, os olhos fixos um no outro, cantando *Brown-Eyed Girl* ou *Suzanne*. Ela sentia-se presa a ele, desejada, em seu lugar. Gary possuía um sorriso torto, idiota, e estava sempre falando de seus sentimentos e dos dela. Era tão solícito e prometia-lhe que sempre seria assim.

O Alasca era só uma ideia. Um ano longe dos estudos, um pequeno intervalo para poder distanciar-se um pouco da dissertação, adquirir uma certa perspectiva. Iriam para a fronteira embrenhar-se no mundo selvagem. Gary, entretanto, estava apenas fugindo. Fora isso que ela não havia compreendido. Nunca tivera intenção de retornar a Califórnia.

Ele recebia uma bolsa de estudos para trabalhar na dissertação, e eles a esgotaram rapidamente enquanto viajavam pelo sudeste do Alasca, por Ketchikan, Juneau; as cidades menores, Wrangell, St. Petersburg. Buscando ter uma ideia do que poderia ser o Alasca.

Para Gary, essa ideia era escandinava e estava ligada a seus estudos, a *Beowulf* e a "O Navegante", a uma sociedade guerreira, que atravessava a rota das baleias até os fiordes, em uma terra nova, fundando pequenas vilas de pescadores naturais. Pequenos núcleos de casas de madeira, com telhado anguloso, bem perto da água, que não ostentavam nomes no lado de fora. Esses vilarejos, encasulados em baías estreitas, no sudeste do Alasca, entre montanhas que se erguiam a 1 quilômetro, 1,5 quilômetro, quase diretamente à beira da água. Passando-se por eles em um *ferry boat*, pareciam desabitados, vilarejos fantasmas, relíquias da época da mineração, do comércio de fronteira ou até de coisas mais antigas. Gary queria o vilarejo imaginado, o retorno a uma época idílica em que pudesse ter um papel, uma tarefa estabelecida, como ferreiro, padeiro ou contador de histórias populares. Era isso que queria de fato, ser o "artífice", o contador da história de um povo, de um lugar, que seria sempre único, o mesmo. O que Irene desejava era apenas nunca mais estar sozinha, ignorada e desprezada.

Gary gastou até seu último centavo indo a esses lugares, pagando por passeios em barcos particulares. Ficava tão excitado toda vez que embarcavam, e Irene deixava-se tomar também por aquela excitação, mas cada vilarejo novo era uma decepção. Uma casa tinha uma bomba de gás sobre um píer e, talvez, um número 76 apagado em uma das janelas. Outra era um local para conserto de motores. Cabanas de verão e plantações hippies obviamente de maconha, com animais soltos, peças sobressalentes penduradas no quintal e uma sensação de que, sob um dos colchões mofados, no interior, haveria grandes maços de dinheiro proveniente da erva. Gary e Irene também eram hippies, mas sem drogas. Estavam procurando por algo mais, alguma coisa autêntica. Gary queria entrar num vilarejo e ouvir uma língua antiga.

Um grupo maior de casas que visitaram tinha um barbeiro, com placa e tudo. Encontrava-se pendurada a um canto do pórtico. Gary gostou. Não tinha mil anos, mas lhe deu a impressão de que poderia tomar um banho por 5 centavos ou 10, se fizesse questão de água limpa. Remetia-lhe, pelo menos, à época da mineração talvez. Mas no geral a coisa toda não passou de uma grande decepção para ele. O Alasca de verdade parecia não existir. Ninguém tinha o menor interesse pelo tipo de vida desbravadora, honesta e difícil sobre a qual teria gostado de meditar, e nenhum daqueles locais era consistentemente escandinavo. Nenhum evocava um vilarejo.

De forma que, quando chegaram à península Kenai, já tinham torrado todo o dinheiro, e Irene teve de conseguir um emprego. Em sua área, de professora pré-escolar, podia sempre conseguir trabalho, e gostava do que fazia. Era para ser uma ocupação temporária, mas Gary não tinha a menor intenção de regressar. Nuca terminaria aquela dissertação.

Jamais se sobressairia em seu campo, e aquela busca pelo Alasca havia sido apenas uma forma de expressar seu desânimo; o vilarejo era unicamente um sinal de que ele não encontrara um jeito de se adequar à vida real.

Se Irene tivesse compreendido aquilo a tempo, poderia tê-lo deixado quando ainda era possível. Contudo, levou décadas para perceber a verdade; não só por causa das distrações impostas por trabalho e filhos, como também pelo fato de Gary ser um excelente mentiroso, sempre superexcitado com a próxima oportunidade. Aquela cabana era mais uma mentira, outra tentativa de obter pureza, de encontrar a vida que precisava em sua imaginação, porque se desviara de quem ele era.

E agora queria desviar-se dela também, que não conseguia muito bem entender o porquê. Sentia isso, e qualquer outra pessoa a teria chamado de paranoica, mas sabia que era verdade. Tão simples quanto uma mudança de foco, deixando-a tornar-se aos poucos invisível. Não existia ainda outra mulher, mas haveria em breve. Gary estava atingindo os limites do quanto aquela vida podia protegê-lo contra seu desespero, e depois que fracassasse no que tocava à cabana, um sonho de trinta anos, teria de encontrar uma distração mais poderosa.

Enquanto Irene encolhia-se na proa, observando o contorno da costa aproximar-se, sentia que sua vida e a de Gary estavam sufocando. Um peso terrível, uma falta de ar e uma sensação de pânico que sabia não proverem apenas do Tramadol.

Rhoda encarou o carrancudo gato persa cinzento, chamado Smokey.

— É hora do seu comprimido — disse ao animal, que tentou reagir, quando ela lhe segurou a cabeça.

Rhoda, porém, foi rápida e soube como lhe abrir a boca. Em um piscar de olhos, estava tudo terminado.

— Agora podemos ser amigos de novo — falou.

Com Jim, porém, a coisa não estava tão fácil. Ligou mais uma vez para o celular dele, mas a ligação caiu na caixa postal. Rhoda fechou a aba do aparelho:

— Hmmm.

Jim estava em Juneau para encontrar um novo sócio em potencial para o consultório, um dentista chamado Jacobsen. Era tudo que sabia, e parecia estranho. Ele tinha uma tendência a ser vago nos detalhes, mas daquela vez não os tinha dado de modo algum, nem um telefonema sequer. Ontem sumira o dia todo; nenhuma ligação à noite. Hoje o dia todo desaparecido. Provavelmente, teria jantado com Jacobsen e, talvez, ficado em sua casa, com a família; apesar de ela não saber nada sobre ele e muito menos se tinha familiares.

Depois do trabalho, foi de carro até o consultório de Jim e surpreendeu-se ao ver seu Suburban parado no estacionamento. Bateu na porta e, momentos depois, ele abriu, parecendo cansado.

— Oi — disse.

Estava vestindo a mesma roupa do dia anterior, amassada e com um leve cheiro de suor.

— O que aconteceu com você? Nem um telefonema! — reclamou ela, dando-lhe um abraço forte, feliz por vê-lo de volta.

— Ei, obrigado — respondeu ele. — Mas é que perdi meu celular. Talvez tenha caído do bolso no avião. Não tenho certeza. Mas que bom ver você de novo.

— Sim, claro. Eu estava preocupada. Você sumiu do mapa.

— Desculpe.

— Pode me compensar se quiser.

— Difícil — disse ele. — Estou muito cansado. Nem dormi a noite passada.

— Pobre Jim — falou ela. — Vamos para casa. Vou fazer um jantar para você.

— Tenho que organizar as coisas por aqui. É só ficar fora dois dias e tudo sai do lugar.

— Eu ajudo você.

Eles sentaram-se então juntos e revisaram todas as remarcações, mensagens, pedidos a vendedores, questões relativas a contas. Tudo em papéis adesivos amarelos, deixados pela secretária.

— Como é desorganizada — comentou Rhoda. — Não tem nenhuma metodologia.

— Calma, tigre — falou Jim.

Quando por fim terminaram e chegaram em casa, Rhoda fez um belo jantar, uma maruca envolvida em bacon e uma bela salada de abacate com tomate, um pouco maduros demais. Cozinhar para Jim, ali, na casa deles, era um prazer. Às vezes, parava a fim de olhar para o teto abaulado, todo de madeira. Tomaram uma garrafa de vinho. Ela sentia-se um pouco sonhadora.

— Está pronto — chamou ela, quando colocava os pratos na mesa, mas não houve resposta.

Rhoda foi até o quarto e encontrou-o já dormindo.

— Pobre Jim — disse ela, apagando a luz.

Monique ia caminhando do hotel até o Coffee Bus sob a chuva, no fim da manhã do dia seguinte ao retorno com Jim. Não aguentava mais ficar sozinha. Precisava de um pouco de companhia humana.

Não era uma caminhada curta; nem a chuva estava morna. Vestia uma roupa impermeável com capuz, mas as pernas, sob o jeans, estavam ficando frias e molhadas. O final do verão ali parecia muito com o inverno.

— Sem reclamações — disse a si mesma. — Foi você quem quis vir.

O Alasca tinha parecido uma aventura, mas na verdade era bem entediante. Via-se um alce algumas vezes, e eles tornavam-se tão normais quanto vacas. A geleira, entretanto, fora interessante.

Passou por um longo shopping, de um andar só; depois, por um terreno baldio ocupado por um carro velho e outros entulhos, à beira da floresta.

— Caipiras — disse ela, em voz alta.

O chão era decorado com peças enferrujadas.

O Coffee Bus ficava na esquina vazia de um grande terreno de pedregulhos. Um velho ônibus branco, talvez um microescolar pintado, com toldo sobre um lado e degraus que levavam à janela, mas sem acesso para carros.

— Oi, Mark — disse ela, depois de meter-se sob o toldo.

— Cara, o Carl está arrasado — alertou ele. — Que maluquice você largá-lo lá naquele acampamento.

— Vocês não iam sair para pescar?

— A dona decidiu fazer uma pausa de um ou dois dias. Queria que eu polisse o barco para ela, nesse meio-tempo, e fosse seu criado, mas para cima de mim, não.

— Oi, Monique — falou Karen.

Monique retribuiu a saudação.

— Entre e tome um café.

Ela fez a volta até a porta dos fundos, subiu e sentou em um banco. O interior do ônibus cheirava a bife grelhado; o ar denso e apetitoso.

— E então, por onde você andou? — perguntou Karen.

Monique contou-lhes sobre Seward, omitindo Jim, e disse que tinha ficado com umas pessoas que conhecera. Perguntou por Carl, que aparentemente estava com o coração partido, por sua causa. Ela esperou que eles oferecessem uma carona até o acampamento, mas disseram-lhe que Rhoda faria isso.

— Ela passa aqui toda tarde — disse Mark. — Religiosamente. Pode dar uma carona para você.

— Está bem — assentiu Monique.

E não demorou muito para Rhoda chegar e concordar. O caminho era longo até o acampamento, mas Rhoda não pareceu incomodar-se.

— Com o maior prazer — falou ela, abaixando um pouco a cabeça, estranhamente formal, com um movimento que poderia acompanhar uma mesura.

— Obrigada — disse Monique, caminhando em direção ao carro de Rhoda, algo bastante inferior a uma carruagem real. Um Datsun, marca que sequer existia mais. Já tinha virado uma grande abóbora.

— Você me salvou — comentou Monique.

— Não será nenhum incômodo — respondeu Rhoda.

— Fale um pouco sobre suas viagens. Você ficou aqui o verão todo?

— Fomos a tudo quanto é lugar. Até Denali e Fairbanks, de *ferry*, e acabamos aqui, na península. Carl está tentando virar homem. Um peixe grande vai resolver o problema dele, aparentemente.

Rhoda riu.

— Por que eles não podem apenas *ser* homens? Por que têm de virar homens?

— Exatamente.

— Também tenho um projeto de homem. Um dentista chamado Jim.

— Eu o conheci. No Coffee Bus. Mark nos apresentou.

— Você teve a impressão de que ele não disse nem "oi"?

— Disse meio baixo.

— Ele faz assim. As pessoas pensam que ele não está dizendo "oi", mas está.

— Ele me pareceu normal — falou Monique, olhando para Rhoda e achando-a bastante atraente a seu modo.

Quase quis contar-lhe a verdade, bem ali, desde o início, para salvá-la de Jim, mas pareceu despropositado. Rhoda e Jim iam continuar levando suas vidinhas, a despeito do que Monique fizesse.

— Você cresceu aqui? — perguntou ela a Rhoda.

— Sim. No Lago Skilak. Um lugar ótimo para se crescer. Cheio de espaço para se viver.

— Algum encontro com ursos?

— Algumas vezes.

— Adoro histórias de ursos!

— Bem, tem uma que você não vai acreditar.

— Conta! — implorou Monique. — Essa parece ser boa, sinto que é.

Ela pôs-se de lado no assento, a fim de dar a Rhoda toda sua atenção.

— Eu tinha 4 anos. É uma das minhas primeiras lembranças. Estava usando um casaco vermelho, com capuz.

— Chapeuzinho Vermelho!

— Exatamente. Eu adorava aquele casaco.

— Perfeito.

— Eu estava num morro atrás da casa, procurando mirtilos. Era agosto, verão ainda, mas já estava começando a ficar frio. Naquela mesma semana, nevou mais tarde, o que nunca acontece em agosto.

— Uau! — exclamou Monique.

— E talvez os ursos estivessem mais desesperados por causa daquele frio fora de hora. Não sei. Mas eu estava olhando para uma moita de mirtilos e senti como se tivesse alguém me observando. Resolvi olhar para cima, por alguma razão, e a uns 5 metros de mim estava um urso enorme.

— Ai, meu Deus.

— Enorme mesmo, marrom. Não era preto, o que talvez fosse melhor. Em geral não se vê um urso de tão perto. Eles não chegam assim até você. Vão embora. É só assustá-los que eles saem correndo. Mas esse estava superperto. Deve ter sentido meu cheiro ou me ouvido e se aproximou.

— E o que você fez?

— Aí é que está. Não fiz nada. Fiquei ali parada, olhando para ele e ele para mim. Era lindo e parecia simpático, feito um cachorro grande. Eu disse "oi", e ele balançou a cabeça para a frente e para trás durante um tempo, depois se virou e correu.

— Você disse "oi"?

— Sim, foi isso, e hoje em dia trabalho para um veterinário. Sempre tive uma boa impressão dos animais, que eles não querem nos machucar. Nós é que ficamos no caminho deles às vezes.

— Você ganhou o prêmio de melhor história de urso.

Elas chegaram ao acampamento, e Monique guiou Rhoda até a barraca. Estacionaram perto, e Carl pôs a cabeça para fora.

— Oi — disse Monique.

— Que merda é essa? — reagiu Carl.

— Calma.

— Está chovendo. Um tempo horrível — constatou Rhoda. — Por que vocês dois não vêm para a nossa casa? Podem se secar, jantar e passar a noite. Trago vocês de volta para cá amanhã, na hora do almoço.

Monique soltou uma gargalhada. Jim entraria em pânico.

— Parece ótimo — disse ela. — O que você acha, Carl? Prefere ficar aqui sozinho ou reunir-se à sociedade humana?

— Eu vou — respondeu Carl. — Odeio essa barraca.

As toras não eram iguais. Umas eram de bétula clara, finas como papel; outras, de coníferas, mais escuras. Havia de todas as variedades de madeira daquela parte do Alasca. E nenhuma sequer era lisa. Cheias de nós, calombos e protuberâncias dos galhos serrados. Gary pegava cada uma por uma extremidade e passava os olhos, largava e pegava a próxima.

Chovia de novo, mas dessa vez estavam precavidos, vestindo trajes impermeáveis de pescador, verde-escuros, e calçando botas. Irene sentia-se aquecida e seca.

— Talvez eu deva mandar cortá-las um pouco mais planas — falou Gary.

Irene ficou de boca fechada, sentou-se na beira da plataforma e ficou esperando. Faria o que ele quisesse naquela cabana. Se Gary decidisse amarrar as toras com alcaçuz, ou usar merengue de bolo para cobrir as frestas, ela o faria.

Por fim, ele selecionou quatro das toras de conífera mais escuras, mediu e serrou as pontas, a fim de que encaixassem. Ângulos de 45 graus, usando um serrote manual e sem conseguir o resultado almejado. O pó amarelo produzido ia-se transformando em um tom avermelhado de laranja sob a chuva. O cheiro de madeira exalado pela serragem. Gary encaixando-as e espantando-se com as brechas.

— Estamos quase lá — disse.

Irene, porém, podia sentir que ele já estava deixando-se frustrar. Gary tinha aquela ideia imaculada na cabeça e agora via surgir nela as primeiras imperfeições.

Ela ajoelhou-se e segurou as toras juntas enquanto Gary martelava, com grandes pregos de 15 centímetros, galvanizados. As mãos delas estavam molhadas e frias; a madeira era áspera.

Martelaram juntos os quatro cantos, e esse foi um primeiro nivelamento das paredes. Duas toras de quase 5 metros e outras duas de 3,5 fazendo a borda inferior. Na parte de cima, a tora quase alcançava o chão; a de baixo tinha 30 centímetros a menos que o necessário.

— No telhado, vamos acrescentar camadas inclinadas para nivelar tudo?

— Sim — respondeu Gary. — Vamos ter que fazer isso. Embora eu ache que o telhado pode ser coberto com um encerado também. Ficaria interessante. Ele sorriu para Irene, e ela deu uma gargalhada.

— Daria um toque rústico.

— Combinado então — respondeu ele. — Vamos pôr um encerado no telhado.

Irene colocou o braço em torno de Gary e apertou-o. Talvez funcionasse. Talvez fosse bom que a cabana parecesse ridícula.

— Vamos para a segunda camada? — perguntou o marido.

— Lógico — respondeu ela, sentindo-se tonta e como se tivesse uma picareta de gelo martelando-lhe a cabeça.

Estava, no entanto, fazendo o máximo para ignorar aquilo. Talvez precisasse tomar mais antibiótico.

Eles mediram mais uma vez e Gary serrou as extremidades. A chuva começou a cair mais forte, trazida pelo vento, fazendo-os darem-lhe as costas.

Irene segurava os cantos enquanto ele pregava, e podia ver brechas enormes entre as duas camadas. Em alguns lugares, talvez entre 5 e 7 centímetros de ar entre as toras.

— Merda — disse Gary.

A chuva caía então de lado, como se para mostrar o que aconteceria com aquelas frestas. Irene engoliu rápido um Tramadol, enquanto Gary estava distraído. Estavam quase acabando. Precisava pedir mais a Rhoda.

— Merda — falou ele, outra vez. — Preciso de uma plaina, mas, à mão, vai levar uma eternidade. Com todos esses nós, pontas de galho, casca. Não tem como eu fazer isso. Devia tê-las mandado aplainar antes. Eu sabia. Sabia e não fiz nada.

— É a primeira vez que você faz isso — comentou Irene.

— Mas eu sabia. Não tive foi tempo. Comecei o projeto muito tarde. Pensei que talvez conseguisse fazê-lo funcionar. Quando é que vou aprender a não começar as coisas tarde demais?

— Bem, acho que está sendo muito duro com você mesmo.

— Não, não estou. Sou burro. Burro e incompetente. É o que sempre fui. Em todos os projetos.

— Gary — falou ela, tentando colocar os braços ao redor dele, que se afastou, embrenhando-se entre as árvores.

Era difícil acreditar que tinha 55 anos. Parecia ter 20, 13 ou até 3. Tendo um acesso de raiva, exatamente como as crianças que ela tinha ensinado por 33 anos.

— E, enquanto isso — disse Irene para si, em voz baixa —, essa é a minha vida. Porque é possível escolher com quem se vai estar, mas é impossível prever no que essa pessoa vai se transformar.

Gary continuava entre as árvores, nos fundos do terreno, andando rápido. A chuva desabou em uma torrente, tornando seus passos pesados e partindo gravetos caídos. Sentia-se como se pudesse ir indefinidamente adiante, atravessando o Alasca, entrando em Yukon e nos Territórios do Noroeste, irrompendo até as pernas não suportarem e sua mente clarear. Encontrou de novo a outra cabana, de toras grandes e regulares. Examinou as frestas e mais uma vez não conseguiu descobrir o que haviam usado. A cabeça do martelo e as próprias toras eram tão curvas que não dava para ele escarafunchar, de forma que precisou retorcer-se todo para bater numa das brechas, destruindo a face da tora. Ao arrancar a parte exterior da madeira, sua superfície tornou-se quase negra. Conseguiu retirar um pequeno pedaço da parte interna. Um reboco cinza: cimento ou epóxi. Tinha flexibilidade, mas não era borracha nem silicone. Parecia ligeiramente granulado ao toque dos dedos. Ele cheirou o material e não conseguiu identificar o que era. Duvidou que aquilo pudesse preencher uma fresta de alguns centímetros. Nada faria isso. Teria de pregar pedaços de compensado. Em vez de uma cabana, o interior se assemelharia a uma unidade de armazenamento.

Gary virou-se e atirou o martelo contra uma árvore, atingindo-a com um som muito baixo, nada satisfatório. Então, foi até ela, pegou-o e jogou contra outra, mais perto. A ferramenta quicou, voltando na sua direção, obrigando-o a pular para o lado.

Queria penetrar com as mãos no solo da ilha, despedaçá-la e ver a água do lago entrar pelo buraco. Apenas isso seria o bastante. Nada mais e nada menos.

— Bem — disse ele, já que era hora de continuar.

Gary caminhou de volta até onde estava Irene, sentada na beira da plataforma, curvada, de costas para o vento e a chuva. Iria deixá-la voltar para casa. Ela não precisava fazer parte daquilo. Só mais algumas camadas de toras e partiriam.

Gary foi até ela e desculpou-se.

— Isso é muito frustrante. Tem outra cabana lá atrás, e não sei onde conseguiram aquelas toras enormes.

— Tudo bem. Talvez a gente possa fazer alguma coisa com essas.

Assim, colocaram mais uma camada, serrando e pregando os cantos; depois, afastaram-se para examinar as frestas. Ficaram ali, na chuva, tentando encontrar uma solução para o problema.

— Talvez você possa pregar uma camada de toras na outra — sugeriu Irene. — Com pregos mais compridos. Isso iria aproximá-las mais.

Achou que aquilo era uma espécie de metáfora, que se pudessem reunir todos seus momentos anteriores e juntá-los com pregos, recolhendo o que foram cinco anos, 25 anos atrás, e encaixando lado a lado, talvez tivessem a sensação de algo sólido. Para eles próprios e para seu casamento, o qual não estava longe de um sentido de si, de alguma coisa fugaz e mutante, importante e também nula. Foi possível fiar-se naquilo durante anos, acreditar em sua existência, mas se procurasse, precisasse, tentasse encontrar alguma substância nele, algo para se agarrar, as mãos se fechariam no ar.

— É uma boa ideia — falou Gary. — Vou tentar isso. Obrigado, Reney.

Eles colocaram mais uma camada e depois levantaram todas, arrastando-as para o lado, a fim de trabalhá-las no dia seguinte, quando tentariam pregá-las mais próximo.

Monique e Carl estavam deitados na cama do quarto de hóspedes de Jim. Era fim de tarde, já haviam tomado banho. Carl estava rezando para que ela fizesse sexo com ele, com medo de dizer qualquer coisa. Monique olhava para o teto.

— Estou cansada — falou ela.
— Hmmm — fez Carl.
Monique estalou os dedos do pé.
— Você não deve fazer isso. Dá artrite — advertiu ele.

Ela suspirou, ergueu-se, desamarrou a toalha e atirou-a sobre uma cadeira. Nua, entrou para debaixo das cobertas.

Carl também jogou a sua e enfiou-se sob os lençóis.

Monique ficou de bruços, virou a cabeça para o outro lado e dormiu.

Carl vestiu-se e foi perambular pela cozinha e sala. Lugar abastado, vistas grandiosas, todo de madeira, com sofás bons. Abriu a geladeira e o congelador, procurando alguma coisa gostosa. Uma espécie de picolé revestido com uma cobertura endurecida, o que era uma possibilidade. Salmão defumado, sempre bom. Fechou, contudo, as portas e foi olhar a despensa, em busca de algo mais. Encontrou um pequeno vidro de xarope de bordo, fechado. Tinha uma alça grande o bastante para se atravessar com o dedo, e uma pequena tampa dourada ao alto. Importado do Canadá.

Carl levou-o até a sala e sentou-se em um sofá, que dava para a enseada de Cook, escurecida pela chuva. Abriu a tampa e sorveu a calda devagar, segurando a garrafa com as mãos no colo, entre um gole e outro, como se fosse um cantil de uísque.

As nuvens sobre a água formavam um teto baixo e escuro, quase como o de um teatro. As raias inclinadas de chuva e luz pareciam um truque de palco, tudo se movia. Era lindo, e diferente, agora que ele via a distância, naquele lugar aquecido, seco e luxuoso. Dinheiro não era uma coisa ruim. Talvez devesse pensar melhor sobre o curso de antropologia. Viver naquela barraca era uma indicação do que seria sua vida inteira, se prosseguisse na rota do baixo orçamento.

Reclinou a cabeça para trás e cerrou os olhos. Vinha dormindo muito mal porque a parte de baixo de seu saco de dormir molhava sempre que chovia. Aquele sofá era incrivelmente confortável.

No seu sonho, Carl estava sendo sacudido por macacos, tentando segurar-se nos galhos de uma árvore muito alta, que parecia ser Rhoda, pondo as mãos sobre ele. Então acordou, vendo o xarope de bordo todo derramado em cima dele e do sofá, uma piscina de mel que se espalhava para todos os lados. Rhoda limpava-lhe a camisa e o jeans com um pano de prato úmido.

— Desculpe — disse Carl, em pânico.

— Tudo bem — respondeu Rhoda. — Foi engraçado. Deixe só eu limpar um pouco mais para não escorrer quando você ficar de pé.

— Meu Deus, como sou idiota.

— Está tudo bem, querido. Seu segredo está bem guardado comigo.

— Ah, está escorrendo por todos os lados.

— É verdade.

Ele conseguiu erguer-se, por fim, e ajudou-a a limpar o sofá, que felizmente era marrom-escuro.

— Sinto muito — disse ele.

— Já disse que não tem problema.

Carl foi trocar de roupa e tomar outro banho, mas Monique já tinha acordado e perguntou o que acontecera, rindo muito ao saber, claro.

— Obrigado — ironizou. — Você me faz sentir ótimo.

— Não fique com essa cara feia — retrucou ela, mas Carl já havia fechado a porta do banheiro e entrado na ducha.

Ele já estava farto de Monique.

Rhoda terminou de limpar e depois preparou uma bandeja com queijos, azeitonas, salmão defumado, bolachas, alcaparras e algumas pastas. Abriu uma garrafa de Shiraz e outra de Pinot Gris. Ela gostava de ser anfitriã. Começou a cantar "A Spoonful of Sugar", de *Mary Poppins*, seu filme favorito na infância. Imaginava-se enchendo bandejas de guloseimas para crianças.

Quando Jim apareceu na porta, ela pulou em sua direção e pôs os braços em torno do pescoço dele, dando-lhe um beijo.

— Tenho uma surpresa — disse.

— Surpresa?

— Convidados para o jantar. Um pouco de companhia. Fiz uma bandeja com queijos.

— É mesmo? E quem são?

— Você vai gostar deles — falou Rhoda. — Um pelo menos você já conhece.

Ela levou Jim até a sala de estar, onde ele jogou o paletó sobre uma cadeira e sentou-se.

— A chuva está tão linda hoje — comentou ela. — Carl estava aqui a admirando, não faz muito tempo.

— Carl?

Rhoda serviu-lhe um cálice de Shiraz.

— É, ele está aqui com a namorada, Monique. Você a conheceu no Coffee Bus.

Jim deu um pulo, o que era estranho. Virou-se para ela, boquiaberto, e depois se voltou em direção à janela.

— O que foi? — perguntou Rhoda, fazendo uma pausa enquanto lhe trazia o vinho. — Alguma coisa errada?

— Não — respondeu ele, mas parecendo preocupado. — É que eu prefiro não encontrar pacientes fora do consultório. Monique esteve lá para fazer uma obturação.

— Ah, desculpe — disse Rhoda. — Sinto muito, Jim.

E deu-lhe um abraço forte, esfregando-lhe as costas.

— Tudo bem — falou ele.

Jim sentou-se de novo no sofá, e Rhoda começou a preparar o jantar, filés de caribu, dados pela mãe. Colocou-os em uma forma de assar, com cabeças inteiras de alho, cebolas *maui*, azeite, alecrim, vinagre balsâmico e pimenta-preta. Cozinhou umas batatas e prepararia brócolis no vapor.

Monique saiu do quarto de hóspedes, com Carl atrás. Era alta e glamourosa, a seu modo, embora tivesse um narizinho meio estranho. Como o de um elfo, cujo corpo tivesse crescido muito. Era mulher demais para Carl, inseguro e pouco promissor. Rhoda dava ao relacionamento deles mais umas semanas, no máximo.

— Oi — disse Rhoda. — Tomem um pouco de vinho. E tem uma bandeja com queijos ao lado de Jim. Podemos ficar vendo a chuva juntos.

— Oi, Jim — cumprimentou Monique.

Ele levantou-se para apertar sua mão e a de Carl. Não falou nada, no entanto, o que pareceu estranho. Tão mais velho que eles. Não cabia ali sentir-se desajeitado.

— Jim disse que você foi paciente dele, Monique — comentou Rhoda, tentando aliviar a tensão.

— Na verdade, sou — corrigiu Monique. — Gostei do pé dos patinhos no teto.

— Aquilo foi colocado lá para as crianças — riu Jim.

— Para os caçadores — corrigiu novamente Monique, e fez-se silêncio por alguma razão.

— Sente-se — disse Rhoda. — Posso servir um copo de vinho para você? Tem Shiraz e Pinot Gris.

— Shiraz, por favor — respondeu Monique. — E um suco ou água para Carl. Ele não bebe.

— Obrigado, Monique — retrucou Carl.

— O quê? Mas você não bebe...

— Sim, mas não tenho 6 anos.

— Agora não é hora para você provar que é adulto.

— Você é irritante, Monique.

Rhoda riu, tentando mais uma vez aliviar a tensão.

— Parece que a barraca produziu seus efeitos — comentou.

— É — falou Carl. — Como foi a barraca para você, Monique? Um pouco desconfortável?

— Carl está um pouco irritado porque passou um tempo sozinho.

— E onde você esteve? — perguntou ele.

— Estive em Seward. Você já esteve lá, Rhoda?

Rhoda estava um pouco desapontada porque os dois estavam brigando no seu festival de queijos e vinhos, e não entendia por que Jim estava com um ar tão imbecil, mas aproveitou a deixa para mudar o clima.

— Adoro Seward — disse ela. — A baía e as montanhas em volta são tão lindas. Faz anos que não vou lá. Podíamos ir, Jim.

— Sim! — reforçou Monique. — Você devia levar Rhoda a Seward.

— Claro — retorquiu Jim, em uma espécie de torpor, ou talvez estivesse só cansado. — Seward é uma boa ideia.

E acabou ali. Silêncio novamente. Rhoda queria matar os três. Foi ver a comida e deixou-os cozinhando em seu estranho caldeirão de comportamento antissocial. Pegou a alface, lavou-a rapidamente, e rasgou-a em pedaços pequenos. Cortou dois tomates, metade de uma cebola vermelha e acrescentou algumas nozes. Chegou à conclusão de que não gostava nem um pouco de Monique. Era a que menos gostava entre os três. Seu tom estranho, ao dizer a Jim que devia levá-la a Seward. Como se tivesse o direito de pronunciar-se sobre o relacionamento deles. Quantos anos teria, a propósito? Uns 22 ou 23, e ainda assim portando-se como se fosse dona do mundo?

Todo esse tempo, enquanto trabalhava, Rhoda estava de orelha em pé, e fazia um silêncio absoluto na sala. Inacreditável. Por quê? Quando o jantar ficou finalmente pronto e eles sentaram-se, foi Monique quem começou a falar.

— Rhoda me contou uma história de urso ótima hoje — começou. — Você tem alguma, Jim?

Rhoda não gostou da forma como Monique falou "Jim". Como se o estivesse diminuindo. E, por alguma razão, ele estava deixando aquilo acontecer.

— Na verdade, não — respondeu ele. — Tenho alguma história de urso boa, Rhoda?

— Claro que tem, amor. Aquela do rio, com o salmão nas costas. Você sempre conta essa.

— Ah, é. Mas e você, Carl? Já viu algum urso por aqui?

— Não. Gostaria de ver. Chegamos até a viajar a Denali, mas não vimos nenhum.

— Que pena — falou Rhoda. — Tem muito urso em Denali. Não acredito que vocês não viram nenhum lá. Que falta de sorte.

— Sou eu — retorquiu Carl.

— Mas você está aqui no Alasca. É uma sorte. E está com Monique.

— Ah — disse Monique. — Que gentil. Obrigada, Rhoda.

Assim, a coisa ia progredindo, por fim. A anfitriã ficou satisfeita. Monique parecia mais animada então, mais simpática, e a conversa fluía normalmente; quatro pessoas se divertindo à noite, como deveria ser. O caribu suscitou uma série de expressões de deleite.

— Foi minha mãe quem matou — informou Rhoda.

Ao final, para sobremesa, ela surpreendeu a todos com um tiramisù feito em casa.

— Só comprei o biscoito champanhe — comentou. — Mas o resto fui eu que fiz.

— Está maravilhoso! — exclamou Monique. — Que banquete.

— É mesmo. Obrigado, Rhoda — agradeceu Carl. — Depois disso, fica difícil voltar para a barraca.

Só Jim permanecia relativamente calado, o que não era comum nele. Havia bebido dois copos de vinho, e isso normalmente fazia-o tagarelar.

— Jim acabou de chegar de Juneau — falou Rhoda. — Foi conversar com outro dentista sobre uma sociedade no consultório.

— Como estava Juneau? — perguntou Monique.

— Ah, Juneau estava ótima — respondeu ele. — A geleira Mendenhall. Tem um belo passeio para se fazer em torno do lago, logo do início da geleira, e se você subir o lado esquerdo, dá para chegar em algumas partes lá.

— Eu gostaria de ir a uma geleira — disse Monique. — Talvez aterrissar numa, de helicóptero, depois deitar e ficar lá esparramada, abrindo e fechando os braços e as pernas.

— Parece interessante — respondeu Jim.

Rhoda, entretanto, podia ver que havia algo estranho, algo de errado. Olhou para Carl, mas este estava hipnotizado pelo tiramisù, com os olhos grudados nele, enquanto saboreava pequenos pedaços na ponta da colher de sobremesa. Tinha algum tipo de atração por comida.

— Carl, você não precisa foder o tiramisù, basta comê-lo — provocou Monique, dando uma piscada para Rhoda.

Ele sequer levantou os olhos.

— Obrigado, Monique — respondeu Carl. — Estou tendo mais prazer com essa tigela do que jamais tive com você.

— Ai! — falou Jim, rindo.

— Isso não tem graça, Jim — repreendeu Rhoda.

— Desculpe.

— Hmmm — fez Monique, claramente não habituada a comentários negativos.

Rhoda sentiu uma pontinha de satisfação.

— Que tal um jogo? — sugeriu ela.

— Vocês têm Twister? — perguntou Monique.

— Twister? — Carl levantou a cabeça.

— Temos — falou Rhoda, indo até o armário da sala e procurando. — Podem deixar os pratos. Lavo mais tarde.

Todos tiraram então o sapato e sentaram-se em torno da esteira do Twister.

— É tão retrô — disse Monique, olhando para todos os pontos coloridos. — Adoro!

Eles giraram o ponteiro e cada um esperou sua vez. Jim acabou em uma posição difícil, com os pés longe das mãos.

— Rápido — falou ele, entre dentes.

Estava olhando para o teto, com as mãos para trás e as nádegas pendendo perigosamente para baixo.

Rhoda ria. Estava numa posição fácil, num canto, com os dois pés e uma mão.

Depois, Carl girou e teve de passar por cima de Jim, com uma flexão prolongada. Aquilo fez Monique gargalhar.

— Obrigado, Monique — disse ele.

Monique teve de ir para a frente com as mãos, mas não foi difícil.

Rhoda precisou então ficar em uma posição impossível. Tinha de passar a outra mão por cima de Monique e, ao tentar fazer isso, pôs o rosto bem no seu traseiro, o que a deixou muito incomodada.

— Desisto — falou Rhoda. — Não consigo.

Jim desabou.

— Graças a Deus — disse ele.

— Isso é muito década de 1970 para mim — comentou Rhoda. — Ou 1960, sei lá. Mas temos um outro jogo antigo que pode ser divertido.

Eles brincaram então de Pôr o Rabo no Alce, ficando tontos e partindo em direções diferentes com os dardos, sem conseguir acertar o alvo. Por fim, a coisa ficou com cara de festa. Rhoda estava feliz. Quando acabaram, guardou os jogos e foi lavar os pratos.

— Eu ajudo — falou Monique.

Já era tarde. Jim e Carl foram para os quartos.

— Obrigada — disse Rhoda, mais simpática com Monique.

Ela tinha um lado provocador, mas podia ser carinhosa também. Rhoda ensaboava enquanto a outra enxaguava e secava.

— Sua casa é maravilhosa — falou Monique.

— Sim, eu adoro. Sempre sonhei com uma casa assim.

— Há quanto tempo você e o Jim estão juntos?

— Dois anos e pouco. Morando juntos, um ano.

— Como vocês se conheceram?

— Eu era paciente dele.

— Ah...

— Jim não parecia grande coisa no início, mas foi me cativando depois de um tempo. É um cara legal. Sólido e confiável. Tem bom coração.

— É — disse Monique. — Parece um cara legal. Vocês vão casar?

Rhoda não se sentia muito preparada para aquela pergunta. Sentiu-se sob o refletor. Monique, porém, estava sendo simpática, e ela não queria estragar tudo.

— É — respondeu, por fim. — Falamos sobre isso, mas não tem nada oficial. Estamos fazendo as coisas no nosso tempo. Planejando o tipo de casamento que queremos.

— Que ideias você tem?

— Bem — falou Rhoda, ficando um pouco excitada, mesmo sem querer. — Estou pensando no Havaí. Kauai, a Ilha Garden.

— Kauai é lindo — disse Monique.

— Você já esteve lá?

— Umas duas vezes. Fiz uma trilha pelo litoral de Na Pali e andei de caiaque também.

— A costa toda?

— Só tem uma direção para ir, com a corrente. Não é muito puxado.

— Uau! — exclamou Rhoda. — Talvez a gente possa fazer isso na lua de mel.

— Você vai gostar. É lindo.

Rhoda sentiu-se mal por não ter gostado de Monique antes. Elas terminaram a louça, e ela deu-lhe um abraço de boa noite.

— Que pena você não ficar aqui no Alasca mais tempo — disse. — Seria bom ter companhia.

— É — concordou Monique. — Eu também gostaria.

Rhoda acendeu a luz do quarto, mas apagou de novo porque Jim já estava dormindo. Tirou a roupa, tropeçando um pouco na escuridão, em parte por causa do vinho, e desabou na cama.

Jim estava acordado a seu lado, escutando-lhe a respiração, esperando sentir as pequenas contrações de mão, que ela fazia quando pegava no sono. Aguardou um pouco mais, para ter certeza. Monique dissera-lhe para encontrá-la na sala. Ele estava furioso, é claro, mas também não queria perder aquela oportunidade.

Irene estava acordada, em pânico. A dor se tornara insuportável, e isso significava não pensar, dormir ou raciocinar mais. Tinha de levantar-se, não podia ficar ali deitada.

Queria tomar outro Tramadol, mas já havia ingerido quatro comprimidos em menos de uma hora, e estava com medo de ter uma overdose. Vagou pela casa, andando para cima e para baixo na pequena cozinha; dali para a lareira, depois para o quarto e de volta à cozinha, segurando a cabeça com as mãos, apertando-a e implorando para a dor cessar. Não era religiosa, mas viu-se fazendo algo semelhante a rezar. *Por favor*, suplicava.

Abriu a porta e saiu para o frio; o céu noturno estava claro. Vestindo apenas pijama e um par de botas. Esperava que o frio pudesse abafar a dor, de alguma forma, e caminhou pela entrada até a rua, as botas triturando o cascalho. Noite calma, sem vento. Irene estava tremendo de frio.

As árvores em volta pareciam quase uma plateia, paradas ali, esperando, observando-a, como sentinelas na escuridão, ocultas na noite sem luar. Nunca se acostumara àquele lugar; jamais se sentira em casa ali. A própria floresta parecia malévola, mesmo conhecendo-a bem, reconhecendo cada espécie de árvore, arbusto e flor. Isso funcionava durante o dia, mas à noite a floresta tornava-se de novo uma presença, animada e unificada, sem nome.

Irene deu meia-volta e correu de volta à casa; o triturar das pedras sob as botas parecia aumentar à medida que ganhava velocidade. Rapidamente, ela viu o vulto de uma coruja cruzar-lhe o caminho à frente. Um presságio, mas que não conseguia interpretar. O pássaro desapareceu entre as árvores. Sem um pio.

Ela entrou correndo, fechou a porta e tomou devagar o caminho do sofá, no escuro, em frente à lareira. Deitou-se, exausta. Queria desesperadamente dormir; os olhos pesavam-lhe, mas a dor não permitia nenhum repouso. Tinha de levantar-se outra vez, mover-se. Ficar parada fazia a dor aumentar.

Carl permanecia acordado. A respiração de Monique estava muito regular e profunda, nada parecida com quando dormia. Ele tinha o cuidado de manter a sua uniforme, e sabia que ela não perceberia a diferença. Monique nunca o observou da forma como ele a observava. Carl perguntou-se por que ela lhe mentiria agora, por que fingiria. Mas para que se preocupar? De certa forma, era mais atencioso do que o normal para ela.

Monique fingiu por um longo tempo e, por fim, quando afastou as cobertas e saiu da cama, ficou parada de pé alguns minutos, sem se mexer, para ver se ele se mexeria. Carl manteve a respiração ritmada, e ela saiu então na ponta dos pés, girou vagarosamente a maçaneta, abriu a porta e fechou-a quase sem fazer barulho.

Carl aguardou. Não ouvia nada. Olhou o relógio, quase uma e quinze. Esperou mais quinze minutos, sentou-se com cautela na beira da cama, andou até a porta e escutou. Abriu-a com calma e pôde então ouvi-los vagamente, respirando, e ver um brilho que vinha da sala, oscilante. Tinham acendido uma vela. Ele fez a curva em silêncio e viu a silhueta de Monique, sua forma, sentada sobre Jim, virada para o outro lado. Conseguia ver apenas o contorno escuro contra a luz da vela.

O que mais o surpreendeu foi como aquilo doeu; uma pontada de verdade no lado esquerdo do peito. O coração era apenas uma metáfora, havia pensado, e achado que terminara com Monique, basicamente, por culpa dela. Estava cansado de sua mesquinharia, mas ela o tinha apunhalado agora, de uma forma dura e imperdoável. Vê-la fazendo sexo com aquele velho, encurvando os ombros de prazer, encenando seu espetáculo à luz de velas, era algo que permaneceria com ele. Sabia que jamais conseguiria esquecer. O último presente dela, mais um de uma longa lista de presentes baratos, mas esse muito mais que os outros.

Carl voltou para a cama e quis desesperadamente dormir; tentou contar suas exalações, desvanecer-se e sumir, mas ainda se encontrava bem acordado quando ela retornou, tão cuidadosa com a maçaneta da porta, pisando o chão em silêncio e depois entrando de volta sob as cobertas. Ele manteve a respiração regular; sabia que Monique estaria escutando. Depois, ouviu por fim o ressonar de Monique mais curto, iniciando seu sono de verdade.

Era horrível tê-la tão perto, ao seu lado, a apenas alguns centímetros de distância. Olhou de novo o relógio, duas e meia, e decidiu tentar pegar o barco para ir pescar. Precisava ficar longe dela. Estaria frio no cais, resolveu então esperar mais trinta minutos deitado, até as três da manhã. Depois, levantou-se sem fazer barulho, vestiu-se, saiu na noite e partiu pela rua, em direção ao rio.

Mover-se o fazia sentir-se melhor, estar ao ar livre e não tentar mais ficar quieto. Suas botas trituravam o cascalho; a névoa de sua respiração. Rodou os braços no ar um pouco, moveu os ombros, procurando afastar Monique do pensamento. Ouviu a própria voz, espantando os arrepios. Quase um tremelico. Ela podia foder com todos os velhos que quisesse. Ele sairia fora, finalmente.

O frio começou a fazer-se sentir, apesar da caminhada. Passou então para uma corrida leve, mesmo estando de botas; os passos pesados. Era a única alma naquela rua; havia apenas estrelas e nem lua se via. O Alasca era uma grande quietude que se estendia por milhares de quilômetros, em todas as direções. Espaço aberto, oportunidade de esquecer algo tão pequeno quanto um coração partido. Carl queria ingerir o ar, o céu, aquelas distâncias.

Mais adiante, quando voltou a caminhar, sentiu-se perdido e escapou para o meio das árvores, a fim de esconder-se. Tentou controlar-se, mas começou a chorar e acabou soluçando como uma criança pequena.

— Monique — choramingou, já que ela era seu primeiro amor. Ele teria feito qualquer coisa para que o amasse.

Sentou-se no chão da floresta e abraçou os joelhos, enterrando o rosto no ombro. Esperou o choro acabar; depois, aguardou um pouco mais até sentir-se suficientemente forte, levantou-se e voltou para a estrada, seguindo em direção ao rio e ao barco. Iria deixar-se absorver pela pescaria, ajudando Mark. Recordou-se daquela popa cheia de peixes, tentando respirar. Havia algo de magnífico neles, trazidos para ali do nada, algo de que desejava aproximar-se.

Quando chegou ao píer, já passava das três e meia e não havia ninguém por perto, embora pudesse ver luzes acesas em vários barcos, no canal. Esperou perto da escada, pensando naquela índia americana, da última vez, perguntando-se se a veria de novo, mas foi um homem, de seus 30 anos, quem apareceu por fim, saindo de um dos prédios.

— Bom dia — disse Carl.

— Bom dia.

— Você poderia me dar uma carona até o *Slippery Jay*?

— Claro.

E Carl estava então mais uma vez no rio, ouvindo o barulho do motor, admirando a esteira branca, rápida e curvilínea, sentindo o vento frio no ouvido. Logo entrava no *Slippery Jay*, ficando primeiro de pé no convés e depois se dirigindo até a cabine do piloto para esperar.

Havia uma coisa boa nos barcos, o sentar-se do lado de fora, acima da água, sentindo-se balançar sobre as ondas. Era um tipo diferente de casa. Melhor. Sem estagnação. Talvez fosse aquilo que devia fazer. Conseguir um barco e morar nele; talvez um veleiro e dar a volta ao mundo. Sabia, porém, por que estava pensando naquilo. Como uma espécie de gesto grandioso, algo que mostrasse a Monique quem ele realmente era. E parecia um jogo impossível, em que nunca poderia vencer.

O banco estava frio e, apesar de Carl encolher-se e pôr o rosto contra o casaco, não conseguia aquecer-se. Só podia esperar, arrepiado e tremendo, até Mark finalmente aparecer.

— *¿Qué pasa, cabrón?*

— Só estava pensando em pegar uns peixes — respondeu Carl.

— Veio para o lugar certo. Chegue aqui.

Carl moveu-se para o lado; o novo pedaço de banco estava congelado. Mark mexeu na vela, durante uns vinte segundos, e depois virou a chave do motor.

— No início ele é um pouco difícil — explicou. — Mas depois fica manso como um gatinho.

A dona surgiu, subindo a escada.

— Eu assumo — disse ela. — Oi, Carl.

— Oi, Dora.

— Parece que você está com frio — observou ela. — Desça e se esquente um pouco. Pode pegar um saco de dormir.

Ele desceu a escada, passou pela cozinha e entrou no castelo de proa. Estava escuro ali, e tateou em busca de um saco de dormir, encontrando um, ainda quente, e um travesseiro, com os quais preparou um belo ninho. Podia ouvir Mark andando no convés sobre ele, soltando a corda da proa; depois, ouviu o motor engrenar e estavam movendo-se, saindo mais cedo que da última vez. Sem dormir, Carl estava exausto. O balanço leve, o saco de dormir quente, o conforto, e ele logo apagou.

Em seus sonhos, estava nadando embaixo da água, em um rio largo e profundo em um dia ensolarado; os salmões eram muito maiores que ele e observavam-no. Os olhos enormes, como luas; todos se comunicando silenciosamente. Haviam recebido uma mensagem sobre ele, algo urgente.

Carl acordou e ouviu pequenas ondas batendo contra o casco. Ali embaixo, dava para sentir como o barco todo era flexível, não tinha nada de sólido. Parecia uma pele. O barulho do motor estava mais alto então; nova aceleração, mais potência. Ele não queria parecer preguiçoso, mas sentia-se tão cansado. Fechou os olhos novamente.

Acordou com o solavanco que significava terem chegado ao local da pescaria. Apressou-se em calçar as botas, equilibrando-se de um lado para outro, tonto. Passou aos tropeções pela cozinha e chegou ao convés, a tempo de ver Mark atirando uma boia laranja pela proa, o início da rede.

— Quer ajuda? — berrou.

— Não fique no caminho — gritou Mark de volta.

Carl segurou-se na ombreira da porta e ficou observando o reflexo do sol na água, enquanto Mark deixava a rede desenrolar-se e Dora guiava adiante o barco. A rede era algo improvável, uma vasta cortina de náilon, com pequenas boias brancas no alto e uma borda de chumbo embaixo.

O carretel começou a ficar mais fino, o náilon verde descendo até a rede toda ficar por fim dentro da água. Dora pôs então o motor em ponto morto, e Mark prendeu a corda principal a um gancho na proa. Dora engrenou de novo o motor, puxando com cuidado a rede, para que ficasse esticada. Uma cortina com 275 metros de comprimento, estendendo-se atrás do barco, uma longa fileira de boias brancas, com a boia laranja na extremidade, ao longe.

O balanço era mais forte com a velocidade baixa, e Carl teve que se segurar. Mark aproximou-se, caminhando pelo convés balouçante, sem qualquer problema.

— Vigie a rede — ordenou a Carl. — Dá para sentir quando eles batem. Sobe um esguicho.

Carl olhou, mas não viu nada. Centenas de salmões poderiam estar lá embaixo, mas parecia impossível. A terra estava a milhas de distância, uma linha ao longe, e tudo aquilo era mar aberto. Não dava para acreditar que cada pequeno espaço de água fosse povoado. Pescar parecia-lhe um grande ato de fé, ou desespero.

A fila de boias brancas ficou muito tensa, emergindo da água, quando uma onda grande passou.

— Estamos do lado de uma corrente — observou Mark, apontando. — Está vendo aquelas toras?

Carl viu várias delas e outros pedaços menores de madeira que boiavam no mar. Além das toras, a água era mais escura e dividida por uma tênue linha de espuma.

— Estou vendo — respondeu.

— Os peixes ficam ao longo da corrente. Não podemos ficar nela porque estragaríamos nosso equipamento com essa madeira toda, mas vamos tentar ficar perto.

— Vamos para o outro lado — disse Dora, junto ao leme.

Ela primeiro pôs o motor em ponto morto e depois deu ré, devagar, enquanto Mark ia para a popa, soltava outra boia laranja da amurada, trocava as cordas e estavam prontos.

Dora conduziu o barco para a frente e virou, a fim de seguir ao longo da rede.

Mark gritou para Carl, mais alto que o ronco do motor:

— Você pode fazer isso com a rede dos outros pescadores também, para ver se pegaram algum peixe.

Carl olhou para a rede que passava ao lado deles, e não viu nada.

— Ainda não tivemos sorte hoje — berrou Mark.

Na outra extremidade, usou uma vara para tirar a fila de boias amarelas da água. Puxou com rapidez, prendeu a corda de reboque à rede e soltou a boia, enquanto Dora engrenava outra vez o motor, puxando-a devagar, esticando-a.

Carl agarrava-se à ombreira da porta e pensava em todas as formas que havia de se perder uma mão naquele barco, presa em algum dos cabos esticados; tudo molhado, escorregadio e balançando. E aquele era um dia bom, com ondas grandes, vindas de alguma tempestade distante, mas não tinha vento. Não conseguia imaginar aquilo tudo sendo feito num dia de borrasca, mas sabia que Mark e Dora saíam para pescar independentemente do tempo. Embora a licença dela permitisse apenas certos dias para pesca, em geral segundas e quintas.

Dora puxou a rede por mais 15 minutos, depois colocou o motor em ponto morto e gritou para Mark recolher o instrumento de pesca. Ele estava na proa com o pé sobre uma tábua, amarrada a uma alavanca hidráulica. Uma invenção caseira, algo improvisado para tornar o trabalho mais rápido. Quando pisava nela, o carretel puxava rede e boias para cima, fazendo-as passar por sobre a guia de proa, de alumínio, uma placa redonda com duas estacas. Dora colocou-se do outro lado da rede, e os dois empurravam e puxavam, direcionando-a para ficar reta sobre o carretel.

Carl procurava pelos peixes, sentindo que podia entender por que alguém passava a vida ali. Não era por dinheiro, nem desespero. Era pelo mistério. Perguntando o que havia lá embaixo, o que havia na rede. Poderia não haver nada ou centenas de salmões. Ou algo ainda maior. Era possível acreditar em monstros quando se tinha uma rede muito grande. O oceano era uma imensidão, mas só se podia capturar uma pequena parte dele.

Mark mantinha um dos pés sobre a amurada, o cilindro puxando firme. Carl perguntava-se se o barco resistiria à pressão. A rede puxada da água, pingando, enrolando-se no carretel. Aquele parecia o ponto em que tudo poderia romper-se, as cordas partirem-se ou o cilindro amassar-se. Ele afastou-se da porta, agarrando-se ao que podia, e chegou até a amurada. Não queria estar na direção exata se algo arrebentasse e ricocheteasse. A pressão maior ocorreu quando a popa do barco foi levantada por uma onda. A tensão era incrível.

— Parece leve — berrou Mark para Dora.

Para Carl, no entanto, era como se o barco estivesse para se quebrar, como se possuísse uma coluna vertebral que se curvava e, por fim, se partia.

Um salmão solitário veio no alto da rede, e Mark tirou o pé da amurada. Agarrou rapidamente o peixe e arrancou-o da rede com um movimento ligeiro, para baixo.

A rede vazia de novo; longos giros do carretel sem nada dentro, apenas uns pequenos bocados de algas, como diminutos buquês de cor marrom e, então, mais um salmão prateado e de cabeça estreita, escuro na parte de cima, atirado sobre o convés, em nítido desapontamento.

— Que surra — disse Mark a Dora.

Carl percebeu que tudo girava em torno de Mark. Se não houvesse peixes, era culpa dele. Um dia passado no mar era dinheiro gasto, com diesel, licença e custos do barco, e a rede só podia ser lançada um determinado número de vezes.

Mark enrolou o restante dela, até a boia subir pela amurada, e desprendeu-a. Dora foi até a ponte de navegação e engrenou mais uma vez o motor, rumo a outras águas.

Carl voltou para a ombreira da porta.

— Sinto muito — gritou para Mark. — Isso é péssimo.

Mark não respondeu. Ainda fazia buscas pela popa, emoldurada agora por um rastro branco. Agarrou um salmão pelas guelras, enfiou o dedo dentro, causando um pequeno estalo, e jogou o peixe num latão ao lado. Fez o mesmo com o outro e pegou uma mangueira para lavar o convés. Depois se aproximou, e não parecia infeliz.

— Não se preocupe — disse a Carl. — Quer me ajudar a encontrar os peixes?

— Claro — respondeu Carl, sem fazer ideia do que aquilo significava.

— Vamos lá para cima — disse Mark.

E Carl subiu a escada atrás dele. Dora fez uma saudação debochada e desceu.

Carl pegou o leme, e Mark sentou-se ao seu lado, no banco, apontando a direção que deviam tomar.

— Na direção daqueles barcos lá longe — disse ele.

— O que foi aquele estalo? — perguntou Carl.

— O quê?

— Quando você segurou o peixe pela guelra, um estalo que fez.

— Ah, é para estourar a guelra do peixe e ele sangrar todo. É o modo mais fácil de matar, eles ficam muito mais limpos. O preço é melhor se fizermos isso.

Depois, Mark foi falar no rádio, conversar com os amigos ali perto, outros pescadores, perguntando como estavam indo, fazendo planos para sair, convidando-os para a sauna. Parecia relaxado e casual para alguém que não tinha pegado nenhum peixe aquele dia. Às vezes, usava o binóculo.

Guiar o *Slippery Jay* era como andar em uma bicicleta com o guidão solto. Carl virava em determinada direção e sentia o barco seguindo em outra. Quando voltava, já era muito tarde. Ia para todos os lados, vergonhosamente, mas Mark não parecia se importar, ainda conversando com os amigos.

Depois, ele apontou para a esquerda e largou o microfone do rádio.

— Ali — apontou. — Mudança de direção. Onde estão aqueles dois barcos brancos.

— Esses mais perto? — perguntou Carl, girando o leme.

— É.

— Os peixes estão ali?

— Sim. Eles estão matando peixes bem ali, nesse momento.

— Algum amigo seu falou isso?

— Falou.

— Mas não ouvi nada.

— Era aquela conversa sobre cerveja. Nada de palavras-código ou algo do gênero, apenas uma forma de falar. Não queremos que ninguém mais saiba. Senão todos os barcos na área viriam para cá.

— Uau — fez Carl.

— É, tudo aqui é muito no estilo James Bond — riu Mark.

Mais uma vez, usava os binóculos, olhando para o grupo de barcos em cuja direção estavam indo.

— Dois deles estão se aproximando. Também descobriram. Acho que só estavam esperando que a gente fizesse a curva. Vamos ter que pôr a rede na água rapidamente.

Carl olhou para trás por um momento, mas não conseguiu ver nada àquela distância. A coisa parecia urgente agora.

— Você os conhece? — perguntou ele.

— São barcos russos — respondeu Mark. — Maiores, de 42 pés, têm duas licenças. Então eles conseguem uma vantagem a mais, 365 metros na rede.

— Russos?

— Agora são alasquianos, eu acho — explicou. — Mas são russos. Têm duas comunidades aqui. Uma fica perto de Ninilchik. São bons pescadores. Então, em geral, não precisam de nós. Devem estar tendo um dia parado. Vivem entre eles. Comunidades muito fechadas, muito família. São todos pescadores e construtores de barcos. O número mais alto de pescadores per capita entre qualquer população aqui.

— São os melhores, então?

Mark riu.

— Os noruegueses é que são pescadores filhos da puta os. Ficam do outro lado da enseada. Vivem em cidades que só se consegue chegar de hidroavião ou barco. Criam as vacas e matam os touros.

— O quê?

— Desculpe — disse Mark. — É bem grosseiro e politicamente incorreto. Um ditado daqui. Os noruegueses criam as mulheres das Ilhas Aleutas e matam a maioria dos homens. Então, nessas cidades, todo mundo tem sobrenome norueguês, Knudsen etc. Quase não se veem sobrenomes aleutas. Trabalhei lá uma vez, no verão, como carpinteiro, e eles são pescadores ferozes mesmo. Herdaram dos dois lados. E seguem as próprias leis.

— Isso quer dizer o quê? — perguntou Carl.

O barco parecia terrivelmente lento. Chafurdando nas ondas, nada passava com rapidez. Enquanto isso, os russos estavam ganhando terreno sobre eles, tinha consciência disso. Podia ver o atrativo daqueles barcos de alumínio velozes, com seus motores a gasolina.

— Tinha um garoto — disse Mark. — Um adolescente, que estava chateado por alguma razão. E tem muita coisa para deixar alguém chateado num vilarejo, com certeza. Incesto, por exemplo, e sabe lá o que mais. Então ele roubou a tia, nada de muito, mas depois roubou o trator de alguém, guiou até a praia e entrou com ele no mar. Depois escondeu o veículo embaixo da linha de maré baixa. Mas ninguém se deixou enganar. Levaram-no até o centro do vilarejo e puseram um saco sobre ele. Depois todos os homens foram para cima dele com bastões de bater em peixe. O próprio pai lhe deu uma porrada na cabeça. E eu ali, parado, me perguntando se estava assistindo a um assassinato, e acho que estava. Não fiz nenhum comentário. Só estava lá para ajudar a construir uma casa. É isso aí.

— Puta merda! — exclamou Carl.

— Vou avisar a Dora — disse Mark. — Ela vai vir e pegar o leme. Só não fique no caminho. Se pegarmos algum peixe, me ajude a jogar nos latões de novo.

A ÁGUA NÃO ESTAVA MAIS TURQUESA. NAQUELE DIA, ERA DE UM azul muito escuro, quase negro. Via-se uma espécie de claridade, mas nenhum sedimento da geleira em suspensão. Irene não sabia como as coisas podiam mudar tanto de um dia para o outro. Agora, era um lago diferente. Outra metáfora de si mesma; como se cada versão nova refutasse as anteriores. Quem ela era nesse dia não se encaixava mais em quem ela fora duas semanas atrás, antes das dores de cabeça, e quem fora então já não se ajustava mais com a de alguns meses antes, ainda não aposentada, mas em sala de aula com as crianças. E quem havia sido nessa época não tinha mais nada a ver com aquela do tempo em que os filhos ainda moravam em casa, antes de desaparecerem de sua vida diária. E essa versão de si mesma não combinava com a que viera com Gary para aquele lugar, cheia de esperança, ou tampouco com a mulher da época anterior àquilo tudo, quando vivia só, com diploma e emprego, finalmente livre, um momento brilhante em que tudo era possível. E essa não se amoldava àquela coisa desprezada que havia sido durante tantos anos, sempre alojada em espaços descartados, quartos dos fundos ou até sótãos e, certa vez, um porão. E quem era então — ninguém, na verdade, uma espécie de fantasma — não correspondia a quem se sentia naquele dia, voltando para casa e crendo que ainda tinha mãe.

O ar estava morno e insípido, descarregado. O contorno da costa encontrava-se enevoado; as coníferas de Sitka nunca haviam parecido tão estranhas, em ângulos inclinados, como uma floresta destruída, que tivesse sido vítima de algum cataclismo; rochas nuas emergindo do solo. Pedras articuladas, como eram chamadas. Tudo ali parecia enorme e, ao mesmo tempo, tão pequeno, contido, vivendo sob aquela montanha.

Gary, como sempre, estava preocupado e envolvido na luta com a cabana, indiferente à esposa, sem fazer a menor ideia de onde havia estado a noite passada sem dormir; não tinha qualquer noção de como se sentia agora, com o interior da cabeça rodando a uma velocidade fantástica, como um giroscópio. Ele achava que Irene estava simulando ter uma dor que não era real. Estava sentada bem em frente a ele no barco, encarando-o, mas ele conseguiu ficar olhando através dela durante todo o percurso, no lago, sem vê-la. Fazia parte do processo de deixá-la desvanecer-se.

Ao chegarem, Irene saltou e ajudou a empurrar o barco mais para perto de terra. O metal estava frio, mesmo num dia quente.

Caminharam em meio a mirtilos e gravetos caídos, contornando uma pequena moita de amieiros, até a plataforma e os quadrados de toras que tinham construído, as camadas de parede da cabana. Gary colocou um pedaço de madeira, na vertical, sob o ponto em que estava martelando; Irene sentou-se nas toras para comprimi-las, e o prego de 25 centímetros entrou profundamente no tronco de cima, que começou a rachar, abrindo-se dos dois lados do prego, com um som de algo se rasgando.

— Porra — disse Gary, mas continuou martelando até o prego entrar fundo na tora de baixo, e as duas camadas ficarem justas.

Bateu na cabeça do prego até ele afundar na superfície da madeira.

— Certo — falou então. — Está bom.

Eles foram para o outro lado, e Gary martelou outra vez, sério e compenetrado, o rosto envelhecido, cheio de rugas. Mergulhado no trabalho, ausente. E Irene não o invejava. Entendia o desejo de esquecer. Naquele momento, ela estava, todavia, presente. Cada martelada era como uma perfuração atrás do olho direito, uma faixa vermelha, ondulada, que ia para cima, como num desenho animado, e ela achou que iria desmaiar, mas não o fez. Conseguiria aguentar, esperar mais. Não duraria para sempre. Eles pregaram os quatro lados e depois recuaram para apreciar o trabalho.

— Nada mau — disse ele.

Era verdade. As frestas haviam diminuído de tamanho. Não menos que 1 centímetro, ou não mais que 2. O suficiente para ser remediado com um pouco de calafetagem ou reboco.

Eles arrastaram a terceira camada para o local; madeira molhada, quatro toras; Gary martelou outra vez. Irene permaneceu mais atrás, achando que a coisa poderia ir rápido. Talvez a construção de uma cabana não demorasse tanto.

— Como vamos fazer a porta? — perguntou. — E as janelas?

Gary parou de martelar e sentou-se ereto, respirando com dificuldade.

— É — disse ele. — Vamos precisar de uma porta. E de pelo menos uma janela para ver o lago.

— Sim — falou Irene.

Gary estava montado sobre a parede de toras, com um dos joelhos apoiado dentro da plataforma.

— Acho que é só cortar as aberturas. Quando a gente chegar na parte mais alta, onde a janela ou a porta forem ficar, eu começo a serrar para baixo.

— Está bem — disse Irene. — E compramos uma janela de vidro pronta, já com moldura, e uma porta?

— Sim, vamos comprá-las primeiro e depois fazemos as aberturas.

Gary voltou a martelar e Irene deitou-se sobre um leito de samambaias. Sonhou com uma janela pesada, que nunca fechava por completo, enquanto a dor instalava-se como uma cunha sob a porta. Rhoda ia trazer mais analgésico essa noite. Havia prometido. Irene só tinha um comprimido e estava esperando o máximo de tempo que aguentasse para tomá-lo. Os cheiros de samambaias e de terra tão próximos eram pungentes, densos e penetrantes, e ela concentrou-se nisso, tentando associar o sono aos cheiros, mas não conseguiu escapar, sem permanecer tempo suficiente distraída para esquecer a dor. Além disso, era insuportável ficar em uma posição só, sentindo a pressão aumentar.

— O que você está fazendo? — perguntou Gary.

Irene sentou-se.

— Preciso me livrar disso. Dessa dor. Estou ficando desesperada.

— Parece que já deveria ter passado. O médico falou uns dias, talvez uma semana, no máximo, e que então você ficaria boa.

— Não consegui dormir a noite passada. Nem um minuto sequer. Nem com o Tramadol.

— O quê?

— É, tenho medo de não conseguir dormir mais, até isso passar.

— Não entendo.

— Pois é, mas é o que acontece.

Gary aproximou-se dela, ajoelhou-se ao seu lado e segurou sua cabeça com as mãos.

— Você está chorando — disse ele.

— Não. São só lágrimas. Acontece o tempo todo agora. Meu corpo está fazendo isso automaticamente.

— Precisamos descobrir o que está errado — continuou ele. — Tem alguma coisa errada.

— Aleluia.

Ele retirou as mãos.

— Não fique assim.

— Bem, já estava na hora de você acreditar em mim.

— Desculpe. Vamos procurar outro médico. Um especialista. Podemos ir a Anchorage amanhã.

Eles encerraram o trabalho por aquele dia. Gary notou a esposa, por fim, ajudando-a subir no barco, por sobre a proa, e observando-a no caminho de volta. Ela tentou sorrir.

— Obrigada — agradeceu, gritando mais alto que o ruído do motor, mas ele não escutou e ela não tentou repetir.

Em casa, Irene foi para o quarto descansar enquanto Gary cozinhava. Tomou o último Tramadol, esperando por Rhoda, e quase adormeceu. Mergulhou fundo e mais fundo, mas sem conseguir desligar-se por completo da superfície. Escutou então o barulho do carro da filha. A porta da frente abrindo-se. Ela conversava com o pai. Depois, a porta do quarto, e Rhoda estava ao seu lado.

— Vamos levar você até Anchorage — disse a filha, em voz baixa. — Jim está dando uns telefonemas para descobrir alguém, e mandou para você uma receita de codeína. Então não preciso mais roubar Tramadol.

Irene teve dificuldades para sair de dentro de si e falar. Estava mais no fundo do que pensava.

— Obrigada — falou, por fim. — Jim é um bom rapaz.

— Sim — disse Rhoda. — Ele é.

A filha ajudou-a então a sentar-se e depois lhe agarrou o braço para erguê-la.

— Não estou tão mal assim — defendeu-se Irene. — Posso andar.

— Certo.

— O problema é na minha cabeça, e não nas pernas. Não estou numa clínica para idosos. Só tenho 55 anos.

— Está bem, mamãe. Vamos lá.

— Desculpe, Rhoda. Você foi sempre a única pessoa com quem pude contar. Sempre me ajudou, desde pequena. É o seu jeito, não tem nada a ver comigo ou com seu pai.

— Obrigada, mamãe.

Elas foram então para a sala, onde Gary havia colocado um prato de macarrão e outro de salada sobre a mesa.

— Marido, meu marido — disse Irene. — Preparou o jantar. Obrigada.

Gary pareceu incerto quanto ao que dizer sobre aquilo. Recuou um pouco o rosto. *Sinal de culpa*, pensou ela, *mais um pequeno indicador de uma traição futura*. Rosto para trás, ligeiro inchaço no pescoço à palavra *marido*. Pego desprevenido porque acreditava que estava partindo sem ser notado, que podia deixá-la desmoronar de alguma forma e ir embora.

— Está com uma cara ótima, papai — comentou Rhoda.

— É só macarrão — disse ele. — Como você está, Reney?

— Feliz por estar com vocês dois — respondeu Irene, olhando primeiro para Gary e depois para Rhoda.

— Jim deu também uma receita de um remédio para dormir — falou Rhoda. — Papai contou que você não conseguiu dormir ontem à noite.

— Ela não dorme — observou Gary. — Precisa conseguir dormir.

Irene provou a comida. Havia perdido o apetite. Não fazia a menor questão de comer. Fechou os olhos e sentiu cada parte sua sendo empurrada para dentro, como se seu centro fosse a própria gravidade. Uma precipitação da carne para o nada.

— O que foi, mamãe?

— É a medicação. Não consigo comer.

— Mamãe — disse Rhoda, chegando mais perto de Irene e pegando-lhe o braço.

Gary, porém, permaneceu onde estava. Nunca soubera como tomar conta dela, e agora não era diferente. Irene ficaria sozinha, como sempre estivera.

— Minha mãe tinha dores de cabeça terríveis — comentou Irene. Rhoda e Gary prestavam bastante atenção agora. — Ela falava que a cabeça doía, mas eu não sabia o que era isso. Pedia que eu ficasse em silêncio. Eu passava dias sem fazer um barulho, mas eu ainda era criança, então não era muito fácil.

Rhoda e Gary ouviam em silêncio, e Irene fechou os olhos. Queria ver o rosto da mãe. Viu, entretanto, o que sempre via: a silhueta da mãe pendurada no ar, uma forma que não podia ser sua, e ela não queria ver aquilo; então, abriu de novo os olhos.

Rhoda foi embora assustada, mas não conseguia detectar com precisão o medo. Todas as pessoas ao seu redor agindo de forma estranha. A mãe, o pai, Jim. Nenhum deles sendo o que deveriam ser. E o que isso lhe causava? Sua vida estava centrada na deles.

E quanto ao que ela desejava? Algum deles se importava com isso? Aquilo a deixava mal, o que era melhor do que sentir medo. Empurrou a direção para um lado, depois para o outro, conduzindo o carro velho pela estrada de pedregulhos, e isso parecia um pouco melhor.

— Vai, baratinha, vai — disse ela.

Pegou o retorno que levava à extremidade mais baixa do lago e seguiu rumo à casa de Mark.

— Oi, fodão — cumprimentou ela, quando o irmão abriu a porta.

Já era tarde, e ele parecia cansado ou doidão.

— Que legal.

— Nem uma visita — criticou ela. — Você não pode dar uma passadinha lá só para ver como ela está?

— E como ela está?

— Ela morreu.

— Bem, acho que é melhor para nós, de certa forma. O peso da insatisfação dela e todo o resto. Mas vou sentir falta das tortas de Natal e daquela animação infantil.

Rhoda chutou-lhe na canela com suas botas, forte o bastante para fazê-lo cair, uivando de dor. Depois, correu de volta ao carro, antes que Karen pudesse se meter.

Quando chegou em casa, deparou-se com panquecas e pêssegos enlatados. Pelo menos, era um retorno à normalidade. Jim parado em frente à bancada da cozinha, batendo com o garfo na lata, enquanto comia uma fatia de pêssego.

— Estou dando aviso prévio a vocês todos — disse ela.
— O quê?
— Estão todos se comportando de forma estranha.
— Todos?
— Você, minha mãe e meu pai. São uns loucos. Meu irmão sempre foi um merda, mas vocês três estão me deixando louca.
— Mas o que eu fiz?
— Não sei — respondeu ela. — Mas coisa boa não é. Melhor parar.

Jim pareceu ofendido.

— Eu aqui dando telefonemas por causa da sua mãe — alegou ele. — É só o que tenho feito.
— Desculpe — falou Rhoda, parada um instante, tentando diminuir o ritmo.

Sentia-se como se estivesse correndo; o coração martelando. Gostaria que Jim pusesse os braços em torno dela, para ajudá-la a manter-se no lugar, mas ele ficou ali, indiferente.

— Alguma coisa me deixou muito assustada com relação à minha mãe — justificou, por fim.
— E o que foi?

Rhoda tirou o casaco e sentou-se em um banco.

— Vai parecer estranho — continuou —, mas ela não consegue dormir, nem comer. Sente aquela dor o tempo todo, só pode estar nos deixando. Está indo para um lugar qualquer dentro da sua cabeça, de volta à infância, à mãe, e estou sentindo que ela já foi.

— Pode ser só a medicação.

— Pode ser. Mas não é. Está voltando para um lugar que não é bom para ela.

— Bem, encontrei um médico ótimo. John Romano, o melhor otorrino do Alaska.

— Em Anchorage?

— Sim. Amanhã, uma da tarde.

— É muito caro?

— É o mais caro, mas é o melhor e está disposto a fazer a consulta pela metade do preço para sua mãe. Tudo vai sair tudo pela metade, mesmo que ela tenha de ser operada.

— Operada?

— É, operação de sinusite. É muito comum.

Rhoda levantou-se e deu um abraço em Jim.

— Obrigada. E desculpe por implicar com você. Só estou com medo.

Jim pôs os braços em volta dela, colocando uma das mãos sobre sua nuca, como Rhoda gostava. Ela sentiu-se protegida.

— Que idade ela tinha quando a mãe se matou? — perguntou Jim.

— Dez. Em Rossland, British Columbia. Chegou da escola um dia, entrou em casa e viu a cena. Mas não gosta de falar sobre isso. Umas duas semanas atrás, ela me contou como foi entrar em casa naquele dia. A neve no chão, como estava a pintura. Já tinha alguma coisa acontecendo com ela, antes dessas dores de cabeça começarem. Está ficando paranoica, esquisita, acha que meu pai vai deixá-la.

— Ele vai?

— Não. Ela só está imaginando coisas.

— Hmmm — fez Jim.

— Chega de falar disso — retrucou Rhoda. Vamos falar de alguma coisa boa. Sobre que tipo de casamento queremos.

— Está bem — concordou Jim, deixando os braços caírem e dando-lhe uma palmada leve nas costas.

Rhoda pegou então os prospectos de hotéis em Kauai, e eles sentaram-se juntos no sofá.

— Esse é o que gosto — disse ela, abrindo um folheto, bem grande, com paisagens marinhas e montanhas verde-escuras, com quedas-d'água. — É o Princeville, na baía de Hanalei. Escuta isso: "O eterno começa aqui. Enquanto o sol beija o horizonte e você está banhado em luz dourada, suas preces são levadas ao céu por ventos eternos e espalhadas sobre milhares de quilômetros no Pacífico."

— Não parece mal — disse Jim.

— Não arrancaria pedaço — completou Rhoda. — Infinito, para combinar com eternidade.

— Os quartos parecem bons, também. São caros?

Rhoda soltou o prospecto e olhou para Jim.

— O preço não importa, não é? É o nosso casamento. Só acontece uma vez.

— É — assentiu Jim. — Acho que sim.

Rhoda deu-lhe uma cotovelada entre as costelas, mas com suavidade, e abriu de novo o folheto.

— E a nossa dança? — perguntou. — Talvez tenhamos que ir até Anchorage fazer umas aulas. Não acho que tenha algum lugar por aqui.

— Anchorage?

— Eu quero uma coisa chique — falou ela, que não estava gostando das reações dele. — É melhor falarmos sobre isso outra hora.

— Desculpe.

— Tudo bem.
— Para mim, isso tudo é novidade.
— Tudo bem. Não estamos sequer noivos. É só que eu gosto de pensar nessas coisas.

Jim não sabia o que devia dizer em resposta àquilo. Rhoda olhava para o folheto, triste, e ele imaginou que era a hora exata de fazer a pergunta, de salvar aquele momento, mas não tinha os anéis. E havia Monique. A situação era impossível. Então não disse nada. Olhou o prospecto, enquanto ela abria vagarosamente as páginas; um sem olhar para o outro.

O dinheiro de Carl tinha acabado. Não sobraram nem 10 dólares. Ele tinha de sair do acampamento, então sentou-se na tenda, enfiando o saco de dormir barato na capa. Depois, perguntou-se o que faria com o de Monique. O dela era novo, verde e prateado, com uma capa impermeável. Muito mais grosso e quente que o seu, e pesava menos também. Uma viagem mais fácil pela vida. Carl deitou-se sobre ele, colocou o rosto no travesseiro embutido e respirou fundo. Logo, estava mais uma vez chorando descontroladamente. Não sabia como fazer para parar. Convulsivo e doloroso; não era um bom tipo de choro, não trazia alívio. E ela nunca fora boa para ele. Não podia entender aquilo.

Tirou o jeans, enfiou-se no saco de Monique, fechou o zíper até em cima e encolheu-se. Outra série de soluços; seu coração estava arrasado. Perguntou-se por quanto tempo aquilo continuaria. Queria que ela voltasse, que se deitasse em cima dele, amassando-o.

— Monique — disse ele.

Vazios em seu interior, apenas vazios. Nenhuma substância. Ela havia, de alguma forma, lhe tirado do centro.

Podia ver seu rosto como da primeira vez em que ficaram juntos, quando parecia que ela o amava. O sorriso, um pouco hesitante até, como se também estivesse nervosa.

Carl lamentou-se profundamente, uma queixa sem limite. E ficou ali deitado por horas, até o gerente do acampamento vir até a barraca e dizer-lhe que fosse embora, ou teria de pagar.

— Desculpe — conseguiu dizer Carl, entre um soluço e outro. — Já estou indo. Só mais uns minutinhos.

— Não, tem que sair agora.

— Está bem, estou indo.

— Agora.

Carl saiu então do saco de dormir de Monique e da cabana, sob um chuvisco fino. Ficou exposto e com frio debaixo do céu estava escuro. Colocou as duas mochilas para fora e desarmou a barraca. Teve de assoar de novo o nariz como um bebê chorão.

Sua mochila estava pesada, com cerca de 30 quilos; abaixou-se depois para pegar as alças da de Monique, que pesava no mínimo 20 ou 25. Ergueu-a e passou as alças sobre o ombro, na frente. Escorregando um pouco, com o rosto espremido contra a armação da mochila dela, colocou as mãos por baixo. Mais de 50 quilos de bagagem, e ele pesava apenas 68, de maneira que não sabia quão longe iria. Precisava virar-se de lado a fim de ver o caminho e, depois, seguir em frente às cegas e, então, parar outra vez.

Arrastou-se pela entrada do acampamento, por um caminho de cascalho, em direção à estrada. Garoa e brisa. Sentia como se os joelhos estivessem compactando-se ao osso da perna; a parte inferior das costas também doía; os braços ardiam.

O caminho de pedregulhos era longo e, quando chegou ao asfalto, deixou cair as duas mochilas; depois disso, foi como se estivesse saltando no ar, sem gravidade.

— Uau! — exclamou ele.

Quando viu um caminhão aproximar-se, esticou o dedo polegar. Não havia como carregar as mochilas durante três horas, até a cidade.

Vários carros passaram sem diminuir a velocidade, e ele percebeu que se esquecera dela por alguns minutos. Era isso aí. Tinha que se manter ocupado. Precisava de um trabalho.

— Também porque não tenho dinheiro nenhum — disse, em voz alta.

Talvez Mark conseguisse arranjar alguma coisa para ele.

Rhoda decidiu ir com os pais para Anchorage.

— Posso faltar ao trabalho — disse a Jim. — Tenho que acompanhar minha mãe.

— Está bem — respondeu ele.

— Amanhã estou de volta. Vamos dormir lá.

Depois que Rhoda se foi, Jim pegou Monique no Hotel King Salmon e trouxe-a de volta para casa. Ela usava jeans, botas e o velho casaco felpudo. Sentou-se num banco e olhou para o que seria uma bela vista, se não fosse pelo céu.

— Você podia usar um casaco novo — disse Jim.

— Esse foi do meu pai.

— Ah...

— Tudo bem. Não me importo muito. É só um pouco de nostalgia. Todos temos direito.

— Claro — concordou Jim.

— Estou absolutamente entediada — disse Monique. — Acho que está na hora de voltar para Washington. Não tem nada aqui.

— Eu estou aqui.

— É.

— Isso não soou muito bem.

— Só estou entediada. Acho que vou tomar um banho.

Jim sentou-se ofendido no sofá, enquanto ela tomava banho. Levou mais de uma hora. Ele só pensava em sexo, o tempo todo, sem parar. Quando reapareceu, ela parecia mais animada. Trazia uma toalha branca amarrada na cabeça, mais nada. Longilínea e perfeita. Foi sentar-se numa otomana, de costas eretas, e ele achou que até na postura ela tinha classe.

— Nunca recebi dinheiro para fazer sexo — começou Monique. — A ideia de ser paga está me torturando. Acho que poderia fazer coisas que de outra forma não faria, e isso me deixa mais excitada ainda.

— Dinheiro? — perguntou Jim.

— É, dinheiro. Acho que tornaria a coisa mais interessante. Mas tem que ser uma quantia decente. Quero que saque 5 mil em notas de 100. Acho que isso me pagaria pela tarde toda.

— Cinco mil?

— Ande, vá sacar logo — falou ela. — E me traga um pouco de sorvete. New York Superfudge Chunk. E o que você quiser. Sexo com comida, bondage, artigos eróticos, roupas, coisas bizarras, o que você estiver a fim. Torne as coisas interessantes. E traga mais dinheiro se quiser essa noite também.

— Você está falando sério?

— Você tem mais de 40? Eu tenho 23? Você tem pneu na barriga? Eu me raspei?

— Não precisa falar assim.

— Porra, então acorde!

— Acho que não estou gostando disso.

— Então por que o seu pau está duro e apontando para mim? Acho que você gosta, sim. E acho que hoje vamos começar passeando com você de coleira. Você vai rastejar e implorar para me pagar. E não me volte sem uma coleira.

— Mas que merda é essa?

— Muito bem. Vou me vestir — disse ela, voltando para o quarto.

— O que está acontecendo aqui? — perguntou Jim.

— Eu vou me vestir — respondeu Monique. — Vamos de carro até o banco e você vai retirar os 5 mil para mim.

Depois, vamos para o meu hotel, pegar minhas coisas. Talvez até o acampamento, mas acho que podemos pular essa parte. Então para o aeroporto, onde você vai comprar minha passagem. Podemos almoçar lá se quiser. Mas eu estou indo embora dessa merda de lugar.

— Eu não vou fazer isso — falou ele, parado na porta do quarto, vendo-a pôr calcinha, sutiã e jeans.

— Então vou contar tudo para Rhoda.

— Isso é chantagem.

— Nem tanto. Tenho um fundo fiduciário. Não preciso de dinheiro. Nunca nem precisei trabalhar, o que é meu calvário, a cruz que tenho que carregar, uma coisa que você não entenderia. Na verdade, isso é péssimo. Mas é só para te dar uma lição. Parece que você não percebeu o que tinha aqui. Então vou te ajudar a perceber.

— Você pode ir caminhando até o aeroporto — disse Jim.

— O preço acaba de subir para 10 mil.

Jim estava tão furioso que queria matá-la. Era a primeira vez na vida que sentia aquilo. Ela sequer parecia aborrecida, calçando as botas como se nada demais estivesse acontecendo, como se ele não fosse nada.

Depois, levantou a cabeça e sorriu para ele.

— Punho fechado. Está pensando em me bater? Lutar faria você se sentir melhor? — perguntou ela, pondo-se de pé, sorrindo mais agora. Dando dois passos em sua direção, deu-lhe um chute, rápido demais para que tivesse tempo de se proteger.

A perna longa esticada, o bico da bota em seu estômago, e ele caindo de costas no corredor. Encolhido, não conseguia respirar.

Ela pisou nele.

— Estou esperando no carro.

No caminho para Anchorage, o céu parecia opressivo, cinza e movediço, com nuvens escuras de chuva. Já era outono, a neve aproximava-se, e as árvores já davam sinais de transformação.

Rossland era parecido. Um rio em vez do oceano, mas as mesmas bases amplas das montanhas, floresta densa e picos cobertos de neve. O mesmo céu pesado, a mesma brisa fria, soprando até no verão, a pele sempre arrepiada. Irene cerrou os olhos e tentou lembrar-se, imaginar-se lá, transformar imagens chapadas num lugar onde pudesse novamente caminhar, porque havia passado 45 anos tentando esquecer. Quisera apagar a lembrança e, agora, aquilo parecia uma perda terrível. Ela não tinha certeza quanto ao que havia mudado, mas algo mudara. Desejava lembrar-se da mãe, do pai, da época em que viveram juntos.

O som do islandês, sem a rigidez do inglês. Uma espécie de música, vogais mais longas; cada som como uma claridade, uma forma, um líquido ou uma respiração. Naquela língua, o mundo podia tornar-se animado. Mais agradável e até espantoso, mas nunca vazio. Uma língua inalterada havia mil anos, ou quase isso. Era da ligação dela com o passado de que Gary gostava. Agora, o islandês era falado quase da mesma forma que o inglês arcaico. Assim, nunca fora real para ele, apenas uma ideia.

Ela, contudo, não queria pensar em Gary. Queria encontrar os pais, e eles permaneciam como sombras. Se ao menos pudesse ouvi-los falar... Como era possível esquecer cada palavra e não conseguir ouvir as vozes que ouvira durante cada dia de sua infância?

 Tentou lembrar-se da cozinha, de como se sentava em sua pequena mesinha própria; a madeira pintada de amarelo, áspera. A mãe diante da pia, usando vestido, embora não conseguisse recordar-se de nenhuma estampa ou cor. Quase podia ouvir a água correndo, e sabia que a mãe estaria falando. Nenhum rosto, nenhuma voz; o pai mais distante ainda. Sobraram apenas ideias. Havia outra mulher, ela tinha certeza, embora não soubesse como se dera conta disso. Quando foi o momento em que soube? E será que entendia aquela ideia, de que o pai as estava deixando? Aquilo poderia fazer algum sentido? O mundo dos adultos era uma coisa misteriosa e densa, lembrava-se muito bem. Uma desesperança tão imóvel quanto uma montanha. Os pais tomando suas decisões, determinando-lhe o destino e, agora, tinham ido mais longe ainda, adentrado a esfera do mito. Histórias que se transformaram; impossível saber o que era verdade. Outra mulher, e sua mãe enforcara-se, e o pai se fora para sempre. Ela nunca mais o viu. Haveria algum sentido, no entanto, para ser encontrado em tudo aquilo?

 Eles deixaram a região das montanhas e seguiram ao longo da água, em Turnagain Arm, um campo comprido, pura pedra, de ambos os lados, com a ponta branca. Seguia o caminho de alguma antiga geleira que devia ter-se localizado naquele vale e naquela baía, mesmo Irene não sabendo se isso era verdade ou não. A água era como um rio, com ondas de 1,80m; a "maré gigante", tão forte que até som tinha, um bramido baixo. No inverno, o gelo ficava obstruído ali e quebrava, dando origem a rios profundos e ravinas escavadas em blocos do tamanho de carros, e até casas. Ninguém entrava naquela água.

Irene perguntava-se se a Islândia seria assim. Nunca estivera lá. Ainda tinha parentes, mas nenhum que jamais a tivesse visto. Eram estranhos, e ela não falava mais a língua. Até os 10 anos, só havia falado islandês em casa; inglês, só na escola. Depois, entretanto, aquela língua morrera para ela.

Tinha esquecido as histórias e também os contos infantis. Sua lembrança agora era só de figuras em uma paisagem. Elas perderam os movimentos e as palavras, o propósito. Uma figura na floresta; a sensação daquele lugar assustador. Ou uma figura no mar, uma espécie de barco pequeno, um navio antigo. Uma casa de pedra, mas nem disso tinha mais certeza. Poderia ser uma casa de madeira com uma lareira de pedra.

E canções. Houvera delas, também. Perdidas para sempre.

Tinha, porém, coisas de que se recordava. A mãe sentira uma dor de cabeça terrível e havia pedido silêncio. O que não sabia era a origem. Teria sido o sofrimento, com a partida do marido? Durou pouco tempo, somente no final, ou permaneceu durante anos? Foi um problema clínico, como Irene estava tendo agora? E existiria algo apenas clínico? Quando uma coisa tomava conta da vida de uma pessoa, não acabava fazendo parte dela, mesmo que fosse algo só físico?

Irene fechou os olhos e tentou exalar a dor, deixá-la descer um pouco mais. Estaria inventando aquilo tudo acerca da mãe? Teria ela se queixado alguma vez de dor de cabeça? Irene não possuía qualquer imagem, nenhum momento da mãe esfregando a testa, nenhuma prova. Não confiava nas trapaças da própria mente agora. Começaria a lembrar-se de tudo que desejava, até não saber mais o que era real. Tinha uma recordação do pai, por exemplo. Os dois andando juntos de trenó, de madeira, com trilhos de metal. Subindo a pé uma montanha gigante de neve, rindo. Quando chegaram ao topo, o pai colocou o trenó em posição, as mãos apoiadas numa barra de direção. Irene pulou em cima dele com seu corpo pequeno e leve, passando-lhe os braços em torno do pescoço. O pai deu um berro de alegria, e eles começaram a descer. Irene gritava de medo e prazer, e eles iam com uma velocidade incrível, ladeira abaixo. Havia, no entanto, versões diferentes para o final. Numa delas, eles derrapavam, capotavam, rolavam e paravam empilhados um sobre o outro, rindo. Em outra, desciam tão rápido que o corpo de Irene era levado pela gravidade, e ela esforçava-se para se manter agarrada ao pescoço do pai. Numa terceira, ainda, eles capotavam, caindo com força, e ela chorava. Nenhum daqueles finais era mais real que o outro, de forma que a coisa toda parecia inventada. Provavelmente, jamais houvera trenó algum. Não tinha qualquer outra lembrança dele. A cena inteira era idílica demais, uma cena de inverno. Uma tentativa de ter uma recordação do pai.

Ele era jovem quando o viu pela última vez, 30 e poucos anos. Cabelos louros, e não pretos, como era comum nos islandeses. Um rosto pequeno, queimado de sol. Lenhador, saía todo dia com seu machado. Quase um personagem de um conto infantil, e era isso o que ela temia. Que tivesse inventado cada parte dele. Será que saía realmente todos os dias com o machado? Usava um cachecol verde enrolado no pescoço?

Recordava-se dos braços e das mãos. Braços fortes, bronzeados e cheios de veias. As mãos eram ásperas, com calos. Podia notá-los sobre a mesa de madeira escura, durante as refeições. Sabia que aquilo era real, uma recordação. Era quando tentava ver o rosto e ouvir a voz que se perdia.

— Você se lembra dos seus pais? — perguntou ela a Gary.

— O quê? — retorquiu ele, parecendo espantado.

— Desculpe, eu estava tentando me lembrar dos meus pais quando era criança. O rosto, a voz. Você se lembra dos seus?

— Sim, claro.

— Do que você se lembra?

— Ah, de um monte de coisa.

— Diga uma.

— Ah, Irene. Assim, do nada, não sei.

— Lembre só de uma para mim.

— É, papai — reforçou Rhoda, no banco de trás, sentada meio de lado, no espaço apertado. — Também estou curiosa. Você nunca conta nada da sua infância.

— Parece a Inquisição — observou Gary. — Estou pensando é no nosso compromisso e onde vamos passar a noite. Mas tudo bem. Uma recordação de infância. Alguma coisa em Lakeport. Que tal a lembrança de uma caçada?

— Nada de armas — disse Irene. — Você é muito chegado a armas. A tudo que matou quando era garoto. Conte outra coisa.

— É — falou Rhoda.

— Ah, agora só consigo me lembrar de caçada ou de pescaria.

— Conte de alguma cena na cozinha — sugeriu Rhoda.

Gary estufou as bochechas.

— Tudo bem — disse, por fim. — Não lembro exatamente da época. Só do meu pai, sentado à mesa, perto da janela que dava para o lago, inclinando uma panela com creme de cogumelos em cima do seu prato de panquecas.

E me lembro dele fazendo panquecas coloridas para mim. Azul, verde, a cor que eu pedisse.

— O que ele dizia? — perguntou Irene.

— O quê?

— O que seu pai dizia para você enquanto fazia panquecas ou colocava sopa em cima delas?

— Não sei.

— É isso que estou pedindo — disse Irene. — Quero um momento em que você se lembre exatamente do que ele disse, ou sua mãe, e como era o rosto deles nesse instante.

— Por que você está perguntando isso, mamãe? — interveio Rhoda.

— Porque eu não consigo me lembrar dos meus pais, de nenhum momento.

Ninguém disse nada por um instante. Irene olhou então pela janela do seu lado para rochas e árvores, o flanco áspero das montanhas.

— Essas rochas falam tanto sobre nós quanto as lembranças que temos — disse ela.

As pedras parecem uma espécie de sinal de tudo que é verdadeiro nesse mundo, pensou Irene. Em camadas, faixas, identificáveis, organizadas, mas aquilo tudo não possuía de fato nenhum significado. Formadas sob pressão durante milhões ou bilhões de anos, empurradas para cima, curvadas e tosquiadas, para nada. As rochas eram apenas o que eram. Não havia nada aguardando-as, e não faziam parte de nenhuma história.

— A gente vive e morre — acrescentou Irene. — E não importa se nos lembramos de quem somos ou de onde viemos. Era outra vida.

— Não acho que isso seja verdade, mamãe.

— Você ainda é jovem.

— Ainda estou tentando lembrar — disse Gary —, mas só me recordo de momentos tensos. São esses os que ficam. Lembro de jogar cartas com meu pai e de ele ter vindo com o jogo praticamente feito na mão, mas eu ainda não entendia direito. Então eu disse alguma coisa como: "Espere aí, como é que pode isso?" E meu pai respondeu: "Você está me acusando de roubar?" Lembro de ele dizer exatamente isso e da expressão no seu rosto, implacável. Ele já tinha decidido, e não importava o que eu ou minha mãe disséssemos.

— Você se lembra — comentou Irene. — Você se lembra de verdade.

— Sim. E de outros momentos também, mas só de situações tensas, por alguma razão. Meu pai me oferecendo 5 centavos por noz que eu pegasse no jardim da frente, e minha mãe dizendo: "Doug, isso é demais", e parecendo muito preocupada, e como aquilo me deu medo por alguma razão, como se alguma coisa terrível estivesse por acontecer. Foi minha primeira preocupação com dinheiro, acho. Lembro da expressão do rosto dela.

Irene pôs a mão no braço de Gary.

— Obrigada — disse ela. — Eu acredito. E não sei por que não consigo me lembrar de nada.

— Você deve se lembrar de alguma coisa — consolou Gary.

— Não. Realmente não.

— Tenho zilhões de lembranças de vocês dois — falou Rhoda. — Quando penso nelas, é como se tivessem acabado de acontecer.

Gary soltou uma gargalhada.

— Obrigado, querida.

Irene sorriu. Nunca quisera de fato ser mãe, mas havia tido sorte com Rhoda. Nem tanto com Mark.

À medida que se aproximavam de Anchorage, a estrada ia ficando entupida de carros com trailers, os últimos visitantes do verão. Alguns paravam para ver quedas-d'água ou contemplar a enseada. Estavam reunindo-se em Anchorage para a longa viagem pelo Canadá, até os 48 estados ao sul. Pássaros voltavam para Arizona e Flórida.

— O que eu não consigo me lembrar é do meu pai dizendo que era meio *cherokee*.

— Ele era meio *cherokee*? — perguntou Rhoda.

— Era, talvez um quarto. O pai dele era metade. Você não sabia?

— Nem eu sabia — comentou Irene. — Pelo amor de Deus.

— Eu nunca contei?

— Não — falaram Rhoda e Irene.

— Nem ele. Soube por minha mãe.

— Vocês dois são loucos! — exclamou Rhoda. — Meus pais são loucos. E eu sou um pouco *cherokee*, aparentemente.

— Bem pouco. Só um dezesseis avos — observou Gary. — Lamento que não seja mais.

Ele ligou então o rádio, e eles ouviram canções dos Beatles.

Haviam planejado parar para almoçar antes da consulta com o médico, mas, com aquele tráfego, não teriam tempo. Irene entrou no consultório sentindo-se tonta por causa da fome e da medicação. Também não tinha bebido nada.

Foi atendida imediatamente, bem na hora em que estava marcada a consulta, o que era uma experiência nova. O Dr. Romano era alto, moreno e bonito, com cabelos grisalhos e covinha no queixo. Tinha belas mãos e lábios grossos. Parecia uma estátua romana.

Escutou Irene contar sua história e seus sintomas. Depois, largou a caneta.

— Vamos descobrir qual é o problema — disse ele. — Às vezes, uma infecção no seio esfenoidal não aparece nas radiografias. Eles ficam muito lá atrás, escondidos debaixo do cérebro, de forma que não aparecem facilmente. Eu gostaria que você fizesse uma tomografia computadorizada.

— Quando posso fazer isso? — perguntou Irene. — Provavelmente vou ter que voltar aqui para Anchorage. Eu tinha esperança de descobrir alguma coisa hoje.

— Já deixei agendado — falou o Dr. Romano. — É aqui na porta ao lado. Pode ir lá, agora mesmo.

Irene sentiu-se sufocar. Não ser tratada como lixo por um médico era uma experiência nova para ela.

— Uau! — conseguiu dizer, por fim. — Obrigada.

Em 15 minutos, estava deitada no aparelho de tomografia, tentando manter a cabeça fixa e não se mexendo muito ao respirar. Mantinha os olhos fechados a fim de não entrar em pânico por claustrofobia, mas podia sentir a presença fria da máquina perto, enquanto esta tremia e estalava.

Gary levou-as para almoçar depois. Uma comida gordurosa de beira de estrada. Irene pediu halibute e batata frita. Sentaram-se a uma mesa de plástico enquanto esperavam a comida, olhando o tráfego.

— Foi impressionante — disse Irene.

— É verdade — assentiu Rhoda. — Inacreditável a rapidez. Que diferença!

— Frank devia ter uma morte lenta e dolorosa.

— Irene — repreendeu Gary.

— Devia. Ele trata os outros feito lixo, e é um incompetente. Devia morrer.

— Não precisa exagerar, mamãe.

Irene sorriu.

— Está bem, Frank pode viver. Mas estou tão contente com o Dr. Romano. Ele vai descobrir o que está acontecendo, vou melhorar e seguir em frente. A essa altura, nem me importo se a cirurgia for terrível. Preciso que essa dor vá embora.

— Ele falou sobre a cirurgia? — perguntou Rhoda.

— Só o básico. Uma semana de cama, com o nariz totalmente tampado, o que me parece infernal, e, depois, está praticamente acabado. Só mais umas consultas de acompanhamento.

— Hmmm — fez Gary, parecendo claramente desconfortável ao escutar aquilo.

Sempre tivera estômago fraco. Toda vez que acontecia algo com uma das crianças, era sempre Irene que resolvia sozinha; de fraldas a ossos quebrados e drogas. Gary sempre dava um jeito de desaparecer.

— É melhor você tomar conta de mim se eu tiver que fazer a cirurgia — disse ela.

— O quê? — perguntou Gary.

— Você sabe muito bem o que estou dizendo. Você sempre sai correndo quando surge algo desagradável. Mas se eu fizer essa cirurgia, você vai ficar ao lado da cama manhã, tarde e noite. Vou cuspir secreção e sangue na sua mão e você vai ter que gostar.

— Por Deus, Irene.

— Estou falando sério. Nada das suas frescuras dessa vez.

— Mamãe — interpôs Rhoda. — Tenho certeza que o papai vai ficar com você, e eu também.

— Você vai ficar — falou Irene. — Mas seu pai vai fugir. Ei, nossa comida está pronta. Vou lá pegar.

— Lamento, papai — disse Rhoda depois que a mãe se levantou.

— Tudo bem. Ela só está meio maluca. Nenhuma novidade.

— Isso não é justo, papai.

— E daí? Ser justo não quer dizer nada. No final das contas, ninguém nota.

— Papai...

— Deixe para lá.

Irene retornou com uma bandeja contendo peixe e batata frita.

— Vocês estavam falando de mim.

— Claro — respondeu Rhoda.

Irene encostou o guardanapo no peixe, que ficou imediatamente engordurado.

— Será que está faltando um pouquinho de óleo? — perguntou.

Depois, pôs ketchup e deu uma mordida.

— Congelado. Eles usam halibute congelado. Quem congela halibute?

— Está bom — comentou Gary. — O suficiente, pelo menos.

— O suficiente... — repetiu Irene. — O suficiente. Foi o seu mantra a vida toda.

— Mamãe... — censurou Rhoda.

E começaram a comer. Ninguém sentia mais vontade de falar. Depois, pegaram o carro e dirigiram até uma pousada, deram entrada e foram para o quarto.

— Preciso deitar — disse Irene, tomando outra codeína e tentando pegar no sono.

Rhoda tirou um cochilo na outra cama, adormecendo rápido; sua respiração alta e forte, audível no pequeno quarto. Gary tinha saído para dar uma caminhada, desaparecendo mais uma vez.

    Irene tinha medo de cirurgias, até mesmo da possibilidade de ter que fazer uma. Perguntara sobre os perigos, e Romano disse que havia o risco de cegueira, se atingissem o nervo ótico. E de uma possível morte em decorrência da anestesia geral. Os ossos da cabeça podiam ficar irritados e crescerem após a operação, bloqueando tudo outra vez. Ela não conseguia entender aquilo, como um osso podia crescer, mas aparentemente era possível. E não poderia respirar pelo nariz durante uma semana, enquanto estivesse vedado. Nesse meio-tempo, a garganta se encheria de sangue. Já sentia-se claustrofóbica só de pensar em não poder engolir ou respirar.

Gary tentou clarear as ideias, caminhando. Sentia-se acusado. Tantos anos, e o que tinha feito? Nenhum delito, pelo que lhe constava. Seu único crime era o de associação, de estar ali. Aquele casamento era só pressão e fardo.

Não gostava de caminhar por cidades, menos ainda por uma como Anchorage, com prédios de um único andar na maioria e que não era realmente uma cidade. Suja e vazia, com shoppings sem-fim. Revendedoras de carros e caminhões, suprimentos industriais, clubes noturnos sem janela, fast-food e lojas de armas. Uma tarde ensolarada num lugar morto.

Irene estava provocando-o, já não era de hoje. Ele não sabia o motivo. Ela, entretanto, não dava folga. Queixava-se constantemente de que ele era fraco, de que fugia e nunca estava ao seu lado, sendo sempre um fracasso, uma decepção. Achava a cabana e a sua própria vida uma idiotice. E qual seria o objetivo? Apenas torná-los infelizes?

Gary tirou o casaco, sentindo calor com a caminhada rápida. Esperava que o médico conseguisse acabar com as dores de cabeça de Irene. Isso já seria um passo à frente. O fator loucura diminuiria consideravelmente.

Tentou não pensar nela, só na caminhada. Camionetes enlameadas e trailers passando por ele, parados nos sinais. Gostava era de suas trilhas em casa, do caminho para a casa de Mark, daquele que subia a primeira cordilheira, e dos mais longos, no alto da montanha. Havia mais a explorar na ilha também, muito mais. Antes, porém, tinha que terminar a cabana. Estava ficando sem tempo.

Gary parou, fechou os olhos e tentou ver o interior dela; as paredes de toras, um velho fogão de ferro num canto, com pernas niqueladas. Uma mesa rústica, bancos cobertos com peles, uma cama no fundo e sua maior pele de urso sobre ela. Lobos de madeira pendurados dos dois lados da porta; a única janela vedada. Uma cadeira de balanço para olhar para fora; talvez um cachimbo. Poderia começar a fumar cachimbo.

Gary suspirou, abriu os olhos e continuou a andar. Ainda tinha muito trabalho para fazer antes de pensar sobre essa cadeira de balanço. E muito pouca ajuda dos outros. Cada parte do projeto seria uma batalha. Essa era a verdade.

Gary viu-se em breve de volta ao quarto de motel, abrindo e fechando a porta com cuidado.

— Não estou dormindo.

— Que pena, Irene. Queria que você conseguisse dormir.

— Eu também.

Ele deitou-se ao seu lado, pôs-lhe o braço por cima.

— Obrigada — disse ela, feliz por tê-lo de volta. O tempo passava mais rápido escutando ele dormir.

Irene olhava para o relógio enquanto Gary e Rhoda cochilavam, e eram finalmente quatro da tarde. Eles entraram na camionete para o compromisso das quatro e meia.

Romano pôs os resultados da tomografia computadorizada contra uma painel branco, iluminado. Irene pôde ver o próprio cérebro, com todos os tecidos moles, além dos ossos. Muito diferente de uma radiografia, tudo revelado.

— Essas manchas escuras aqui — apontou o médico — são os seios esfenoidais.

Irene viu que estavam de fato colocados em baixo do cérebro, bem distantes do nariz. Um local que permanecia oculto nas radiografias por causa dos ossos que o cercavam.

— Se aparecem escuros, isso significa que estão vazios — continuou Romano.

— O quê?

— É uma boa notícia, realmente. E os frontais estão limpos. Essa seria a outra possibilidade para a dor atrás do olho direito. Os maxilares, nas bochechas, também estão limpos, embora eu sempre tivesse duvidado que houvesse alguma coisa aí. Você sentiria mais dor facial.

— Não entendo — disse Irene. — Não aparece nada, exatamente como nas radiografias.

— Isso mesmo.

— Mas tem que haver alguma coisa.

— Lamento.

— Mas o que são essas dores de cabeça terríveis, então? — perguntou Irene, sentindo-se desabar enquanto Romano colocava a mão em seu ombro.

— Sinto muito, Irene. Pelo que você descreve, achei que estivesse com uma sinusite, provavelmente nos seios frontais. Mas eles parecem ter se limpado, e não sei por que você ainda sente dor de cabeça.

— Não tem outra explicação?

— Não na minha área — respondeu o médico. — Não sou neurocirurgião. Podia ser uma infecção, e a dor de cabeça, se é que começou assim, por ter dado início à outra coisa, ou então o estresse da cefaleia e da falta de sono. Existe algo mais que esteja lhe preocupando ultimamente, alguma outra causa de estresse?

— Sim — respondeu Irene. — Só trinta anos de casamento indo pelo ralo, junto com a minha vida toda.

— Lamento muito — disse Romano.

Estava claro que Irene fora longe demais. Nunca contava a ninguém nada sobre sua vida, em geral, uma espécie de código islandês.

— Eu não devia ter dito isso — desculpou-se. — Normalmente não diria. Eu só queria ser operada. Para me livrar disso. A dor é real. A enxaqueca não vai passar, e tenho medo dela. Não sei o que fazer. Preciso fazê-la parar.

— Você precisa parar é de tomar codeína — orientou Romano. — Você vem tomando há tempo suficiente para já estar viciada, e isso pode causar novos problemas.

— Mas não consigo dormir. Nem com a codeína, às vezes.

— Você tem que parar hoje. Nenhum analgésico que não seja aspirina ou Advil. E recomendo que procure um psiquiatra para pedir uma medicação contra ansiedade. Isso pode ajudar você a dormir, e mais sono pode resolver o problema da dor de cabeça.

— Está bem — falou Irene, assentindo com a cabeça e pensando que jamais iria procurar um psiquiatra. — E muito obrigada, me desculpe.

— Não tem do que se desculpar — respondeu ele. — Você está com dor, e lamento não poder ajudar.

Irene andou em direção ao balcão da recepção e esperou para pagar, mas a atendente disse-lhe que não devia nada. Aquela generosidade fez com que Irene começasse a chorar. A dor deixava-a sempre na defensiva, pronta para explodir por qualquer razão. Ela passou a mão nos olhos e caminhou até a sala de espera, tentando imaginar o que dizer a Gary e Rhoda.

Eles viram que seus olhos estavam úmidos. Os dois levantaram-se e vieram abraçá-la.

— Não é sinusite — disse a eles. — Ainda não sabemos qual é o problema.

Jim recebeu uma ligação de Rhoda. Estavam indo para casa aquela noite, não dormiriam em Anchorage. Ela parecia cansada ao telefone.

— Vou preparar o jantar — falou ele. — O que você quer comer?

— Qualquer coisa. Tanto faz. Tenho que desligar. Sinto muito.

Jim pegou então o carro e foi até o mercado. Precisava fazer uma coisa gostosa para Rhoda. Talvez até um *Baked Alaska*. Tentou se lembrar do que ela gostava mais e teve um branco. Não fazia ideia. Todos os pratos que a companheira preparava eram para ele; refeições que ele apreciava.

Havia sido egoísta e achado que ela já estava na dele. Agora podia perceber. E acabara de gastar um bocado de dinheiro para que ela não descobrisse.

— Essa foda me saiu muito cara — disse ele, em voz alta.

O problema era que ainda sentia falta de Monique, apesar da forma como as coisas terminaram. Nunca conseguiria ficar com uma mulher mais linda do que ela, isso era certo. Jamais existiria coisa melhor, e ele ainda tinha a metade da vida para viver. Isso era deprimente. Rhoda, contudo, estava disponível e era estável. Compraria as alianças e talvez até tivessem filhos, que o fariam querer chutar o balde e jogar tudo pela janela.

Jim tentou acalmar-se. Rhoda perceberia se ainda estivesse chateado quando ela chegasse em casa. Teria de fingir que era apenas preocupação por ela e a mãe. Podia sair daquela parecendo melhor que nunca.

— Obrigado por foder com a minha vida, Monique — disse ele.

Estacionou o carro e entrou, dirigindo-se à seção de frutos do mar. Viu patas enormes de santolas e caranguejos inteiros com 1,80m de largura. Como alienígenas, caminhavam pelo fundo, na escuridão, frios como o espaço sideral, sob montanhas de pressão. Um mundo que não deveria existir, distante e intocável. Era possível trazer um caranguejo para cima, mas não se podia descer até lá e se juntar a eles. Essa era a verdade sobre Monique. Era possível tê-la por um tempo curto, e seu dinheiro podia fazer quase parecer que se encaixaria em seu mundo, mas ela era intocável. Mesmo que fossem da mesma idade, ele acabaria como Carl.

— Filhos da puta — xingou Jim.

— O que é isso? — perguntou o homem atrás do balcão.

— Ah, desculpe — falou ele. — Vou levar umas patas de caranguejo.

Depois, surgiu o problema do que fazer com as patas. Nada lhe parecia bom. Não se importaria se nunca mais voltasse a comer. Decidiu, porém, por uma grande salada. Rhoda gostava de salada. E ali tinha todos os ingredientes. Corações de alcachofra marinados, pinhões, amoras, abacate, tomates, lascas de Gruyère, todos os apetrechos. Em seguida, os ingredientes para o *Baked Alaska*. E também Ben e Jerry para acompanhar, mas não tinha New York Superfudge Chunk. Cherry Garcia dava no mesmo.

Jim empurrou o carrinho até a seção de verduras e conteve-se, com o rosto abaixado, perto das alfaces. Não choraria por causa dela, nunca. Precisou concentrar-se na respiração, deixá-la acalmar-se, devagar. Ficaria bem. Afinal de contas, era dentista. Ganhava mais dinheiro que qualquer um daqueles merdas ali.

Entretanto, naquele momento, o Alasca parecia um exílio no fim do mundo. Os que não podiam acostumar-se com nenhum outro lugar iam para lá e, se não conseguissem se agarrar a algo, despencavam no precipício. Aquelas cidades pequenas sofrendo grande expansão, na verdade, eram enclaves de desesperança.

Precisava recompor-se. Não havia fila no caixa e, rapidamente, estava em casa, levando as compras para a cozinha. Foi só quando soltou as sacolas que percebeu ter havido uma mudança. Fora infiel e, mesmo que se casasse com Rhoda agora, havia aberto a possibilidade de ter outras mulheres, e sabia que iria explorá-la. Continuaria a trair. Não havia como parar quando era possível. Encontraria outras parceiras, provavelmente entre suas pacientes. Ou funcionárias. Colocaria anúncio procurando outra higienizadora, outra secretária para ajudar na recepção. Diria a Rhoda que estava fazendo isso para não precisar ter outro sócio. Uma forma de expandir-se. Estaria, porém, contratando alguém para ter um caso. Faria isso com uma de cada vez, contratando e despedindo. Não sabia como não tinha pensado naquilo antes. Rhoda acabaria descobrindo tudo no final, mas então ele trocaria de esposa, se precisasse, e iniciaria uma nova série de casos. Nada disso era crime. E se a fizesse assinar um acordo pré-nupcial, não haveria qualquer dano.

A questão, na verdade, era o que significava sua vida. Não acreditava em Deus, e não estava no caminho certo para se tornar famoso ou poderoso. Essas eram as três coisas mais importantes de uma existência: fé, fama e poder. Podiam justificar uma vida, talvez, ou pelo menos fazer a pessoa pensar que a vida significava alguma coisa. Toda essa bobagem de ser um cara legal, tratar bem os outros e passar o tempo com a família era uma besteira, porque não tinha nada por baixo dando sustentação. Não havia nenhum cartão de pontuação cósmico. Ter filhos parecia funcionar para algumas pessoas, mas nem para todas. Estavam mentindo, porque haviam perdido suas vidas, e era tarde demais. E dinheiro, em si, não queria dizer nada. Então, sobrava apenas o sexo, e o dinheiro podia ajudar nisso.

Jim encontrava-se diante da pia, lavando as folhas de alface e fazendo aquela descoberta. Dedicaria a vida ao sexo. Entraria em forma e teria o maior número possível de mulheres. Queria ter descoberto aquilo tudo antes dos 41, porque teria sido muito mais fácil anteriormente, mas não era tarde. Ainda tinha uns dez anos, no mínimo, antes da vida dissolver-se em algo sobre o que não tinha vontade de pensar.

Rasgou a alface, cortou os tomates, fatiou o abacate, acrescentou os outros ingredientes, esquentou uma panela de água para as patas de caranguejo e depois teve de parar, porque não sabia a que horas ela chegaria em casa. Decidiu também eliminar o *Baked Alaska*. Daria muito trabalho.

Carl passou o dia todo no Coffee Bus. Karen serviu-lhe café de graça e, quando descobriu que ele não tinha dinheiro, deu-lhe também sanduíches. Ele sentou-se contra a lateral do ônibus, com uma mochila de cada lado. Dizia "oi" para os fregueses e escrevia cartões-postais, um deles para si mesmo.

"Caro Carl, espero encontrar-lhe de novo em breve. Você parece um pouco perdido. Já faz um tempo que não nos falamos. Acho que precisamos admitir, a essa altura, que as coisas não vão bem. Nós dois temos sonhos, mas será que eles estão nos levando na mesma direção? Ha ha, Carl."

Escreveu o próprio endereço e decidiu enviá-lo junto com os outros cartões. Tudo isso supondo-se que teria dinheiro suficiente, em algum momento, para comprar os selos. Estava esperando que Mark aparecesse para poder pedir um emprego.

Mark, entretanto, não veio e, às oito da noite, Karen trancou o ônibus.

— A pescaria terminou às sete — disse ela. — Mas eles ainda precisam chegar ao cais e descarregar. Vai demorar um pouco para ele aparecer. Se vier comigo para casa, você pode conversar com ele lá.

— Obrigado — falou Carl, subindo no Volkswagen dela, com as mochilas.

— Onde está Monique?

Carl passara o dia inteiro sentado ali com as duas mochilas, era estranho que só agora Karen perguntasse.

— Ela me dispensou — disse.

Karen balançou a cabeça e pegou a estrada:

— Sinto muito em saber disso.

— Era inevitável — falou Carl. — Ela nunca gostou de mim. Mas podia vir pelo menos buscar suas coisas. Parece um pouco grosseiro me deixar carregando tudo isso por aí.

— É — concordou Karen.

Depois, ela ficou murmurando coisas para si mesma; sussurros, movimentos de cabeça, resmungos em voz baixa, expressões de admiração, coisas do gênero, como se estivesse conversando com outra pessoa. Carl estava sentado ao seu lado, a alguns centímetros de distância, completamente ignorado. Perguntava-se se estaria sob o efeito de algo, ou perturbada de alguma forma. Não tinha notado aquilo nela antes. Não queria, interrompê-la, porém.

Karen dirigia em zigue-zague pela estrada de cascalho que ia dar no lago. Derrapava para o lado direito, dava uma freada e voltava derrapando para o esquerdo, para depois ir outra vez para o direito. Carl não via a hora de chegar.

Karen entrou e começou a cozinhar, isolada no próprio mundo, enquanto Carl trazia as mochilas, uma de cada vez, colocando-as na sala. O chão, inacabado, era de compensado; havia um sofá velho e sujo, mas suficientemente confortável. O ar estava muito frio. O local não possuía aquecimento nem isolamento, e o vento entrava por algum lugar. Carl tinha tirado o casaco, mas voltou a colocá-lo, puxando o capuz para a cabeça. Era o mesmo que estar lá fora.

Estava com fome. Os sanduíches e o café não tinham sido o bastante. Era uma espécie de tortura ficar ali sentado no sofá, sabendo que havia comida por perto. Não podia, no entanto, levantar e pegar algo para beliscar. Devia ter salmão defumado. Comida ao alcance da mão, mas intocável, apesar de que, entretida em seus resmungos, ela talvez nem notasse.

Mark finalmente chegou de carro e entrou.

— Meu amigo de outro planeta — disse ele a Carl. — Salve.

— Alto lá! — respondeu Carl, tentando manter-se à altura.

— Você trouxe Monique?

— Ela terminou comigo.

— Ah... Já contei a piada do cálculo?

— Não.

— E sobre X estava caminhando pela rua com C, e eles encontram um sinal de integração.

— O quê?

— Você não estudou cálculo?

— Não.

— Esqueça então. É uma piada longa. Contei para uma garota na fábrica hoje e ela entendeu. Fala cinco idiomas.

— Desculpe.

Mark foi abraçar Karen, e eles fizeram um curto e estranho ritual, que envolvia massagear as orelhas. Aparentemente, as orelhas de Mark ficavam frias no barco, e as mãos de Karen estavam sempre muito quentes. Era embaraçoso demais assistir àquilo, de maneira que Carl voltou a sentar-se no sofá, olhando para o outro lado. Ouvia chupadas e murmúrios, mas tentava ficar olhando para as árvores e fragmentos do lago, que discernia entre a folhagem.

Carl percebeu como era pobre. Precisava ficar ali sentado porque não tinha outro lugar para ir. Quando se é pobre, precisa-se pedir favores, fazer visitas, esperar e passar o tempo com pessoas que não são interessantes. E, nesse tempo todo, ficava-se basicamente invisível. Carl não faria mais isso. Mudaria de curso, mesmo que fosse preciso passar mais um ano na universidade. E contaria a Mark sobre Jim e Monique. Esse era o ponto fraco dos ricos. Tinham segredos.

Mark veio finalmente para o sofá, após terminar a massagem de orelha e outras coisinhas mais.

— *Hombre* — começou ele. — Tem um cara lá na fábrica que diz "Quem peidou?" em oito línguas.

— Ah — disse Carl.

Nunca sabia o que dizer a Mark. E não conseguia imaginar um gancho daquilo para a pergunta que precisava fazer: "Você pode me arranjar um emprego?"

— Ele sabe falar isso até em tailandês.

— Como foi a pesca? — perguntou Carl.

— Complicada — respondeu Mark. — Só barcos de dez pés. Diminuiu bastante o volume de peixes. Ninguém conseguiu pegar muito. Só conseguimos fazer 30 quilos.

— Parece bom.

— Mas não é.

— Você poderia ter feito mais se tivesse ajuda?

Mark deu-lhe um olhar atravessado.

— Está bem — falou Carl. — Acho que está bem óbvio. Estou duro e preciso de um trabalho. Tem alguma chance de conseguir algo com você no barco?

Mark deu um tapinha no ombro de Carl, que o fez sentir-se realmente importante:

— Lamento. É impossível entrar num barco. Você tem que morar aqui, conhecer todo mundo e estar por aí todos os verões. Precisa ter experiência. Tem uma fila de caras tentando entrar. E, de qualquer forma, estamos no final da temporada.

— Tudo bem — disse Carl. — Faz sentido.

Sentia-se, entretanto, decepcionado. Não havia como entrar. Contemplou as árvores delgadas, diminuindo de tamanho perto do lago. Quanto mais próximo da água, menores ficavam. Uma floresta para pessoas pequenas, como Carl.

— Sou um zero à esquerda — disse Carl, usando seu sotaque irlandês falso.

— Ei, fique tranquilo, cara. Você pode encontrar alguma coisa. Não precisa ser num barco.

— Tenho que encontrar alguma coisa rápido, infelizmente. Tenho menos de 5 dólares no momento. Devia ter procurado alguma coisa antes.

— É, devia — riu Mark. — Mas espere aí, acho que posso arranjar um trabalho para você na fábrica.

— Mesmo?

— Sim. Oito dólares a hora. Não é muito, mas não precisa ter nenhuma experiência. Você pode começar na mesa de lavagem, retirando membrana e o restinho do sangue. Leva cinco minutos para aprender.

— Obrigado, Mark. Seria perfeito.
— Vamos comemorar com um cachimbo da paz.

Carl ia dizer não, como sempre fazia, mas depois pensou: *que mal tem?* Maconha não iria matá-lo.

— Tudo bem.
— Meu parceiro — falou Mark, acendendo o baseado e dando pequenas baforadas.

Depois, deu uma longa tragada, segurou a respiração e passou a erva para Mark.

Carl não gostava do cheiro, do gosto e odiava perder o controle. Nunca experimentara nada, nem um cigarro, nem uma bebida alcoólica. Era uma questão de orgulho, que acabaria agora. Mas fazer o quê? Puxou a fumaça quente, acre, irritante, e tossiu, sentindo o fôlego diminuir.

Mark ria, e Karen veio ver para rir também.

— Perdeu o cabaço! — zombou Mark. – Bem aqui, na nossa humilde casa.

Karen também deu um tapa e flutuou de volta para a cozinha.

Carl ficou aguardando alguma sensação, uma percepção diferente, qualquer coisa. Esperava ter visões, talvez ver as paredes dissolvendo-se. Nada, porém, acontecia. Mark passou-lhe de novo a maconha e ele tragou outra vez, segurando como o amigo havia ensinado. Depois, soltou a fumaça e tossiu mais um pouco.

— Está gostando? — perguntou Mark.
— Não sinto nada — respondeu Carl.
— Nada?
— Nada.
— Experimente mais um pouco.

Carl tentou então outra vez, mas não sentia qualquer efeito, a não ser uma leve dor de cabeça, na nuca, um gosto ruim na boca e o pulmão apertado.

— Mais um pouco — disse Mark.

Carl deu o quarto tapa e depois desistiu.

— Às vezes não acontece nada da primeira vez — explicou Mark.

Carl não estava certo se haveria uma segunda. Aquilo era tão decepcionante.

— Monique está fodendo com Jim — disse ele a Mark, olhando na direção da cozinha, para Karen, que também olhava para ele. — Peguei os dois em flagrante na sala quando dormimos lá uma noite. E ela tem andado muito sumida.

Mark estava enchendo de novo o cachimbo.

— O Jim de Rhoda? — perguntou Karen.

— É, o dentista.

Mark acendeu e deu uma tragada profunda. Depois, passou o cachimbo a Carl.

— Não, obrigado. Por enquanto, já chega.

Mark encolheu os ombros e levantou o baseado no alto para Karen. Ela deu uma tragada e devolveu.

E assim foi, a grande revelação, o momento tão antecipado. A informação secreta de Carl atingindo o mundo como um meteoro.

— O jantar está pronto — disse Karen.

Leitosa por causa dos sedimentos, e tranquila. Podia-se imaginar que a água não ultrapassasse o tornozelo. Enquanto Gary interrompia o motor, e eles deslizavam em direção à terra, Irene podia ouvir gaivotas em uma ponta rochosa, no lado superior do lago. Uma ilha mínima, a menor delas, com apenas uma pedra exposta, coberta de guano. Não havia vento naquele dia ensolarado e calmo, o último tempo bom do verão. Para a semana seguinte, a previsão era das primeiras tempestades de outono.

Irene olhou pela amurada e viu pedras em um tom azulado de cinza emergindo abaixo do casco. A água leitosa parecia mais clara, vista de perto, como um espelho, aumentando as pedras, trazendo-as mais para perto. Parecia que as rochas já estavam tocando o barco, que sacudiu, por fim, tendo o fundo arranhado. Irene pegou a mochila e atravessou com cuidado a amurada; calçava botas de borracha, que iam até a canela. Escorregadio. Na mochila, barraca, saco de dormir, roupas, panelas e frigideiras. Gary carregava um fogão Coleman e outra barraca. Acampariam para poder trabalhar mais durante o dia. Da hora de acordar até a de dormir, construiriam a cabana.

Irene tinha cuidado com as pedras escorregadias, só faltavam mais uns passos até terra; mais pedras, porém secas e cinzentas; pequenos tufos de grama; poças temporárias de água limpa, com algas e mosquitos. Uma nuvem deles à sua volta, picando-lhe dedos e pulsos, qualquer local de carne e osso à vista. Uma faixa estreita de grama e pedra ao longo da costa; depois, a relva mais alta e flores silvestres, só com os talos. Era mais provável que houvesse íris roxa, rosa com espinho, *moneses uniflora*, *linnaea borealis*, pírola e outras amarelas e brancas, de que ela ainda não sabia o nome. Gravetos e raízes por todo lado. Irene rezava para não cair com o peso da mochila.

A moita de amieiros formava uma terceira faixa em terra, toda verde e brilhante, ao sol. O mato alto ali, com teias de aranha formando rendas. Irene tentava dar passos leves, para evitar fazer ruído. O marido vinha atrás, e ela ouvia o som de suas passadas mais rápidas, partindo os gravetos do chão.

— Dia perfeito para se armar acampamento — disse ele, ao passar pela esposa, que não respondeu.

Ela mantinha a cabeça baixa e reparou uma grande mancha de ficárias vermelhas, com os botões já em flor. Sinal de que o outono aproximava-se, o começo do fim. Seis semanas até chegar a neve e os botões florescerem, e eles tinham desabrochado havia tão pouco; ela se esquecera de notar exatamente quando. Depois de longos anos ali, era possível começar a se temer aquela flor, de forma que era estranho não ter sido notada antes.

Irene passou pelo amieiro baixo e foi até a beira da floresta, onde a cabana vergava muito para dentro, de um lado, e muito para fora, do outro. Parecia prestes a desabar. Eles tinham trazido um carregamento de madeira para colocar reforços.

Ela caminhou de volta ao barco, passando por Gary, que sorriu e mexeu as sobrancelhas.

— Coisa boa — disse ele, carregando um potinho de plástico com comida.

Irene quis responder, tornar as coisas mais fáceis, mas não conseguiu. Sem medicação, todo cuidado era pouco. Tinha de mover-se com cuidado, evitar falar ou fazer expressões faciais.

Pegou meia dúzia de tábuas no barco, caminhando bem devagar em meio aos tufos de grama e raízes, pôs a madeira no chão e voltou para pegar mais. Não havia nada errado; ela só precisava esperar a dor passar.

— Que recanto agradável — comentou Gary. — Adoro esse lugar.

— É lindo — disse ela, estremecendo.

Gary, no entanto, era puro movimento, e sequer notou. Colocou no chão um isopor e deu meia-volta, rápido, para ir pegar outra coisa.

Ferramentas e suprimentos, comida suficiente para duas semanas, um assento de vaso para o banheiro externo, mais pregos, uma janela e uma porta, tábuas e uma ferramenta para aprumar as paredes: dessa vez, estavam indo com tudo.

Mais um carregamento de madeira e, depois, Gary limpou um local para armar a barraca, perto de um aglomerado de bétulas, atrás da cabana.

— Você pode me ajudar a montar a barraca? — gritou ele, como se ela não estivesse próxima num dia sem vento.

Era a excitação. Queria resolver tudo ao mesmo tempo.

Ela foi ajudar. A barraca era grande, com espaço suficiente para os dois, mais roupa e equipamento.

— E a comida? — quis saber Irene. — Como esconder dos ursos?

— Aqui não tem urso — respondeu Gary. — É uma ilha.

— Ursos nadam.

— Eu sei, mas não para fazer visita. É um longo caminho da costa até aqui.

— Só uns 200 metros, do lado mais próximo, não é?

— Mais ou menos. Por enquanto, vamos pôr a comida na barraca. Preciso de ajuda para carregar o isopor.

Eles colocaram então a comida ao lado dos sacos de dormir.

— Agora a outra barraca — falou Gary.

Os dois saíram procurando uma área plana, tateando com o pé a vegetação rasteira. Havia partes cobertas de musgo, esponjoso e macio, de várias espécies de samambaias, áreas de maior sombra.

— Aqui parece bom — disse Gary. — Não vamos dormir nessa. Pode ficar meio desnivelada.

Irene ajudou a desenrolar mais um encerado e uma barraca, enfiando no chão os suportes e armando a aba. Uma cabana podia ser fácil assim. Ela e Gary colocaram ferramentas e materiais, tudo, exceto a madeira, dentro dela. Depois recuaram para contemplar o pequeno acampamento.

— Nada mal — falou ele. — A próxima coisa é o banheiro.

Irene olhou para o lago, tão calmo naquele dia, refletindo as montanhas. Os picos estavam claros, trechos nevados por cima das cadeias, à beira do Harding Icefield. Ensolarado e quente, talvez uns 21 graus. Ela tirara o casaco. Era o tipo de dia em que tudo parecia possível.

— Ele não deve ficar longe da cabana — dizia Gary. — Vamos usar no inverno.

— Vamos construir atrás dela. Assim não precisamos sair, digamos assim.

— Irene.

— O quê? Toda vez que tiver de usar o banheiro, vou ter que me arrastar na neve?

— A neve não é muito ruim aqui.

— É do tipo que não é fria nem úmida?

— Irene.

— Irene uma ova! Construa essa maldita coisa atrás da cabana, do outro lado da parede, e coloque uma porta.

— Vamos ficar sentindo o cheiro do banheiro o inverno todo?

— Que seja, então. Se vamos viver como uma merda, vamos cheirar a merda também.

Gary deu-lhe as costas. O tipo de momento pelo qual estava esperando, ela sabia. Brigas o suficiente por causa dessa cabana ridícula, e ele poderia justificar sua partida. Colocá-la em uma situação impossível e depois dizer que o casamento tornara-se impraticável. A beleza daquilo era que conseguia mentir tão bem para si mesmo que ainda acharia que era um bom rapaz. Acreditaria que teria feito o possível.

— Escute — disse ela —, você pode construir a 3 metros de distância, com um corredor curto ligando uma coisa à outra. Coloque uma porta de cada lado. Talvez assim a gente não sinta o cheiro.

Gary pensou. Caminhou ao longo da parede dos fundos, virando-se várias vezes, medindo passos.

— Está bem — falou, por fim. — Posso fazer algo assim. Mas vamos ter que trocar de lugar a barraca do material, para ter espaço.

Crise evitada, e, se era fácil assim, ela se perguntou se não poderia rejeitar logo a cabana inteira. Apenas recusar a ideia toda e ir para casa. Sabia, contudo, que isso não era possível. Porque a cabana não dizia respeito à cabana.

Tiraram todas as ferramentas e materiais da segunda barraca, encontraram outro lugar, mais atrás, armaram-na e colocaram tudo de volta dentro. A tarde passava, e Gary olhava para o relógio.

— Está ficando tarde — constatou — e nem sequer começamos o banheiro ainda.

Punição, indiretamente. Fazer com que ela soubesse das consequências.

— É — comentou Irene. — Pena que não estamos em junho.

Gary calou-se depois desse comentário. Pegou uma pá para abrir caminho, tirando a relva, um corredor estreito até o quadrado maior, do banheiro, cerca de 1 metro quadrado. Sua camiseta escurecia com o suor.

Irene acabou tirando o isopor da barraca e sentando nele, a fim de observar Gary trabalhar. Cavando um buraco até a China, retirando a terra com força para que ela visse como se sentia. Igual a uma criança. Deveria pegá-lo, dar-lhe o peito, niná-lo até que adormecesse.

O fato de que havia tomado conta daquele homem por trinta anos lhe irritava. Aguentara o peso de tantas queixas, impaciências e fracassos e, em troca, sua partida. Como isso tudo pôde parecer bom?

Irene não conseguia mais observá-lo. Levantou-se e foi caminhar por entre as árvores. Ali, havia sombra, era mais fresco; os troncos próximos, cada árvore como que sobre um tapete de galhos secos, finos dedos encurvados, sobras, talvez, de quando eram muito jovens. Tudo estalava sob seus pés à medida que prosseguia; o verde e a vegetação nova, muito mais alta. Coníferas e bétulas, árvores que cansavam depois de alguns anos no Alasca. O ocasional choupo-do-canadá, com sua casca mais dura; uns poucos álamos.

Caminhos estreitos como becos abriam-se, e ela seguia as trilhas de animais. Pequenas zonas de musgo e samambaias; a floresta tão quieta. Irene era a caçadora ou a caça? As duas coisas provocavam-lhe o mesmo sentimento, a mesma consciência da floresta, da respiração. Era hora de caçar de novo, trazer seu arco para lá. Todavia, encontrava-se agora acompanhada por aquela coisa nova, aquela traição de seu corpo, que não conseguia combater, rastrear nem ver, porque não existia. Irene continuou o percurso, alcançando platôs e aclives ocultos pela floresta, até chegar a uma elevação que era a mais alta. Ainda estava cercada, sem poder ter aquela vista; um panorama que se encontrava ali, mas bloqueado por todos os lados.

ERA DOMINGO, E RHODA E JIM TINHAM AMBOS UM DIA DE folga. Dormiram então até tarde, fizeram sexo, cochilaram mais um pouco e depois ficaram ali deitados. Jim, com os olhos fechados, e Rhoda, com a cabeça encostada em seu peito, olhando a vista. Ondas vagarosas penetravam a enseada naquele dia claro e ensolarado. Coníferas finas e negras nas planícies diante da praia, erguendo-se individualmente. Para Rhoda, elas sempre tinham parecido ser pessoas, vagabundos dirigindo-se ao mar, cada um andando só. Conseguia ver um galho mais baixo como se fosse uma mão segurando a mala.

— As árvores parecem gente — disse Rhoda.

— O quê?

— As coníferas lá fora parecem gente, um pouco peludas, como os *Whos*, de *Whoville*.[5]

— Hmmm — fez ele.

— Você não está olhando.

— Está bem — falou ele, apoiando a cabeça com o travesseiro.

Rhoda moveu-se mais para baixo em seu peito.

— Aquelas árvores ali? — perguntou ele.

— É.

— Acho que estou vendo. As pequenas são crianças e as grandes, adultos. Estão na altura certa.

---

[5] Cidade imaginária criada pelo escritor Theodor Seuss Geisel, povoada pelos Whos.

— E para aonde elas estão indo? — perguntou Rhoda.
— Que pergunta profunda.
— Hmmm, não é nada disso.
— Desculpe.
— Meus pais estão tão estranhos. Você promete que nunca vamos ficar como eles?
— Isso é fácil.
Rhoda riu.
— Eles são loucos.
— É você mesma quem está dizendo.
— Quando eu vou conhecer seus pais?
— Não sei — respondeu Jim. — Eles se mudaram para o Arizona.
— É a única coisa que você diz sobre eles.
— Bem, eu não vou lá, e eles não vêm aqui.
— Que coisa triste.
— Não é. É um relacionamento acidental, não escolhido. Eu nunca os escolheria como amigos. Sequer gosto deles.
— Isso é muito triste.
— Para mim, não. Não dou a mínima.
— Hmmm — fez Rhoda.
Não gostava daquele lado de Jim, frio e sem laços com ninguém. Não soava verdadeiro, nem se encaixava em sua visão de ter filhos e de cenas familiares aconchegantes. Acidental e não escolhido.
— Eu também sou acidental e não escolhida? — perguntou, por fim.
— Rhoda...
— Sério. É só porque estou aqui e disponível?
— Não. Eu amo você. Você sabe disso.
Rhoda ergueu a cabeça e olhou em seus olhos.

— Mesmo? Jura?

— Sem dúvida — respondeu ele, puxando-a mais para perto e dando-lhe um beijo.

— Está bem — falou Rhoda, voltando a colocar a cabeça sobre seu peito.

Alguns pelos ali estavam ficando brancos. Mudança ocorrida naquele último ano, desde que haviam decidido morar juntos. E o abdômen dele estava ficando mole. As laterais também estavam aumentando. Tinha onze anos a mais que ela.

— Estou preocupada com a minha mãe — disse Rhoda.

— É, achei que o Romano encontraria alguma coisa.

— Não sei o que tem de errado com ela. Não sei como ajudá-la.

— Hmmm.

Rhoda sabia que Jim não estava interessado naquele assunto. Tão confuso e complicado.

— Você não quer falar sobre isso.

— Por mim, tudo bem. Sério.

— Tento entendê-la e não consigo. Talvez seja a aposentadoria. Sei que ela sente falta do trabalho e se acha inútil agora. E a pensão que eles recebem não é o dinheiro que gostariam. Ela deve se preocupar com isso. Mas tem alguma outra coisa acontecendo também, mais importante. É como se ela estivesse fazendo alguma negociação secreta com os deuses.

— Epa! — exclamou Jim. — Isso está acima de nós.

— Mas é sério. Ela decidiu que o mundo todo está contra ela e está se preparando para a batalha. Está completamente paranoica. E quando tento dizer alguma coisa, ela sabe que não estou lá junto com os deuses. Que não decido nada. Só fico vendo as coisas acontecerem. Então, não tenho importância.

— Isso não é verdade. Você tem importância para ela.

— Tinha. Mas não sei. Acho que a dor de cabeça dela é de tanto ficar se preparando para a guerra. E sei que essa guerra é com meu pai, mas não consigo entender realmente a causa, porque não faço parte disso.

— Rhoda — disse Jim. — Lamento, mas acho que você também está indo pelo mesmo caminho. Está dando importância demais a isso. Ela tem uma dor, provavelmente devido a um estresse qualquer. Ou então tem que se acostumar à aposentadoria, como você disse. É só isso. Ela vai melhorar.

— Eu acho que não.

E Rhoda percebeu que aquela era a verdade. Sentiu-se de repente muito triste. Não acreditava que a mãe fosse se recuperar daquilo. Porque qualquer que fosse o problema, ele estava afetando todos os aspectos de sua vida. Esse era o ponto. E era só questão de tempo.

— Não acho que vá melhorar — falou ela para Jim. — Não mesmo.

Ele abraçou-a e ela fechou os olhos, querendo descobrir um jeito de parar aquilo tudo, mas só via escuridão, um vazio, nada que pudesse agarrar.

— Quando você vai casar comigo, Jim? Preciso de alguma coisa sólida.

Não acreditou que tivesse dito aquilo, e em voz alta. No entanto, o dissera.

Houve uma pausa longa e desagradável. Ela sentiu o coração e a respiração dele ficarem mais velozes.

— Eu amo você, Rhoda — disse, por fim.

— Isso não é o suficiente. Quando você vai casar comigo?

A mesa de lavagem era uma tina gelada de alumínio, com uma poça de sangue e água salgada. As mãos de Carl doíam por causa do frio; os dedos estavam feridos. O salmão lhe chegava já destripado e sem cabeça, mas ele tinha de agarrar as membranas finas e transparentes com as mãos encobertas por três luvas, depois arrancá-las e jogá-las no chão. Eram quatro ou cinco tentativas para cada membrana até encontrá-las e, às vezes, não estavam lá.

A máquina que decapitava os peixes fazia um ruído constante, com intervalo de segundos apenas, e mais um espécime chegava até ele, já começando a entrar em pânico. Aquela grande quantidade de peixes começava a provocar um engarrafamento na mesa. Em cima, alto-falantes bombardeavam o ambiente com o som de Metallica.

Outras três pessoas estavam fazendo o mesmo trabalho, só que mais rápido; mesmo assim os peixes estavam empilhando-se, enchendo a bacia de sangue. A mulher à sua frente, também estudante universitária, não arrancava membrana nenhuma, o que estava deixando-o estressado. Fazia uma leve carícia em cada lado do peixe, à guisa de limpar o sangue; depois, dava uma olhada dentro da barriga desentranhada, onde as membranas encontravam-se ocultas, e atirava o peixe num escorregador de plástico, no meio da mesa, enviando-o para os inspetores. A cada vez que jogava, dava um jeito de fazer com que o rabo batesse contra a superfície, espirrando um pouco de gosma e água no rosto de Carl. Já havia dominado a técnica; para cada peixe de Carl, ela atirava três.

Os inspetores eram duas outras mulheres, de idade similar, mas não universitárias. A postos na extremidade da tina, elas tinham que dar uma conferida rápida e separar os peixes. Os que apresentavam talhos ou tivessem com as espinhas quebradas eram lançados em um latão, ao lado. Outras espécies de salmão iam para um segundo recipiente, já que elas só empacotavam o vermelho. Retiravam, porém, alguma membrana, limpavam uma mancha de sangue ou puxavam um pedaço de guelra se o peixe não estivesse limpo, e pareciam não se importar em fazer aquilo com todos os peixes da outra mulher, e com nenhum dos de Carl. Eram locais e conversavam o tempo todo, tendo que gritar mais alto que as músicas do Metallica. Trabalhavam ali havia anos e tinham péssima opinião do lugar.

— Cara, ninguém é despedido de uma fábrica de conservas — disse uma para a outra. — Ainda mais nessa aqui, tão ordinária.

Falavam sobre homens e dinheiro, e já faziam aquele trabalho havia tantos anos que não precisavam prestar atenção em nada. Carl, entretanto, lutava com cada peixe. Primeiro, a membrana, tentando encontrar uma ponta em algum lugar perto do ânus; e depois procurando duas bolsas de sangue próximo ao local onde a cabeça tinha sido cortada. Era preciso empurrar o polegar com força para retirá-las. Então, era a vez de verificar se algum pedaço de guelra havia permanecido e tentar raspar o sangue colado à espinha. Impossível retirar tudo; não dispunha de nenhuma ferramenta. Só uma luva rústica de algodão sobre outra, plástica, sobre mais uma de algodão. Porque teoricamente tudo já fora retirado por outra pessoa que ficava na esteira rolante com uma espécie de colher para tirar as entranhas dos peixes, de forma que essa era a pessoa que Carl odiava mais.

Odiava todos que estavam antes dele. Eram qualificados, muito bem pagos e tinham empregos mais fáceis. Um ficava de pé, segurando uma pá, e ajudava a tirar os peixes de enormes tanques cheios de gosma. Esse cara passava um tempo enorme ali, só observando os peixes passarem. Depois, alguém os enfileirava para que as cabeças ficassem na mesma direção. Aquele era o trabalho que Carl gostaria de fazer. E então, outro cara fazia um corte rápido, do ânus até a goela. Um movimento com a faca para cada peixe. Por fim, o decapitador, que empurrava apenas alguns centímetros, apontando a cabeça em direção a uma série de lâminas pesadas. Espécies de guilhotinas, das perigosas. Ele, porém, trazia uma corda presa em torno do pulso, fixa à mesa, que impedia sua mão de ir muito à frente. Além de mal mexer nos peixes.

Só homens trabalhando na cabeceira daquela espécie de rio, até a próxima estação, a que retirava as entranhas. Uma mulher fazia isso. As entranhas viajavam na esteira rolante até outra mulher, que separava as ovas, um saco vermelho de ovos, e colocava-as num pequeno cesto de plástico. Como uma adivinha, lendo futuros em cada porção de entranhas que chegava a sua mesa. Depois, limpava-as, de um golpe só, antes que viesse a próxima.

Depois dessa fase, entravam de novo em ação facas e homens; um corte rápido para liberar o sangue ao longo da espinha. A seguir, uma mulher com uma colher, para retirar o que tivesse restado de sangue, e um homem, utilizando um pulverizador, dava um esguicho. Tudo isso acontecia sobre uma esteira rolante, de plástico azul-claro, e os peixes iam dar na tina da mesa de lavagem. Cada vez que caía um, a gosma respingava no homem à esquerda de Carl, e ele recuava. Era a pior posição do processo e, embora Carl precisasse desesperadamente ir ao banheiro, aguentava-se, porque sabia que se saísse o cara iria pegar seu lugar.

Então, a origem do problema era a mulher com a colher para tirar as entranhas ou o homem com o pulverizador. Um dos dois devia retirar a membrana e o resto do sangue, mas eles apenas passavam o peixe adiante, o mais rápido possível. Os salmões continuavam a se empilhar na mesa de lavagem, até correrem o perigo de caírem pelas bordas, de a esteira rolante engarrafar e de não haver mais água para lavar. Uma montanha de carcaças sem ter como lavar; Carl tinha vontade de berrar.

Sean, o gerente, apareceu diante da mesa limpa de alumínio, no trecho que ficava depois dos inspetores, e gritou para que enviassem os peixes em sua direção. Rapidamente, eles agarraram então alguns, na mesa de lavagem, e mandaram logo uns cinquenta. Sean deu uma olhada breve no interior de cada um e depois os passou adiante, onde caíam numa caixa de gelo, prontos para serem transportados. Mais uma indicação de que o trabalho de Carl era absolutamente inútil. O patrão liberando todos aqueles peixes num piscar de olhos, após ele ficar horas tentando fazer o melhor, desde às cinco da manhã, em relação ao controle de qualidade na fábrica. Havia um balde com água quente clorada, atrás de Carl, em que podia mergulhar as mãos; isso ajudaria a deixar os peixes mais limpos e a aumentar seu prazo de validade, mas ele não podia jamais arriscar-se a chegar até esse balde, para esquentar as mãos, porque se não o cara do lado pegaria seu lugar e Carl ficaria recebendo na cara a gosma espirrada de cada salmão. Um inspetor ambulante verificava temperaturas e certificava-se de que cada um estivesse fazendo seu trabalho, mas ficava ao lado da mulher, em frente a Carl, e parecia achar que sua olhada supérflua, para o interior da carcaça, era suficiente.

Para Carl, todas as lições que a vida podia oferecer estavam aparentemente ali. Tudo que já deveria ter aprendido na faculdade. Fez uma lista mental, enquanto deixava o sangue escorrer e arrancava membranas:

1. *Não trabalhe com outras pessoas.*
2. *Não faça trabalhos manuais.*
3. *Fique contente por não ter que trabalhar como mulher.*
4. *Controle de qualidade não existe. Todos os outros termos comerciais também são uma balela. O mundo dos negócios é onde os pensamentos e a linguagem vão morrer.*
5. *Trabalho significa apenas dinheiro. Então, encontre um emprego que seja mais que isso, algo que não pareça trabalho.*

A lição mais importante, porém, era que Carl precisava ir embora imediatamente. Ficar naquela situação de merda não oferecia nenhuma recompensa. Telefonaria à mãe aquela noite implorando por uma passagem, a fim de voltar para casa. Não se importava mais com o que aquilo poderia custar-lhe no fim. Não passaria mais um dia sequer naquele lugar.

Finalmente, houve um intervalo para todos: 15 minutos, após horas de salmão. Carl levou cinco minutos só para tirar o avental e urinar; depois, ficou do lado de fora, perto da fogueira. Um buraco de metal na terra, sem nenhuma chama, apenas umas brasas e muita fumaça, que vinha em sua direção na maior parte do tempo, envolvendo-o numa nuvem. Ele e os colegas processadores de peixe faziam um círculo, contemplando as brasas; um deles contando sobre uma briga de bar e a breve estadia na cadeia. Fora solto naquela manhã, bem na hora de ir para o trabalho.

— A minha ex chegou com um traficante de crack superconhecido, e isso quer dizer que meu garoto está convivendo com esse cara. Sei quem ele é, e ele sabe quem eu sou. Veio direto para cima de mim, e não fiz nada. Fiquei sentado ouvindo o sujeito reclamar.

Carl teve dificuldade para entender aquela história, porque o colega parecia ter modos tão suaves. Tinha sua idade e era um pouco maior e mais forte, com uma barba vermelha curta. Não parecia alguém que tivesse uma ex tendo caso com um traficante de crack.

— Ficou gritando na minha frente por quase meia hora, inacreditável. Pensei que fosse parar, mas não. Então eu disse: "Vamos resolver isso lá fora."

— Vamos resolver isso lá fora — repetiu Carl, em voz alta.

Que coisa mais clichê, pensou, sorrindo um pouco, mas ninguém compartilhou aquele momento com ele. Só recebeu olhares curiosos do contador de casos e dos outros; houve apenas uma breve pausa na história. Carl, um estranho, como sempre.

— Enfiei minha garrafa de cerveja no bolso, coisa que ele não viu, e quando já estávamos lá fora, quebrei o gargalo na grade e disse a ele que estava pronto.

O grupo parecia impressionado, Carl podia ver. Ele, no entanto, não estava nem um pouco. Não podia acreditar que estava ali com aquele bando de imbecis.

— Então quando viu a garrafa, ele resolveu não vir para cima. Ficamos rodando em círculos e ele não atreveu a se aproximar. E aí chegaram os guardas, e um deles era meu amigo Bill. Eu perguntei: "Você quer que eu mesmo ponha a algema em mim?" Ele já teve que fazer isso umas vezes e é um cara legal. "Como é que você foi se meter numa merda dessas?", ele me perguntou. Mas deu tudo certo. Passei a noite na delegacia, e eles me soltaram na hora de vir para o trabalho.

Todos ficaram olhando para as brasas por um ou dois minutos, sem fazer qualquer comentário sobre a história. Depois, já era hora de entrar; o intervalo tinha acabado. De volta às entranhas.

Dessa vez, o lugar de honra coube a Carl, que recebia um esguicho toda vez que uma carcaça era lançada na tina. Ele tentava não recuar. A gosma fria atingia-lhe o rosto e a orelha esquerda, além do cabelo. *Isso é só água do mar e sangue,* convencia-se. *Basta lavar.* Tentou imaginar uma forma inofensiva de prejudicar a fábrica e os companheiros de trabalho, mas não conseguia pensar em nada. Era ilógico. Podia fazer o trabalho porco que a mulher em frente a ele fazia, mas como tinha de estar ali de qualquer jeito, decidiu continuar retirando as membranas e o sangue. Só faltavam mais quatro horas. Sentia cãibras na mão direita, de frio, mas podia ignorar aquilo.

Precisava ligar para a mãe, despedir-se de Mark, agradecer-lhe e pensar no que fazer com a mochila de Monique.

Os salmões começaram a aparecer com cabeça, apenas entranhas e guelras retiradas. Alguma mudança de planos, sobre a qual não havia sido notificado, mas seu trabalho continuava o mesmo. Os olhos abertos, dilatados, prateados em volta. Alguns deles com mandíbulas inferiores curvas, dilatadas, quase como bicos. Eram machos, talvez. Não estava encontrando membranas.

— Tem alguma coisa diferente — gritou ele, mais alto que a música, para um dos inspetores. — Não estou encontrando nenhuma membrana.

— É porque esses já foram processados ontem — berrou de volta a mulher. Cabeça e guelras. Mas a ordem mudou, e agora eles estão sem guelras.

— Legal — disse Carl.

— Sim, é ótimo. Por que não fazer tudo duas vezes? Esse é o lema dessa fábrica.

— Você parece uma funcionária descontente.

— Não enche.

Carl tentou rir, mas a forma como ela dissera aquilo era realmente agressiva, e nem estava mais olhando para ele. Os outros peões na mesa de lavagem levantaram rapidamente as cabeças, sem a menor simpatia, e baixaram-nas de novo.

Uma pausa no processamento, tempo suficiente para os empregados tomarem fôlego, e depois meia dúzia de salmões menores apareceram, inteiros. Com entranhas e cabeça; a turma de cima apenas observando-os passar. Carl ficou confuso, mas deu uma lavada rápida na poça de sangue e passou mais um salmão. Menores, mais leves, parecendo pequenas balas. Devia ser alguma espécie diferente, mas não perguntou a ninguém. Quem se importava com aquilo?

Depois, todos se transferiram para outra mesa longa, do outro lado do galpão. Viam-se carrinhos de mão feitos de plástico, cheios de halibutes. Fantasmas achatados. Bocas que se estendiam até as laterais, abertas, lábios grossos e expressões de desespero. A parte de cima tinha umas pintas verde-escuras, de camuflagem horrorosa. Uma besta de outra era que não imaginou os humanos. Habitantes do fundo do mar, escondidos de forma segura nas profundezas, engolindo tudo que se aproximasse, e poderiam ter continuado assim pelo próximo milhão de anos. Carl não queria mais tomar parte naquela destruição. Saiu então da linha de processamento e encontrou Sean, o patrão.

— Sinto muito — disse ele. — Mas não posso fazer isso. Preciso ir para casa.

— Você tem que terminar o turno — falou Sean.

— Não posso. Preciso ir agora.

— Então não vai receber pagamento.

— Vou, sim — retrucou Carl. — Você vai pagar minhas seis horas, 48 dólares em dinheiro, agora, ou eu vou machucar você. Estou falando sério. Odeio esse lugar e todo mundo aqui dentro, e vou descontar isso tudo em você. Então pague a porra do meu dinheiro agora.

Sean sorriu.

— Vá se foder — disse ele, dando as costas a Carl e afastando-se devagar.

Carl ficou ali parado, enfurecido diante daquela última evidência de que o mundo não se curvaria a seus desejos. Depois, foi até o cabide pendurar a roupa de trabalho. Tirou as botas de borracha, colocou os sapatos e saiu. Carregando sua mochila e a de Monique, arrastou-se pela praia até uma área de acampamento, onde uma série de trailers estava estacionada para as pessoas pescarem com redes de mão. Reboques de barcos vazios, buggies, bicicletas sujas, redes, lixo e barracas. Havia um banheiro de fossa, que ele já tinha usado antes, lugar perfeito para deixar as coisas de Monique. Não ficaria mais carregando por aí aquela merda.

Esperou um pouco, e um velho gordo saiu por fim lá de dentro, escancarando a porta. Carl deixou sua mochila do lado de fora, no chão, entrou com a de Monique e fechou a porta. A luz era escassa, o ar, rarefeito, e ele não queria sujar a mochila de merda, porque planejava ficar com ela. Resolveu então sair de novo e colocá-la no chão, abrindo-a e puxando para fora as roupas delas. As calcinhas que o excitavam tanto certa época, as camisetas, meias, os jeans, cachecóis, suéteres, toda aquela porcaria. Voltou até a fossa e começou a jogar, peça por peça, dentro.

— Vá se foder, Monique! — disse ele para o banheiro. — E vá se foder você também, Alasca! Muito obrigado por esse verão maravilhoso.

O velho deixara a pilha abaixo com uma merda marrom muito clara, agora encoberta pelas roupas de Monique.

— É isso que o Alasca é! — disse Carl. — Um lugar onde as pessoas cagam. Uma grande fossa.

Ele guardou o caro saco de dormir e uma coisa ou outra do equipamento de Monique. Uma lanterna de cabeça, um fogão pequeno e uma faca. As roupas, entretanto, foram todas para dentro da fossa, e ele sentiu-se bem melhor. Com a mochila dela leve agora, podia carregá-la com uma mão apenas.

Feito isso, dirigiu-se até o telefone e ligou para a mãe a cobrar.

— Preciso sair daqui — disse ele.

— Mas e a Monique? — perguntou ela.

— Ela me trocou por um dentista. Um cara mais velho, tipo quarenta e poucos anos.

— Ah, meu amor...

— É — falou ele, sentindo as lágrimas brotarem, com muita pena de si mesmo.

Ouvir a voz da mãe fez surgir de novo a autocomiseração.

— Você vai encontrar outra — consolou ela.

— É — respondeu ele, mal conseguindo falar, o peito apertado.

A cena toda lhe pareceu ridícula, risível. Não podia, porém, disfarçar os sentimentos, e ele estava agradecido de ter uma mãe, alguém nesse mundo que o ajudava. Ela disse que depositaria o dinheiro em sua conta dentro de uma hora, de forma que poderia jantar e pegar um ônibus para Anchorage, pela manhã. Ela faria uma reserva para ele em algum voo. Eles trocaram algumas expressões de afeto e, depois, ele caminhou até a praia para montar sua barraca. Quisera encontrar Mark para agradecer-lhe, mas agora isso não lhe importava mais. Já estava cheio do Alasca.

Caía a primeira tempestade de outono. Gary inclinava-se diante das rajadas de vento e chuva, enquanto tentava pregar a próxima camada de toras. Tempo. Não terminara a tempo, e agora pagaria o preço. Uma queda de 30 graus na temperatura, céu escuro, uma malevolência, como um animal forte e atento. Podia-se ver por que os antigos davam nomes às coisas. O lago era uma besta magistral, desperta também em ondas de crista espumosa com mais de 1,80m, que quebravam e estouravam em terra. O vento em rajadas, comprimidas, cada vez mais frias, que brotavam nos campos de gelo e aceleravam-se ao longo do túnel de vento, formado na geleira Skilak e afunilado pelas montanhas.

— *Atol ytha gewealc, ó* terrível inquietação das ondas — gritou Gary.

Irene estava na barraca, de forma que se encontrava sozinho e podia falar.

— *Bitre breostceare*, perversa dor no coração, *hu ic oft throwade*, que tantas vezes me acometeu, *geswincdagum*, em dias de dificuldades, *atol ytha gewealc*.

Sempre quisera meter-se no mar por causa daquele poema, mas nunca o fizera. Talvez aquela tempestade agora fosse o mais perto que havia chegado. *Iscealdne sae*, sobre o mar gelado, *winter wunade*, habitavam pelo inverno, *wraeccan lastum*, os caminhos do exílio. E isso era verdade. Tinha vivido a maior parte da vida adulta no Alasca, exílio autoimposto, igual a qualquer mar, e queria então experimentar o pior que aquela tempestade pudesse causar-lhe. Desejava que a neve chegasse mais cedo. Queria sofrer, receber uma punição.

— Mostre-se, filha da puta! — berrou para a tempestade. — *Isigfethera* — gritou. — Plumagem de gelo.

Tentou vislumbrar o barco na margem, mas a chuva caía diretamente em seus olhos, como agulhadas, e o ar estava tão impregnado de água que não lhe era possível ver mais que 15 metros de distância. O barco já fora lançado em terra, batido contra as pedras, mas era de alumínio e sobreviveria, infelizmente. Seria melhor se fosse de madeira e se partisse, quebrasse o casco, impossibilitando a partida da ilha. Melhor ainda se não fosse habitada por outros, se ninguém aparecesse para oferecer ajuda. Gary queria ficar isolado, sozinho, até mesmo sem Irene como testemunha. Desejava que ela desaparecesse, sumisse, que nunca tivesse existido. Mulher amarga, de mau humor, dentro da barraca imaginando castigos piores que qualquer tempestade.

Gary segurou a madeira no lugar e continuou a pregar, compactando-a, formando uma parede que não manteria nada do lado de fora. A madeira era uma satisfação porque já tivera vida um dia. Era uma forma de vingar-se da terra, de administrar seu pequeno castigo.

Ficou de pé sobre a plataforma, balançando e recuperando o equilíbrio a cada nova rajada, apoiando a mão esquerda sobre a madeira. Segurando pregos entre os dentes, tendo mais nos bolsos. Gosto de aço galvanizado. Braços e ombros estavam fibrosos então, musculosos, fortalecidos pelo trabalho. Descanso suficiente. Os músculos eram uma forma de lembrar-se e de retornar; o trabalho duro parecia o único consolo. Martelou então durante horas, cortou novas toras, cerrou-lhes as extremidades, colocou-as no lugar e martelou de novo. Prendeu braçadeiras na parte de baixo, ajustou um pouco as paredes e não se importava nem um pouco se não ficassem direitas. A plataforma tornara-se uma gaiola, um local de combate.

A barraca era outro campo de batalha, completamente distinto. A velha idiota fervendo de raiva, esperando. Nada disso era, contudo, verdade. Podia ver que estava excitando-se com a tempestade. A vida real não era tão simples. Sua relação com aquela idiota também. Era bom estar ali fora, no entanto, e gabar-se um pouco. Estava agora faminto, louco para almoçar.

— Oi, Reney — disse ele, abrindo o zíper da barraca. — Tem lugar para um homem velho aí dentro?

Ouviu o que lhe pareceu um resmungo, entrou rápido e fechou o zíper.

— Uau! — exclamou. — Esse temporal veio com tudo!

— Cuidado para não molhar nossas coisas.

— Estou tendo cuidado — disse ele, ficando na entrada, perto da aba, enquanto tirava casaco, avental e botas. — Que bom ter uma barraca em que se possa ficar de pé — acrescentou, embora pudesse ver que o vento a pegava em cheio.

Irene encontrava-se deitada em seu saco de dormir.

— Ainda não está se sentindo bem? — perguntou Gary.

— Não.

— Conseguiu dormir?

— Não.

— Por causa da barraca, que está se mexendo com o vento?

— É, e por causa da dor também. E por não estar em casa.

— Lamento — falou ele.

— Tudo bem. Sei que precisamos ficar aqui construindo, para terminar antes de a neve chegar.

Gary rastejou até seu saco de dormir, ao lado do dela. Era meio-dia, mas estava escuro.

— Não vai demorar — disse ele. — Prometo. Em breve vamos estar na cabana e teremos um telhado.

Irene não disse nada. Estava encolhida, olhando para o outro lado.

Ele ficou deitou então no saco de dormir e ficou olhando para cima, vendo o náilon azul, ligeiramente iluminado. O movimento era frenético; o som, inacreditável, como morar dentro de um furacão. Deitada ali, uma pessoa poderia começar a ficar com medo, mesmo sabendo que não havia nada de errado. A barraca não desabaria. A tempestade não entraria ali. Estavam seguros. No entanto, quando se passava muito tempo vivendo naquele espaço limitado, começava-se a crer em qualquer coisa. Era possível sentir o fim se aproximar. Um terror infundado, que se originava em náilon e vento. A mente fragilizava-se.

— Dá para ficar louco vivendo nessa barraca — disse ele a Irene.

— É.

— Talvez você devesse sair um pouco.

— Não.

— Não está tão ruim lá fora. Frio, mas não demais. E o impermeável funciona.

— Não, obrigada.

Ela estava ficando perdida, Gary podia sentir. Enlouquecendo um pouco ali. Não havia, entretanto, nada que ele pudesse fazer. Não dava para pegar o barco agora, no meio daquele temporal, mesmo que quisessem. Cerrou então os olhos e tentou tirar um cochilo. Depois, comeria um pouco e voltaria para a construção. Era uma mera cabana. Não deveria estar demorando tanto. Precisava apenas pregá-la toda.

Tentou não pensar mais na cabana. Nunca pegaria no sono se ficasse pensando. Tentou ignorar o som da barraca, mas, cerca de vinte minutos depois, desistiu. Pegou manteiga de amendoim e geleia e fez um sanduíche, que comeu enquanto colocava o traje impermeável.

— Estou indo — disse.

— Meus cumprimentos à chuva.

— Ha — retrucou ele, saindo para a tormenta.

Deu as costas para o vento, sentindo um leve arrepio, apesar do tecido impermeável, e engolindo o último pedaço do sanduíche. Terminou de mastigar e pôs alguns pregos na boca.

— Um pouquinho de metal galvanizado de sobremesa — disse a si mesmo, gostando daquela parte.

Curvou-se contra o vento e agarrou o martelo. Poderia ter sido um viking, enfrentando uma tempestade, vestindo apenas peles, carregando espada e escudo. Ou talvez um martelo de guerra, com um grande pedaço de ferro na ponta de um cabo. Poderia ter feito isso. Teria sido um bocado forte. Remando e navegando; rajadas de água borrifada a cada onda; dias ou até semanas na água, esperando que aparecesse terra. E quando esta emergisse da neblina, eles passariam furtivamente pela costa, procurando uma cidade, uma coisa pequena, aninhada com um promontório ou oculta numa depressão. E arremeteriam então para terra, em direção à praia; a proa adentrando a areia. Pulariam a amurada com martelos, espadas e lanças, massacrando os homens que tivessem vindo recebê-los. A sensação de martelar a cabeça de alguém. Devia ser inigualável, Gary tinha certeza. Brutal e verdadeira. Como entre os animais, nada de enganador. Apenas o mais forte matando o mais fraco.

Depois correriam até a cidade, com suas ruas sujas, e choupanas com paredes de galhos e telhados de palha; todos ficariam sabendo que os homens já estavam mortos. Mulheres e crianças, e Gary diante de uma cabana com uma mulher dentro. Ela sentiria medo. As pernas nuas, e ele percebeu que estava adentrando o território dos filmes B, que ninguém traria as pernas nuas naquele ambiente, vestindo peles apenas na parte de cima. Nada de peles de animal em formato de fio dental ou sutiãs da Mulher Maravilha. Sentiu-se, porém, excitado, imaginando uma mulher deitada lá sobre um leito de peles. Ele a desnudaria, arrancando-lhe as peles.

Gary estava sentindo-se verdadeiramente excitado, mesmo sabendo que era uma idiotice, em especial para um anglo-saxão. Olhou em direção à barraca. Fazia muito tempo, e era raro ele sentir alguma coisa. Sabia, contudo, que Irene pensaria que estava louco, tendo uma ereção no meio de uma tempestade, entrando molhado e gelado, esperando fazer alguma coisa. Gary foi então até a frente da cabana, encostou-se contra a parede de toras, com as costas voltadas contra o vento louco, e abriu a calça. Fechou os olhos e imaginou-se afastando as pernas daquela mulher. Ela ainda resistia, tentando arrancar-lhe os olhos, enquanto penetrava-a, imobilizando-lhe os braços.

Sentiu um estremecimento e gozou na parede da cabana, em pequenos esguichos patéticos, os quadris para a frente. Apertou-se contra a madeira, com os olhos ainda fechados, e esperou a respiração acalmar-se.

Depois, abaixou-se para limpar a mão com folhas de samambaia, agarrando várias delas para secar a ponta do pênis e abotoando a calça. Não se deu ao trabalho de limpar a cabana. Irene jamais repararia, ainda mais com aquela chuva toda.

Caminhou novamente até a plataforma, pegando martelo e pregos. Sentia-se cansado, envergonhado pela violência de sua imaginação. Estuprar uma mulher. Aquilo não o excitava e nem fazia o seu estilo. Era só porque fazia muito tempo que ele e Irene não faziam sexo. Não sabia por quê. A dor de cabeça, com certeza, mas mesmo antes. Não conseguia compreender o casamento. Uma negação gradual daquilo tudo que se desejava, a morte prematura do eu e das possibilidades. O encerramento de uma vida antes do tempo. Sabia, contudo, que aquilo não era verdade, mas apenas o que parecia naquele momento, durante uma fase ruim. Quando Irene melhorasse e voltasse a ser o que era, ele se sentiria diferente. Permaneceu no vento e na chuva, enfrentando-os, de olhos fechados, e tentou sentir-se próximo dela, sentir o que era melhor, a sensação dos dois proporcionando conforto um ao outro, um conforto instintivo, sem estarem sós no mundo. Mas naquele momento não conseguia sentir qualquer ligação com ela. Não se importaria se nunca mais a visse. E talvez isso fosse culpa sua. Era talvez incapaz desse tipo de ligação. Não gostava, entretanto, de pensar naquilo. Colocou então um braço sobre a parede, pressionou-a com toda força, e martelou um prego no alto da tora. Fez aquilo até enterrá-lo todo, fazendo-o entrar na tora seguinte, compactando as camadas. Depois, deu um passo para trás e prendeu o próximo prego.

Rhoda estava tentando salvar uma *golden retriever*, que tinha ficado trancada em um barracão durante semanas, sem comida. Houvera água suficiente para mantê-la viva. Seu pelo era de um dourado avermelhado, mas estava sujo e desgrenhado; as costelas e a coluna sobressaiam-se; a pele da cabeça caía em pregas. No entanto, exibia bom humor. Lambia a mão de Rhoda, olhava-a com carinho e depois abaixava de novo a cabeça, sem energia. Maus-tratos a animais, aquilo matava Rhoda. Não entendia como alguém podia fazer uma coisa dessas.

— Seja boazinha — dizia, enquanto preparava uma intravenosa. — Vamos fazer você ficar ótima.

Assustada com a picada da agulha, a cadela esboçou certa resistência, mas Rhoda aproximou-se, acalmando-a.

— Você é linda. Vamos deixar você forte de novo. — Mas ela sabia que o animal poderia estar morto pela manhã.

Odiava essa parte de seu trabalho.

Na hora do almoço, saiu. Precisava afastar-se dali, e já eram quase duas horas. Teve de colocar o traje impermeável para poder chegar ao carro. Chovia torrencialmente e ventava de modo insano, além do frio. Perguntou a si mesmo se seria aconselhável dirigir com um tempo daqueles. Ficou parada no estacionamento, tentando mais uma vez ligar para a mãe, mas não conseguiu. Dera-lhe um celular de presente, mas talvez não houvesse sinal na ilha. Deveriam ter tentado antes, sem esperar por uma tormenta. E se alguma coisa tivesse dado errado por lá? Não havia como sair da ilha, como chamar ninguém.

— Merda — disse Rhoda, tentando mais umas duas vezes.

Em seguida partiu, dirigindo devagar até a estrada alagada. Queria comer um empadão de frango. Uma comida gostosa e engordativa, afinal precisava de alguma coisa reconfortante.

Mais um estacionamento cheio de poças, e ela estava instalada em um quiosque, bebendo chá quente e esperando pelo empadão. Sentia-se perdida, sozinha. Os dias chuvosos deixavam-na assim, mas tinha também a cadela maltratada morrendo, os pais inalcançáveis naquela ilha e Jim, que não queria se casar com ela. Seus melhores amigos haviam ido embora ao longo dos anos, mudando-se para lugares como Nova York, San Diego e Seattle, regiões melhores. Só ficava quem não podia ir. De maneira que não havia ninguém com quem pudesse conversar. Tinha a mãe, mas não conseguia falar com ela.

Rhoda pôs a testa na mesa e ficou assim até o empadão chegar.

— Cansada, querida? — perguntou a garçonete.

— Não, só solteira e mal-amada.

— Ah, meu bem — disse ela, apertando-lhe o ombro. — Na minha opinião, os homens são como esse empadão, só que Deus se esqueceu de botar o recheio.

— Obrigada — agradeceu Rhoda, rindo.

— Não há de quê. Se precisar de mais alguma coisa, é só avisar.

Rhoda levantou a tampa com cuidado, colocou-a de lado no prato, repartindo casca e recheio; não queria ficar com apenas um pedacinho de massa no final. O empadão estava bom. Um pouco de felicidade para a alma. Tinha vontade de chorar, mas controlou-se. Era pedir demais querer casar-se? Estava disposta a dar tudo, toda sua vida. Seria realmente demais pedir algo em retribuição?

Fora Jim quem havia sugerido que se mudasse para sua casa. Assim era mais fácil fazer sexo. Talvez ela fosse só isso para ele. O itinerário que precisava fazer pela cidade o irritava, e o apartamento dela era pequeno e escuro, com um carpete velho. Talvez pedir-lhe que se mudasse para a casa dele fosse apenas uma forma de não ter que ver aquele apartamento de novo. Ela estava apenas fornecendo um serviço. Sexo, comida, limpeza doméstica, pequenas saídas para comprar ou fazer alguma coisa e ajuda com trabalho de secretária.

Pegou um pedaço maior de casca, porque era o queria naquele momento, mesmo sabendo que haveria escassez no final. Era para ser tudo diferente. Ele deveria amá-la e querer cuidar dela. O cuidado se seguiria ao amor, obviamente.

Rhoda fechou os olhos e parou de mastigar, contemplando o espaço vazio e escuro atrás dos olhos, por um instante. Podia sentir os cantos da boca descendo, em uma careta, e não se importava que alguém visse. O rosto estava carregado; as bochechas pareciam pesadas. Terminou de mastigar e engoliu. Não havia nada dentro de si, a não ser um anseio. Por um lar, um marido e pelo fim das preocupações com dinheiro, com a mãe. Dedicaria seu tempo a superar aquele momento. Daria um jeito de acelerar semanas e meses até as coisas ficarem melhor.

— Querida — disse a garçonete, e Rhoda abriu os olhos — Acho que só uma sobremesa vai resolver seu problema.

Rhoda sorriu.

— Um sundae, com tudo que tem direito.

— É para já.

Ela se sentia um pouco cheia, mas terminou os últimos pedaços, a fim de abrir espaço no estômago para o sundae. O almoço, caro, e a casca do empadão acabara, mas tudo bem.

A garçonete estava certa. O que ela não compreendia acerca de Jim era onde estava seu recheio. Uma bela crosta dourada no exterior. Dentista, com dinheiro e respeitado. Quando contou às pessoas que ele era seu namorado, todos ficaram impressionados. A casa dele adequava-se ao seu sonho também. Uma vida glamourosa.

Ele era divertido. Compunha pequenas canções, algumas até sobre ela, embora isso já tivesse algum tempo. Não assistia a programas de esporte ou qualquer outro de televisão, e isso era bom. Não tinha amigos insuportáveis, nem nenhum tipo de amigo, na verdade. Isso parecia mais negativo que positivo. Não caçava nem pescava, o que de certa forma poupava Rhoda. Nem estava construindo algum carro ridículo na garagem. Não ficava escondido vendo pornografia e nem era viciado em jogos de computador. Mas para que vivia? Com o que se importava? Rhoda costumava achar que era com ela, seu futuro juntos, criar uma família. Jim falava sobre ter filhos, mas talvez houvesse sido ela quem tivesse falado primeiro. Não fazia a menor ideia do que ele queria e, se não sabia isso, talvez não soubesse quem ele era.

Esse pensamento deteve-a por um momento. Olhou para o carpete manchado do restaurante e perguntou-se o que amava. Apenas uma ideia? Teria o amor que sentia algo a ver com ele?

O carpete barato tinha estampas com flores-de-lis, uma falsa realeza. A parede divisória era enfeitada com uma faixa de plástico marrom-claro, na parte onde encontrava o carpete, as cabeças dos pregos aparentes. Ela odiava coisas vulgares, depressivas, frias e solitárias. Era assim, uma pessoa que odiava e fugia daquilo. Também não tinha nenhum recheio.

— Pronto, aqui está — disse a garçonete, e Rhoda nem sequer conseguiu responder.

Era como se nada daquilo importasse. Olhou para o sundae, com a metade de uma banana de cada lado, embora não tivesse pedido banana split, e para os três sabores de sorvete que eram servidos havia cinquenta anos ou mais, com as quatro caldas e três cerejas em cima. Uma fórmula da felicidade, não muito diferente de um marido, casa e filhos, as três bolas e, de algum modo, aquilo devia satisfazer a pessoa ou deixá-la enjoada nessa tentativa.

O fogão Coleman possuía uma parte traseira, um quebra-vento, mas quando Irene tentou levantá-la, ele tombou, esparramando combustível. O vento estava muito forte. Com tantos fogões a propano disponíveis então, eles ainda estavam usando um com combustível líquido. Iria enfumaçar a barraca. O vento era algo que se aprendia a odiar. Pressurizador e vingativo.

O capuz de Irene voou, expondo sua cabeça à chuva, mas ela encostou o isqueiro na boca do fogão, apertou de novo, e o fogo pegou. Uma rápida onda de calor percorreu-lhe a mão. Ela mexeu no botão e a chama manteve-se firme, embora o vento soprasse com tanta força que o fogo nunca conseguia completar o anel.

Irene recolocou o capuz do traje impermeável, deu as costas para o vento e tremeu. Ele deveria ser visível. As pessoas deviam ver o vento. Tinha peso e importância, uma intenção nascida puramente dentro do mundo, imperdoável. Sopraria até o planeta inteiro ficar plano e não restar nada em seu caminho.

O garrafão de água de seis galões era pesado; Irene apenas o inclinou para encher uma panela, colocou-a sobre o fogão e tampou-a. A água deveria ferver em cerca de duas horas. Era seu palpite. Outra parte impossível daquele plano estúpido. "Por que você não faz uma macarrão, Irene?" Claro, mandão, já está saindo. Eu nunca atrasaria a sua pilha de gravetos.

Irene curvou-se o máximo que podia, ficando com o rosto próximo a uma moita de cavalinha, de talos finos, segmentados.

— Vocês só têm 30 centímetros de altura agora — disse ela às plantas —, mas costumavam ser mais altas, não?

Pareciam frágeis, então, ao nascer, mas cresciam tanto quanto sequoias, enquanto outras plantas ainda não tinham crescido mais de 5 centímetros. Primeira com um sistema vascular. A vida das plantas era como a dos humanos, cheia de conflitos e dominação, perdas e sonhos que jamais se concretizavam, ou apenas de forma passageira. E isso era o pior de tudo, ter algo e depois não ter mais.

Irene arrancou parte da moita e jogou-a para o lado.

— Hora de prosseguir — continuou ela. — Vocês já passaram do tempo.

Levantou-se depois, retesando-se contra as rajadas, e dirigiu-se a passos pesados até Gary, na cabana.

Ele estava serrando a parede da frente, aos trancos, parando e reiniciando.

— Você pode se apoiar contra a parede? — berrou ele. — O serrote está prendendo.

Então a parede já estava se curvando, prendendo o serrote. O que aconteceria quando ele retirasse uma das seções? Irene sabia que Gary não tinha ainda pensado tão adiante. Encostou-se contra a parede ao lado dele. O cheiro de serragem fazia-se sentir mesmo com todo aquele vento enquanto Gary bufava. Ela podia ouvir o som dos dentes do serrote cortando. O marido gostava daquilo, Irene sabia. Talvez não devesse ter rancor. Ele segurou a tora de cima, percebendo a casca grossa, e encostou então o rosto nela, sentindo a parede toda balançando.

De novo, uma concentração atrás do olho direito, uma falha geológica, os ossos do crânio como placas tectônicas movendo-se, triturando-se nas extremidades. Sua única meta agora, todos os dias, era chegar até o final de cada um deles. Seu único objetivo, durante todas as noites insones, era atravessá-las. Reduzida à existência, à mera sobrevivência, e talvez houvesse algo de bom nisso, de honesto. Sentia, entretanto, outras coisas também, ligeiros lembretes que flutuavam ali: solidão, por exemplo. Sentia saudades de Rhoda. Ainda não tinha parado completamente de ter emoções.

Irene perguntava a si mesma se aquilo era o que havia tornado possível o fim de sua mãe, o esmaecer dos sentimentos. Sempre imaginara o oposto: a mãe num pico de sofrimento, enlouquecida pela perda do marido para outra mulher, incapaz de imaginar a vida sem ele. E se ela tivesse, no entanto, simplesmente não sentido mais nada, após perder tudo? Essa era uma nova possibilidade, algo que Irene poderia não ter conjeturado. Parecia perigoso. Era possível chegar lá sem sequer ter notado a transição.

— Encoste com mais força! — berrou Gary. — O serrote continua prendendo.

— Desculpe — gritou ela de volta, apoiando-se com mais força contra a parede, os pés escorregando no compensado. Duvidava de que alguma cabana já tivesse sido construída assim, com alguém tendo de se encostar nas paredes, que de tão frágeis inclinavam-se ao vento. Até os primeiros desbravadores, com suas ferramentas primitivas, teriam feito melhor.

Segurar com mais força pressionava-lhe a cabeça, fazia a dor assumir nova intensidade; frio, vento e esforço criavam uma combinação perfeita. Essa era a outra possibilidade:

suicídio para acabar com a dor. Uma equação muito simples. Não valia a pena viver quando só se sentia dor, de forma que, se ela parecia não ter fim, a coisa lógica era acabar com a vida. Porém, jamais perdoou a mãe por ter feito aquilo. Ela deveria tê-la amado, e isso seria o bastante. Irene nunca faria isso com Rhoda.

Irene teve que parar de fazer força um instante; a pressão na cabeça tornou-se intensa demais, fazendo-a parecer um balão.

— Empurre! — berrou Gary.

— Não posso — respondeu ela. — Minha cabeça

Gary parou, deixando o serrote preso na madeira, pendurado. Esticou-se e teve de segurar a parede com uma mão, a fim de que não voasse. Irene curvava-se contra o vento.

— Não dá mais para você trabalhar? — perguntou Gary, com os lábios repuxados para trás, colérico, impaciente.

Talvez, então, tenha-se dado conta de como aquilo havia soado. Fechou a boca e olhou para o outro lado.

— Sinto muito — disse.

— Sinto muito também.

— O quê? Não consigo ouvir você por causa do vento. — As rajadas o esbofeteavam, emitindo um uivo, cada vez que se acelerava.

— Eu disse que sinto muito também.

— Ah.

Irene sabia que ele estava com medo de perguntar o que aquilo significava.

Gary olhou a parede curva, no local onde estava serrando.

— Acho que tenho de reforçá-la mais primeiro — berrou. — Quando eu aprontar o reforço, você pode segurar enquanto prendo?

— Posso — gritou ela. — Por que não?

Gary pisou de novo na parede, indo para a pilha de tábuas. Irene abaixou-se dentro da cabana, protegida do vento, curvou a cabeça, enfiou o queixo dentro do casaco, cruzou os braços e fechou os olhos.

Uma boa representação de suas três décadas no Alasca, abaixada, vestindo roupas impermeáveis, escondendo-se, apequenando-se ao máximo e protegendo-se contra os mosquitos, que conseguiam, de alguma forma, voar apesar do vento. Sentindo-se com frio e sozinha. Nada da visão extensa que se poderia ser tentada a evocar: braços abertos num dia de sol, sobre um declive coberto de tremoços cor de púrpura, olhando para as montanhas em volta. Essa era sua vida, e ela queria que passasse. Naquele momento, pelo menos. Uma chuva forte começou outra vez a cair, e ela lembrou-se da água para cozinhar o macarrão, mas não queria levantar-se.

Gary serrava sobre a pilha de madeira. Os reforços seriam em forma de L, projetando-se para dentro da cabana, em todas as paredes. Ficaria impossível andar sem esbarrar em um deles. Primeira casa no mundo a ser planificada daquela forma. E Irene era uma esposa de sorte.

Não devia, porém, ter uma visão tão estreita das coisas, tão mesquinha. Não era isso que desejava ser. Levantou-se, então, atravessou a plataforma, pulou sobre a parede de trás e foi ver a água. Ergueu a tampa e não viu bolhas, nem esperava vê-las.

Voltou para junto de Gary, que se havia tornado agora uma mancha coberta de serragem, brilhante e avermelhada, sob a chuva.

— A água não ferve. Tem vento demais. E se eu fizer um sanduíche de manteiga de amendoim com geleia?

— Está bem — respondeu Gary, sem levantar a cabeça, concentrado em serrar.

Irene apagou então a boca do fogão e deixou a panela com água ali, para uma próxima vez. A tempestade parecia que iria durar uma semana, talvez duas, de forma que demoraria um tempo considerável. Na barraca, ajoelhada perto da entrada, tendo cuidado para não molhar os sacos de dormir, ela preparou os sanduíches. Fez quatro, para que durassem a tarde toda. Manteiga de amendoim e geleia de mirtilos vermelhos, nada mal.

— Está pronto — berrou ela, da barraca.

Ajoelhada como se estivesse diante de algum altar, mas adorando a que deus? A barraca era como um posto avançado para os fiéis que ainda não haviam se decidido por um nome. Ainda criando seu deus, descobrindo medos e corolários. E o mais importante, o que iria fazer esse deus? Irene não desejava uma vida após a morte. Essa vida era mais que suficiente. E não precisava ser perdoada. Só queria ter de volta o que lhe havia sido tirado. Um deus dos achados e perdidos. Já seria o bastante. Nenhuma outra qualidade rara, nada de místico. Só a devolução do que lhe havia sido tomado.

— Você pode fazer isso? — perguntou.

Nenhuma resposta, naturalmente. A cabana parecia tão adequada quanto qualquer chama sagrada para se ler desígnios, mas era preciso querer ver. Era preciso ser meio estúpido ou de uma época anterior. Esse era o problema do agora. Não dava para acreditar, e era terrível não fazê-lo.

Gary deixou-se cair ao seu lado, outro suposto penitente de joelhos.

— Bem, consegui prender umas duas armações.

— A Casa do Senhor será construída — falou Irene. — Aleluia!

— O quê?

— Desculpe. É só uma brincadeira. Estando assim de joelhos, me sinto praticamente numa igreja.

— Hmmm — fez ele. — Tem razão. Descrentes vivendo como robôs, sem quaisquer perguntas, como cristãos anglo-saxões. Temos até o temporal lá fora. Eles davam um funeral cristão, mas cortavam a cabeça do morto por via das dúvidas. Depois iam cortar a cabeça de alguém vivo.

— Parece bom — falou Irene. — Se eu ficasse lá fora tempo suficiente, poderia ser levada ao assassinato.

— Não é tão ruim.

— Preferia estar inconsciente. Não fosse por isso, seria bom.

— Irene...

Ela mastigava o sanduíche e não disse mais nada. Não tinha vontade de conversar. Por um momento, as coisas tinham parecido boas, mas esse instante durou apenas cerca de meio minuto. A barraca era como um vazio diante deles, acenando. Ela queria deitar-se de novo.

— Precisamos de um telhado — falou Gary. — Quando chegarmos lá, tudo vai parecer muito melhor.

A manteiga de amendoim era salgada demais; o sanduíche parecia grudar-lhe na boca.

— Sinto falta de Rhoda. Ela nos visitava todo dia, ou dia sim dia não. Agora não pode mais.

— Quando terminarmos, ela vai poder vir nos visitar.

— Você me separou de todo mundo. E isso não é de agora. Há trinta anos. Estou separada da minha família, da sua, dos amigos que poderíamos ter feito aqui, das pessoas com quem eu trabalhava, que você não queria que fossem à nossa casa. Você me fez ficar sozinha, e agora é tarde demais.

— Espere aí, Irene. Vá com calma. Você está exagerando as coisas.

— Você destruiu a minha vida, seu merda.

— Muito bem — retrucou ele. — Eu destruí a sua vida.

Gary largou o sanduíche pela metade e saiu da barraca, para ir martelar no seu templo malprojetado.

— E por quê? — perguntou Irene. — Por que tudo tem de ser tomado da gente?

Aposentada, os filhos crescidos, amigos e família desaparecidos, tudo que o casamento já tinha sido, que ela tinha sido. Tudo acabado. O que sobrara?

Terminou o sanduíche, saiu no vento e na chuva, água vazia que não tinha o poder de purificar, e caminhou até a cabana. Pulou por cima da parede de trás e pôs-se ao lado do marido para ajudar, a fim de que ele prendesse um reforço malcolocado, dois pedaços de tábua emendados. Não falava nada, nem ele. Apenas trabalhavam, primeiro um lado da janela e depois, o outro. Gary de joelhos, apoiando o ombro contra a parede mais baixa, puxando as toras em direção à borda do compensado, martelando pregos.

Irene sabia que devia arrepender-se, mas não conseguia. Deixou Gary fazendo a janela, um vazio na parede, que se tornaria sua única vista, algo que parecia um símbolo óbvio do estreitamento de suas vidas, e retornou à barraca para se deitar.

Com tanto barulho ao seu redor, abafando qualquer outro som, ela finalmente dormiu, resvalando para o único abrigo seguro.

Quando despertou, já era noite e Gary estava no saco de dormir, ao seu lado.

— Está acordado? — perguntou ela.

— Estou.

— No que você está pensando?

— No Navegante. *Calde gethrungen* — recitou ele —, *waeron mine fet, forste gebunden, caldum clommmum, thaer tha ceare seofedun hat ymb heortan.*

— Isso quer dizer o quê? Sei que você quer que eu pergunte.

— Atormentados pelo frio estavam meus pés, encadeados pela geada, por correntes geladas, *caldum clommum*, ali as ansiedades suspiram quentes em torno do coração.

— Como você — disse ela.

— Quem é você para saber?

A tempestade vinha de um lugar mais frio; um outono prematuro, que prometia um inverno tal qual. O mar de Bering pesava sobre eles; o Ártico ficava perto o bastante para ser sentido. As folhas já haviam mudado de cor, e ainda era setembro. Os álamos tornaram-se amarelos e depois dourados. Rhoda não notara a transição. Parecia que, da noite para o dia, as folhas tinham se transformado, os trailers desaparecido. As ruas aparentemente vazias, atravessadas por espessos aguaceiros. Enquanto atravessava a ponte, não via ninguém passando por ali, próximo ao rio, que corria alto e caudaloso; salmões putrefatos, sua correria desesperada havia acabado. As manhãs eram mais escuras agora, a luz desaparecia rapidamente.

Havia mais de uma semana que Rhoda não conseguia falar com a mãe, e só pensava nisso: a mãe e o pai naquela ilha, em meio à tormenta. Fazia frio, quase congelante, e eles morando em uma barraca, construindo uma cabana. Não podiam, entretanto, estar fazendo nada com aquele tempo. Dia e noite dentro de uma barraca, esperando. Ficariam loucos. Ou um deles podia se machucar, e era muito difícil pegar o barco para ir em busca de ajuda. Rhoda não sabia se ainda havia alguém lá. Apenas cabanas de verão, vazias. No passado, meia dúzia de famílias morava em Caribou, mas agora os pais eram os únicos.

Rhoda tinha dificuldades para ir trabalhar. Não conseguia se concentrar. Chegava quase 15 minutos atrasada, cumprimentava o Dr. Turin e Sandy, a recepcionista, e tirava a capa de chuva. Seguia até o quarto dos fundos e dizia "oi" para Chippy, um esquilo-do-ártico. Algumas nozes o haviam transformado em animal de estimação. O rabo tão pequeno quanto o de uma tâmia. Burrito de urso. Rato de tundra. Tivera, de alguma forma, sorte, transcendendo seu destino. Teria calefação o inverno todo, não precisaria hibernar, se banquetearia com comida de gato e assistiria a TV. Como seu pequeno cérebro compreenderia isso?

Rhoda deu uma olhada na agenda do dia. Na maioria, banhos para eliminar pulgas. O movimento estava mais tranquilo agora que os visitantes haviam tomado o rumo do sul. Tinha um almoço marcado com Jim. Ele iria levá-la a um lugar agradável — "surpresa", dissera —, apesar de só existir um ou dois restaurantes agradáveis na cidade, de forma que era uma surpresa um tanto limitada.

Uma chamada de Sandy, e Rhoda foi até a recepção pegar um *pug* chamado Corker, trazê-lo de volta e colocá-lo na banheira. Ele estava procurando um membro para morder, ela percebia, mas ficava por trás dele, mantendo-o dominado.

Estivera dominando Jim, também, durante a última semana. Um acidente. Abrira mão da esperança, dando-se conta de que não ia funcionar e, de algum modo, isso a havia deixado em uma posição mais forte. Sentia-se como um zumbi, sem dormir, preocupada com a mãe e o pai, sentindo-se sem atrativos e destinada a tornar-se uma solteirona. Não sabia como, mas aquilo estava deixando Jim vermelho de tanta irritação. Era uma estupidez sequer tentar entender, porque, no final, ele não lhe daria valor, como vinha fazendo o tempo todo. A única razão de não ir embora era porque não tinha outro lugar para morar.

Corker curvou-se, tremendo, e Rhoda rezou para que aquilo fosse um sinal de medo, assim como de frio. Ele já tivera a oportunidade de sair correndo dali. Era hora de experimentar algo novo.

O xampu contra pulgas sempre irritava os olhos de Rhoda, deixava-a vermelha e empolada, de maneira que, no restaurante, pareceria que estivera chorando. Enxaguou Corker pela última vez. Ele sacudiu-se, molhando tudo em volta. Ela secou-o com uma toalha, enquanto podia imaginar o pai tendo um ataque cardíaco na ilha, ao construir sob a chuva, fazendo força, pegando uma tora grande e depois caindo de joelhos. A mãe tentando ajudá-lo, chamando por ajuda, mas sua voz perdendo-se em meio à tormenta, sem socorro próximo, sem telefone. Teria que arrastá-lo até a praia, tentar colocá-lo no barco, com as ondas batendo, à altura de sua cabeça talvez, e seria derrubada, quebraria uma perna, talvez ficasse inconsciente, e Rhoda sequer saberia. A tempestade continuaria por mais uma semana, os pais boiando com o rosto na água, mortos, ou atirados na praia, ondas quebrando-se sobre eles, os corpos brancos e inchados, lábios azuis.

— Droga! — exclamou ela. — Como é que vocês puderam fazer isso comigo?

Depois, deu-se conta de que poderia comprar um telefone via satélite para os pais. Isso resolveria. Conseguiria falar com eles. Não sabia como não tinha pensado naquilo antes.

Deixou Corker sob a lâmpada de secagem e folheou as páginas amarelas. Meia dúzia de telefonemas depois, disseram-lhe que nenhum lugar teria um telefone por satélite em estoque, mas que ela poderia encomendar um online. Procurou e descobriu que custava quase 1.500 dólares, além da tarifa de um 1,49 por minuto, se comprasse quinhentos minutos, o que daria mais 750 dólares.

— Meu Deus! — disse ela.

Teria de pedir a Jim. Era o único jeito. Precisava daquele telefone, e merecia ser paga por todo o serviço doméstico que fizera. Embora talvez estivesse sendo um pouco dura demais com ele.

Ao meio-dia, Jim ligou e pediu-lhe que o encontrasse na península de Kenai. Estava atrasado, e ela saiu. O lugar ficava a 15 minutos dali. Uma velha fábrica de conservas remodelada. Mark havia trabalhado em barcos ali, quando ainda se encontrava em funcionamento total. Agora só um dos galpões grandes ainda processava peixe. O outro fora convertido em lojas. A oficina do encarregado das máquinas e o galinheiro se transformaram em quartos de hotel, e um galpão menor tornara-se restaurante.

O vento era mais forte ali, em frente à enseada de Cook. Fazia mais frio. A chuva era pesada. Rhoda estacionou o mais perto que pôde, mas teve que correr uns 100 metros. Naquele aguaceiro, tudo parecia ainda uma fábrica de conservas, uma área industrial, com austeros galpões cinza e trabalho duro. Um péssimo lugar para almoçar.

Quando abriu, porém, a porta, Jim estava esperando-a com um grande sorriso, obviamente feliz por vê-la, e aquilo foi ótimo.

— Desculpe por você ter de vir nessa chuva — disse ele.

Eles tiraram os trajes impermeáveis e sentaram-se num canto reservado. Jim pediu patas de santola para os dois, um aperitivo.

— Como está o trabalho? — perguntou.

Jim nunca perguntava por seu trabalho, mas ela decidiu não parecer maravilhada.

— Trouxeram um esquilo-do-ártico — respondeu ela.
— Animal de estimação?
— É. O dono disse que Chippy é muito inteligente. Está com planos de ensinar a ele vários jogos de cartas nesse inverno, acho.
— A gente encontra de tudo — riu Jim.
— Especialmente aqui.
— É — concordou.

Fez-se então um silêncio estranho. Rhoda não conseguia pensar em nada para dizer, e Jim parecia preocupado, olhando para o guardanapo e os talheres. Ele era uma figura estranha, simplória e comum. Ela não sabia como nunca percebera aquilo antes.

Jim deslizou sobre o banco, para fora do reservado, devagar e desajeitado, ficou de pé, olhando para o chão e, de repente, colocou um joelho no chão. Segurava uma pequena caixa numa das mãos.

— Rhoda — disse ele, levantando os olhos para ela, que não conseguia acreditar que aquilo estivesse acontecendo.

Jim não lhe dera nenhuma chance de se preparar. Ele abriu a caixa e mostrou-lhe o anel, um grande diamante, lapidado no corte *princesa*, com diamantes menores dos dois lados. Ela jamais escolheria um engaste daqueles, mas ali estava ele, um diamante bem grande.

— Quer se casar comigo?

Ele parecia estar com medo, e ela também sentiu medo de repente. Tudo que sempre quisera, ocorrendo de um jeito que nunca imaginara, mas ao menos estava acontecendo. Aquele restaurante deprimente, quase vazio, um dia chuvoso, ela cheirando a xampu de pulga, os olhos irritados, mas e daí?

— Quero — respondeu. — Claro que quero.

Rhoda ficou de pé, Jim abraçou-a, e eles se beijaram, como mandava o figurino. O anel já estava então em seu dedo. Ela olhava-o no ombro dele, enquanto abraçava-o, seu noivo, ou marido. Em breve. Quis contar tudo à mãe.

— Tenho que contar para minha mãe — falou.

— Claro. Temos que contar aos seus pais.

— Mas ela está naquela ilha — disse Rhoda, soltando-o e sentando-se de novo.

Garçons e garçonetes aplaudiam, do outro lado daquele imenso espaço vazio.

— Obrigada — agradeceu Rhoda, tentando sorrir.

— Rhoda — falou Jim, sentando-se também —, está tudo bem. Você vai poder contar para ela em breve.

— Quero contar agora. Quero que minha mãe saiba.

Jim virou-se para trás e olhou para os empregados do restaurante, fazendo um ligeiro aceno.

— Rhoda, eles vão pensar que tem alguma coisa errada. Você parece tão infeliz.

— Acho que vou chorar — disse ela, e assim o fez, colocando as mãos no rosto para esconder.

Aquilo pôs fim aos aplausos, e ninguém se aproximou. Rhoda tentava controlar-se, mas queria a presença da mãe ali e estava com medo de que alguma coisa tivesse acontecido.

— Tenho medo de que eles estejam feridos — contou a Jim. — Não tem como chegar lá.

— Rhoda, dá para você parar de chorar? Não quero que essas pessoas pensem em algo errado.

— Tudo bem — assentiu Rhoda, tirando as mãos do rosto e secando os olhos com o guardanapo. — Não vou envergonhar você, já que isso é o que importa agora.

— Rhoda. Não é assim. É que eles não vão entender.

— Vou voltar para o trabalho — falou ela, ficando de pé, pegando a bolsa e a roupa impermeável.

— Por favor — disse Jim.

— Vejo você à noite. Vou dar uma passada na casa deles depois do trabalho.

— Com essa chuva toda? São quarenta minutos daqui até lá e por uma estrada de cascalho.

— Vejo você à noite — repetiu ela, saindo pela porta da frente e sem olhar para os garçons, que a seguiam com os olhos.

Correu na chuva até o carro, onde poderia chorar à vontade, até chegar ao trabalho.

Quando chegou, limpou o rosto com um lenço de papel. Ninguém perceberia que havia algo de errado, já que seus olhos ficavam sempre inchados lá. Poderia fingir. Deu banho em um *terrier* cinza e perguntou-se por que se sentia tão triste. Amava Jim. Estava feliz por casar-se com ele. Era tudo que realmente queria. Entretanto, não poder contar aquilo à mãe estava estragando tudo, não sabia por quê. Sentia-se vazia, solitária e assustada, quando deveria estar contente.

A tarde arrastou-se, um banho contra pulgas após o outro. Estava com os braços cheios de pequenas mordidas, que eram direcionadas também aos cabelos. Os cães menores, em especial, pareciam esponjas de pulgas.

Teve de trabalhar até tarde, já passava das sete horas, e o tempo arrastando-se. Nenhum telefonema de Jim, nenhuma visita para ver como ela estava. Pegou suas coisas e correu para o carro, em meio ao frio e à chuva, rumo à estrada que levava ao lago. O sol estava baixo, pondo-se tão mais cedo agora que apenas algumas semanas atrás. Ligou o aquecedor e o desembaçador do para-brisa.

Estava chateada porque Jim não havia ligado nem aparecido, mas tentou pensar positivo. Eles se casariam naquele inverno em Kauai, talvez na baía de Hanalei. Rhoda sentia-se, porém, cansada de pensar nessas coisas. Todos aqueles anos sonhando e, agora que tudo estava tornando-se realidade, não conseguia sequer concentrar-se naquilo.

— Obrigada, mamãe e papai — disse ela. — E obrigada, Jim.

Tanta água na estrada. Um caminhão passou por ela, acionando a buzina e dando-lhe um banho tão grande que não conseguiu ver nada por um instante. Dirigindo sem ver nada a quase 100 quilômetros por hora. Reduziu a velocidade.

As placas perfuradas por balas que indicavam o caminho do lago apareceram por fim, e ela adentrou a estrada de cascalho. Não sabia por que estava indo lá. Não haveria ninguém em casa. Deveria estar com Jim. Precisava, no entanto, verificar.

Ninguém na estrada. Uma longa e solitária curva de cascalho no meio do nada. O tráfego de verão terminara. As árvores alvoroçadas e curvadas. Pedaços de cascalho atingindo a parte de baixo do carro; o para-brisa encharcado, depois limpo e então coberto outra vez de água, embaçado nas bordas.

Parou o carro na frente da casa dos pais e correu até a porta de entrada, mas não tinha nenhum sinal de gente já havia algum tempo. Pedaços de galho no passadiço. Ela esmurrou a porta, mas não obteve nenhuma resposta, evidentemente. Olhou para baixo e viu mato nos canteiros. Estava mais frio ali que em Soldotna. Escuro e com muito vento, devido à proximidade com as montanhas e a geleira. Rhoda não sabia o que fazer. Precisava saber que a mãe estava bem.

Encostou-se contra a porta da frente, colou o rosto nela e cerrou os olhos. Precisava pensar, mas dentro de si havia apenas medo. Podia ir até a rampa dos barcos. Talvez visse algo lá.

Entrou de novo no carro e dirigiu até a área de acampamento. A camionete do pai estava no estacionamento e nada mais. O sol havia-se posto, obliterado por chuva e nuvens, não tinha mais luz praticamente. Ela caminhou quase que na escuridão total até a rampa, perto da margem da água. Ondas quebrando, exatamente como havia imaginado, lampejos brancos quase na altura de sua cabeça. Grandes e em sucessão, mais altas até que o vento quando estouravam na margem. A chuva feria-lhe o rosto, fria e espessa, transformando-se já em neve.

— Danem-se vocês — gritou ela, na direção do lago.

Não havia como chegar até eles, mesmo que encontrasse um barco. Estavam a uns poucos quilômetros de distância, e isolados do resto do mundo.

GARY NOTOU UMA MUDANÇA NO BARULHO DA CHUVA, ATINgindo o teto da barraca de forma mais suave. Era a primeira neve, uma espécie de prece atendida. A cabana ainda sem telhado, mas a neve havia chegado. Pensaria naquilo de outra forma antes. Teria reclamado e esbravejado por causa daquela antecipação da estação e se sentido enganado pelo tempo. Agora entendia que queria aquilo. Desejava a neve.

Sentou-se no saco de dormir e abriu silenciosamente o zíper.

— Estou acordada — disse Irene. — Pode fazer barulho. Estou sempre acordada.

— Está nevando — comentou ele.

— Eu sei. Já faz horas.

— Vou dar uma olhada — falou Gary, vestindo as calças e a camisa.

Depois, foi até a entrada para pôr as botas e a roupa impermeável. O vento ainda sacudia a barraca, açoitando e balançando, mas sem o som pesado da chuva.

Ele saiu, e fazia mais frio do que havia imaginado. Nem estavam em outubro ainda, mas era como se fosse. Não vestia o suficiente sob o traje impermeável, mas ficaria ali fora por pouco tempo apenas. Inclinou-se contra o vento e a neve, caminhando em direção à beira da água. Queria ver as ondas. Mesmo naquela escuridão completa, estariam quebrando; sua alvura seria visível.

O solo encontrava-se alto, gravetos secos por todo lado. Galhos de amieiros açoitavam-no. A neve caía fria em seu rosto, derretendo-se; flocos grandes e delicados. Gostaria de poder vê-los.

Atravessando os amieiros, alcançou a vegetação rasteira, vizinha ao lago. Uma relva espessa; conseguiu ver então o branco das ondas, mais esmaecido do que imaginara, e sentir o vento no rosto.

— *Nap nihtscua*, sombra negra da noite, *northan sniwde*, neve que vem do norte. — Gary amava isso. — *Hrim hrusan bond*, mundo de gelo, *haegl feol on eorthan*, granizo cai sobre a terra, *corna caldast*, o mais frio dos grãos.

Era sua parte favorita do poema, porque tratava da mudança inesperada, da surpresa. Após todos seus sofrimentos no mar, com tempestades, o navegante quer apenas retornar. "Seus pensamentos não estão na harpa, em honrarias, nem no prazer com mulheres, esperanças mundanas, em nada mais exceto no movimento das ondas."

Um desejo de mil anos atrás, um anseio por *atol ytha gewealc*, a terrível inquietação das ondas, e Gary compreendia aquilo, por fim. Não entendera na faculdade, porque era jovem demais, muito convencional, e achava que o poema tratava apenas de religião. Ainda não tinha visto sua vida desperdiçada, compreendido o puro desejo pelo que era, na verdade, uma espécie de aniquilação. Uma vontade de ver o que o mundo é capaz fazer, o quanto se pode suportar, e perceber por fim do que se é feito quando se é dilacerado. O êxtase do aniquilamento, da dissolução. "Mas sempre anseia por algo, quem se faz ao mar", e aquele anseio é o de encarar o pior, uma esperança delicada de uma onda maior.

Gary tremia de frio, mas queria enfrentar os elementos de forma mais pura. Tirou o capuz, o casaco impermeável e colocou-o sobre a grama, a seus pés. O choque contra o vento levou todo seu calor. Arrancou a camisa. Com o peito descoberto, levantou os braços em meio à tempestade, gritando para o vento e a neve, como um louco. *Um homem vivo*, pensava ele, e se perguntou se estaria esperando algum tipo de renascimento, de redenção. Odiava, no entanto, a ideia de que tinha pensamentos; queria que a mente parasse. Deu assim um passo à frente, em direção à água, à praia, mantendo os braços erguidos, caminhando devagar, de forma cerimonial; seu corpo tremia descontrolado, uma ruína. Escorregou e teve de apoiar-se numa das mãos para se levantar. As ondas quebravam agora em suas pernas, empurrando-o. O primeiro choque de uma delas, contra o estômago, o fez inclinar-se para um lado, adentrando mais a água. Abaixou então os braços, retesando-os, enquanto era atingido por outra onda, que o empurrou para trás, fazendo-o cair e submergir, arranhando-lhe um braço, contra as rochas. Depois emergiu de novo e foi golpeado por mais uma onda. Berrava, incitava e gritava. Fazia anos que não se sentia tão bem. Desistiu de tentar ficar de pé, deixando-se esparramar sobre as pedras, prendendo a respiração cada vez que era encoberto e soltando-a quando se via livre. Gritou de novo. Já nem sentia mais o frio.

O mundo vinha-lhe em diferentes tamanhos. Aquele sentimento de expansão, ligação, poderia dali a alguns momentos ficar menor, rígido, frio; Gary não sabia como aquilo funcionava. O instante terminou, antes que o tivesse desfrutado tanto quanto desejava, e, mesmo que continuasse ali, não retornaria. Sabia disso. Entretanto, permaneceu porque não gostava daquela regra. Seria uma regra do mundo ou apenas uma limitação de si próprio? E como saber a diferença?

— Por que não consigo parar de pensar nisso como um momento? — perguntou em voz alta. — Por que não consigo apenas vivenciá-lo? Por que ele tem de acabar daqui a cinco minutos?

A consciência não era na verdade um dom. Tivera essas ideias trinta anos antes, logo que chegara, e não havia feito progressos. Só o que havia mudado fora seu comprometimento, cheio de crença, naquela época; agora, já mais determinado, tendia à aniquilação, sem esperar nada em troca.

— Nada melhor para fazer — disse às ondas.

A água era mais que apenas um meio, uma onda temporária. Parecia abrasiva no contato com a pele. Ficar ali doía, apesar da dormência. Foi o que o fez por fim rastejar de volta. Não conseguia ficar de pé. As pedras machucavam-lhe o joelho, apesar de estar de jeans. Arrastou-se para fora das ondas, na direção da praia, até os tufos de grama, pontudos e ásperos. Procurou com as mãos até encontrar a camisa e o traje impermeável. Não os vestiu. Apenas segurou-os com a mão enquanto rastejava sobre gravetos, moitas de mirtilos, musgo e tudo mais que cobria o chão. Conseguiu chegar à barraca, abrir o zíper, a mão dura como um porrete, e entrar.

— Você está tremendo — disse Irene. — Está batendo os dentes como se fossem quebrar. O que você fez lá fora?

— Fui nadar — respondeu ele, procurando os botões do jeans, tentando tirar aquela roupa molhada.

— Foi nadar?

— Sim. Preciso de ajuda para tirar a calça. Não consigo achar os botões. Rápido, por favor.

— Que ótimo — falou ela, arrastando-se mais para perto, a fim de ajudar; as mãos quentes contra a pele dele. —

Você está congelado. Nem pense em entrar no meu saco comigo.

— Obrigado — disse ele.

— Agradeça a si mesmo. Você vem fazendo merda há muito tempo.

Livre do jeans, botas e meias, Gary encontrou uma toalha para se secar e as ceroulas térmicas; a parte de cima, primeiro; depois, a de baixo; e entrou no saco de dormir. Achou a touca de meia, enfiou-se no saco até a cabeça e puxou o cordel. Ficaria bem agora.

— Escute o que eu tenho a dizer — falou Irene.

— Vamos pular essa parte.

— Não. O problema é que você acha que merece mais do que tem.

— Não preciso de nenhum sermão. Tenho consciência das minhas limitações.

— Não tem, não. Nada na sua vida tem medida. Você acha que está destinado a ser mais, que vale mais do que é.

— Sei quem eu sou.

— Não sabe, não.

— Foda-se.

— Não é fácil assim. Você acha que merecia alguém melhor que eu.

— Talvez merecesse.

Irene agrediu-o então, com um soco violento, que atingiu o braço. Ele se afundou mais no saco de dormir, e ela continuou a bater, sem dizer nada, apenas socos fortes por todo o corpo, mas não no rosto. Contendo-se.

— Por que se conter? — perguntou ele. — Por que não soca a minha cara?

— Porque eu amo você, seu merda — respondeu ela, começando a chorar.

Gary virou-se para encarar o outro lado. Ela que se lamentasse. Talvez Irene o deixasse, e ele sabia que aquilo era errado, mas apenas não sentia o que quer que fosse para fazer algo a respeito. Talvez tivesse perdido algumas faculdades humanas básicas, algo que o conectasse às outras pessoas. Mas o que queria realmente era ficar sozinho. Será que isso era um crime?

Quando Gary acordou pela manhã, Irene não estava lá. Ele sentia o nariz congestionado; tinha que respirar pela boca, a garganta doía-lhe. Assim como a cabeça. Virou-se então e tentou voltar a dormir.

Ouvia o som de alguém martelando, pois o vento diminuíra e a barraca não sacudia mais. Irene trabalhando na cabana, mas se perguntou o que estaria fazendo. Poderia estar quebrando tudo, ao invés de construí-la.

A possibilidade de que ela estivesse destruindo a cabana o fez levantar. Vestiu roupas secas, o macacão, um par de botas velhas e a capa de chuva molhada. Abriu o zíper da barraca e deu com uma paisagem toda branca. A neve não era profunda, entre 3 e 5 centímetros talvez, mas a transformação era de tirar o fôlego. Distância e profundidade definidas; as folhas voltadas para cima estavam brancas; os caules abaixo, na sombra. Até mesmo as coníferas exibiam o efeito coletivo das agulhas brancas. O mundo encontrava-se inteiramente delineado e refeito; a própria luz havia mudado. O dia anterior poderia ter sido seis meses atrás.

— Uau! — exclamou Gary. — Que lindo.

Irene parou de martelar um instante e olhou em volta, com seu capuz verde impermeável.

— É verdade — disse ela, sem olhar para Gary, e voltou a martelar.

Ele foi até a cabana, entrou pela porta de trás, completamente cortada e reforçada. Na parede da frente, viu o espaço da janela, não exatamente quadrado. Camadas de tora sobre o vão, a última a 2,5 metros. Irene estava de pé sobre um banquinho de alumínio, prendendo os últimos pregos.

— Obrigado — falou Gary. — Parece que já estamos prontos para o telhado.

— É. Qual é o plano?

— Eu ia fazer de toras. Mas não sei se iria funcionar. Acho que vazaria.

Nenhuma resposta de Irene. Percebeu que ela estava sendo cuidadosa. Tinha muito a dizer, mas estava controlando-se, o que era bom para ele. Irene terminou de fixar mais um prego, com cinco marteladas. O vento soprava entre as árvores, muito mais fraco que antes.

— Então acho que vou comprar um laminado na cidade. Não é exatamente o que eu queria, mas estamos atrasados e precisamos de um telhado. O vento está diminuindo, podemos ir para a costa, talvez amanhã ou depois.

— Gosto da ideia — falou ela.

— Precisamos colocá-lo com uma inclinação — continuou Gary — para que a neve caia. Vamos fazer a parede de trás mais alta e comprar umas tábuas maiores para fazer a sustentação, indo da parede de trás até a da frente. Acho que isso deve ser o bastante.

Irene desceu do banco, segurando o martelo, e olhou pelo buraco da janela, que tinha os cantos caídos.

— Parece uma boa ideia — disse, por fim. — Vai funcionar.

Ela ainda não olhava para ele, e Gary sentia-se quase como se devesse fazer um esforço, dizer algo que diminuísse a distância, para estabelecer a paz. Talvez desculpar-se pela noite passada, por ter dito que merecia alguém melhor que ela. Mas fora Irene quem o atacara, e ele não tinha vontade de fazer aquele esforço no momento. Sentia-se gelado. Pensou por alguma razão em Ariadne e na passagem de Catulo, que dizia: "Em seu coração de esposa revolvia-se um labirinto de mágoas." Talvez por causa do modo como os ombros de Irene estavam arqueados. Não podia ver seu rosto, mas dava a impressão de que tudo estava perdido, contemplando a neve. Não conseguia lembrar-se das palavras em latim. Ariadne assistindo a Teseu partir em seu navio, abandonando-a, exatamente como Eneias faria com Dido, e o próprio Gary vinha pensando havia anos, talvez décadas já, em fazer com Irene. Quem sabe agora não fosse finalmente a hora de deixar que seu casamento morresse? Poderia ser melhor para os dois. Algo mal concebido desde o começo, que tornara a vida de ambos menor. Difícil discernir o que era verdadeiro. Uma parte de si desejava desculpar-se, passar os braços em torno dela, dizer-lhe que era tudo que tinha nesse mundo. Soaria, entretanto, como força do hábito, e não uma coisa em que se pudesse confiar.

— Vou cortar as toras — disse ele.

Rhoda encontrou Mark na pista de bate-bate. Ele e os amigos sempre iam para lá no primeiro dia de neve, para correr em círculos e colidir uns contra os outros. A pesca havia acabado, e eles não tinham mais nada para fazer, a não ser se drogarem e se entregarem àquelas idiotices. Rhoda segurou o cercado da grade e berrou, para chamar sua atenção, mas não conseguia fazer com que ele lhe ouvisse. Havia o ruído de uma dúzia de motores. Mark usava um casaco de camuflagem e um chapéu russo, com abas sobre as orelhas. O amigo, Jason, vestia uma jaqueta rosa da Hello Kitty, parecendo um palhaço.

A pista era cercada por pilhas de pneus velhos, por uma cerca e pelos trailers de meia dúzia de pescadores, que moravam ali o ano todo, amigos de Mark. O tipo de inferno depressivo do qual Rhoda não queria mais fazer parte. Lugares onde havia passado os anos desde o ensino fundamental até o médio, fumando maconha e fazendo sexo em lotes de cascalho. Queria esquecer que aquilo tudo tinha acontecido.

Pegou um pedaço de cascalho e atirou em Mark, quando ele passou pelo canto. Acertou a frente de seu kart. Ele parou, viu que era ela, sorriu, apontou-lhe o dedo médio e pisou no acelerador. Tok, usando um cachecol Barão Vermelho, bateu em sua traseira, jogando o carrinho de Mark, de lado, contra a barreira. Tollef, irmão de Tok, chegou rápido e arremeteu de novo, fazendo Mark sentir o tranco do cinto de segurança. Ele berrava e pisava no acelerador, tentando sair dali. Percorreu talvez uns 5 metros, antes de a

Hello Kitty surgir e dar-lhe um tapa na nuca. Mark conseguiu então escapar e começou a persegui-los.

Rhoda passou por uma fresta na cerca e foi sentar-se em uma pequena arquibancada, a única espectadora. Tinha feito sexo com Jason uma vez ali, algo desagradável de lembrar agora. Fora na neve, muito mais frio, no meio do inverno. Mas sua vida havia mudado, e isso era o mais importante.

Esperou durante mais 15 minutos, assistindo a um espetáculo de gestos grosseiros e obscenidades, rosquinhas e colisões, a típica vida do pênis. Esperou até todos se esbaldarem o suficiente e saracotearem em direção à saída, ombro a ombro e puxando as calças uns dos outros. Depois passaram por ela sem parar, Jason exibindo um pequeno sorriso.

— A gente está indo para o Coolie's, se você quiser ir tomar uma cerveja — disse Mark, virando-se para trás.

— Ei, eu vim até aqui para falar com você.

— Que pena, estou ocupado — rebateu ele, fazendo um sotaque britânico e provocando gargalhadas.

— Preciso ir até a Ilha Caribou. Você pode arranjar um barco.

Mark parou e virou-se. Os amigos continuaram andando.

— Por que você quer ir lá?

— Nossos pais. Está lembrado? Aquelas pessoas que fizeram você e lhe criaram. Eles estão lá desde que começou esse temporal, numa barraca, e não tenho como falar com eles. Quero saber se está tudo bem.

— Eles estão bem — disse Mark, dando-lhe as costas.

— Escute — falou Rhoda, mas sua voz enfraquecera-se; começava a chorar. — Sei que você não gosta de mim, mas estou realmente preocupada com eles e preciso da sua ajuda.

Mark surpreendeu-a então. Voltou-se, caminhou até ela, deu-lhe um abraço e alguns tapinhas nas costas.

— Certo. Desculpe. Vou conseguir um barco. Quando você quer ir?

— Hoje?

— Já está muito tarde. Que tal amanhã, às dez horas? Encontro você na parte baixa do acampamento.

— Obrigada, Mark. Você pode ser bom, está vendo?

— Não consigo tornar isso um hábito — sorriu ele. — Até amanhã.

Ele deu uma corrida para alcançar os amigos.

Depois, Rhoda lembrou-se:

— Ei, eu vou me casar.

Mark levantou o braço para demonstrar que tinha ouvido, e só. Sequer se virou.

Rhoda voltou então ao trabalho e pediu uma folga. Fez hora até acabar o dia e foi para casa encontrar Jim. Deu com um enorme complexo de equipamentos de ginástica no meio da sala, pintados de azul-claro metálico. Jim estava de short de lycra e camiseta regata, puxando uma barra atrás do pescoço.

— Uau! — exclamou ela. — Que diabo é isso?

— Esse sou eu amanhã — respondeu Jim. — Acho que ainda tenho uns dez bons anos pela frente.

— Sei — disse ela, sem muita certeza do que aquilo queria dizer. — É melhor você ter mais de dez. Eu só estou com 30.

— Não se preocupe — retrucou Jim. — Você vai estar convivendo com um sarado em breve.

Ela ficou assistindo-o enquanto terminava sua série. Ele estava sem fôlego e vermelho, no fim, cheio de manchas, com braços e ombros parecendo velhos e flácidos.

— Você não está pensando em outras mulheres, está?

— O quê?

— Essa ideia súbita de ficar em forma, logo depois de me pedir em casamento. Parece meio que uma reação de pânico, tentando ficar atraente de novo, para não se limitar a uma mulher só.

— Rhoda...

— Sério. Você disse que tem mais uns dez bons anos pela frente. Bons para quê?

Jim levantou-se e jogou uma toalha sobre os ombros.

— Rhoda — começou ele —, você é a única mulher que quero. Está bem?

Ela tentou encontrar algo em seus olhos, qualquer sinal de mentira; olhou também para a boca.

— Rhoda, eu amo você.

— Está bem — respondeu ela, dando-lhe um abraço. — Acho que ainda estou estressada por causa da minha mãe. Vou até a Ilha Caribou amanhã. Mark vai me levar.

— Com esse tempo? Se vocês entrarem no Skilak no momento errado, podem morrer.

— O temporal já passou. Não tem previsão de vento para amanhã de manhã. Talvez nem neve.

— Vocês não deviam ir lá. Esperem eles aparecerem. Vão ter que vir em breve para se reabastecerem. Já estão lá tem quase uma semana.

— Dez dias.

— Bem, minha opinião é essa. Eles vão aparecer.

Rhoda não tinha vontade de falar sobre aquilo. Foi até a geladeira e começou a tirar coisas para o jantar. Um frango que precisava acabar, azeitonas, queijo de cabra e cebola roxa. Talvez um cuscuz. Ouvia Jim bufando na sala. Difícil acreditar que os músculos novos eram para ela.

Cozinhar sempre ajudava. Especialmente em uma cozinha como aquela. Um bom fogão de seis bocas. O cuscuz na água. Colocou então azeite em uma panela, acrescentou alho picado e o peito de frango. Cortou a cebola roxa. Conseguia acalmar-se quando cozinhava. A respiração diminuía. Estava em pânico sem ter sequer percebido. O dia inteiro, provavelmente.

— Ei — chamou ela.
— Sim?
— Preciso de um telefone via satélite. É caro. Mas quero falar com a minha mãe. Isso está me deixando louca.
— Quanto custa?
— Uns 1.500, talvez um pouco menos. Mais 7,50 por minuto.
— Nossa!
— Mas eu preciso.
— Está bem.

O frango estava dourado, quase cozido já; as cebolas roxas pareciam translúcidas. Ela acrescentou molho de tomate, azeitonas e um pouco do caldo delas, deixou ferver e depois colocou em fogo brando. Pôs pimenta; não conseguia pensar em que outros temperos levava um frango à grega. Regou com vinagre balsâmico e vinho madeira. Provavelmente não era o ideal para aquele prato, mas estava cansada. Um frango bêbado. Serviu-se de uma taça de *cabernet*.

— Vou tomar uma daqui a pouco — disse Jim. — Depois do banho.

Rhoda bebia o vinho e contemplava o frango; as azeitonas pretas no molho. Algo havia mudado. O ar estava mais fresco, talvez, mais frágil, mais isolador. Os dois ali naquela casa. Talvez porque antes houvesse um objetivo. O pedido de casamento. Rhoda via como o matrimônio podia ser algo solitário. Uma sensação nova que sequer sabia como descrever ou entender. Algo nos detalhes, de que não gostava. Imaginava longos períodos de tempo, nos quais não diriam muita coisa um ao outro, apenas circulariam individualmente pela casa. Perguntou-se se era ali que entravam os filhos. Ter um bebê forneceria um foco novo, um novo centro de atenção, um local onde os dois poderiam encontrar-se. Talvez fosse assim que as coisas deveriam ser. Um se concentrava no outro até os dois decidirem casar; depois ambos concentravam-se em outra pessoa. O que acontecia depois, quando as crianças cresciam e iam embora? Em que a pessoa deveria concentrar-se então? Havia algo de aterrador na possibilidade de não se ter um foco. A vida jamais poderia ser exatamente como era antes. Isso parecia assustador. Ninguém iria querer.

De manhã, Rhoda pegou o carro e foi para o Skilak. Céu carregado, frio, 2 graus negativos, mas pouco vento; ocasionalmente, caía uma neve ligeira, alguns flocos, mas depois parava. As árvores estavam brancas, com sombras negras. Nada de verde. Ela sabia, entretanto, que ainda estavam verdes, mas não conseguia ver. A paleta das cores de inverno, branco, preto, marrom e cinza, chegara mais cedo que o habitual.

Quis ligar para Mark e confirmar, mas ele consideraria aquilo inconveniente. Saiu da estrada e pegou o rumo da parte baixa do acampamento. Após subir uma elevação, viu a água, cinza e com ondas muito pequenas. Parou em uma área vazia, ninguém em volta; olhou para o relógio, faltavam alguns minutos para as dez horas.

Protegeu-se colocando casaco para neve, chapéu e luvas de inverno. Vestia também roupa de baixo, calçava botas e usava mangas compridas. Estaria frio no lago, dentro do barco. Isso se Mark aparecesse com ele, claro. Caminhou até a rampa, à beira da água. Uma fina camada de neve, intocada. Ninguém a tinha usado ainda aquele dia. Seus pais deviam provavelmente ser as únicas pessoas lá fora.

O lago já estava congelando nas bordas. Finos painéis de gelo entre as pedras. Delicados e translúcidos, a maioria já partida em pedaços triangulares. Rhoda bateu neles com a ponta da bota.

— Certo, Mark — disse ela, pegando o celular. — Vamos ouvir sua história.

No entanto, quando ligou, ele disse que estava só a alguns minutos de distância. Ela decidiu então ser cordial:

— Obrigada. Até daqui a pouco.

Rhoda crescera no lago. O contorno da costa era como se fosse sua casa. As árvores, as montanhas, a forma como as nuvens pesadas chegavam, ocultando o topo. Porém, não era sua casa. Parecia frio e impessoal como um lugar onde nunca tivesse estado. Não entendia por que os pais haviam se estabelecido ali, e perguntava-se por que não tinha se mudado, como os amigos, para um lugar melhor.

Mark surgiu na estrada de cascalho, em sua velha camionete, puxando um reboque. Fez-lhe o sinal *shaka* e deu-lhe um sorriso, executando um largo semicírculo em frente a ela. Depois, colocou na direção da água o barco, aberto, de alumínio, com menos de 6 metros e um motor. Exposto ao frio, mas grande o bastante para ser seguro.

Mark saltou e Rhoda deu-lhe um abraço:

— Obrigada, Mark.

— É só um barco.

— Eu sei, mas estou preocupada com eles. Estou pensando também que se vierem hoje, vão chegar na parte alta do acampamento. Podemos nos desencontrar deles, se sairmos daqui.

— Mas já estamos aqui — rebateu Mark. — Damos uma passada lá em cima se houver algum desencontro.

— Certo — concordou Rhoda, não queria discutir.

Ela gostaria de ir para a outra rampa. Não era tão difícil. Mas Mark já estava desamarrando as tiras. Depois, pegou um isopor pequeno na traseira da camionete e varas de pescar.

— Para que isso? — perguntou Rhoda.

— Só umas cervejas. E uma vara, em caso de ter que esperar. Nunca se sabe quando Nessie vai ter fome. Cento e oitenta metros de profundidade. Temos que ter alguma espécie de Pé-Grande lá embaixo.

Rhoda quis dar uma gargalhada, um sorriso, qualquer coisa, mas se sentia tensa. Aquele passeio era uma espécie de oportunidade para isso talvez, porém não estava sentindo-se no clima. Primeiro, precisava ver os pais em segurança; depois, então, relaxar.

— Muito bem — disse Mark, pegando coletes salva-vidas. — Esse é seu. Não serve para muita coisa. Antes que alguém nos ache, já estaremos congelados.

— Obrigada — agradeceu ela. — Muito obrigada, Mark. Estou agradecida.

Ele pôs o barco na água e deixou-a segurando a corda, enquanto estacionava o carro. Depois, embarcaram e partiram. Rhoda ia na proa; o vento cortante. As ondas eram muito pequenas, não tinham mais que 30 centímetros, mas o barco parecia solto e instável, em velocidade. Ocasionalmente, algum borrifo de água entrava pela amurada.

Rhoda inclinou-se sobre a proa, em busca de algum sinal de outra embarcação passando, em direção à parte alta da área de acampamento, mas não viu nada. Não havia ninguém. O lago era sempre maior do que esperava. Cercado por uma tímida linha de terra e árvores, ao longo de todo aquele lado, tornando impossível calcular distâncias. De uma extremidade, a outra não parecia longe. Era apenas quando se estava no meio dele que se tornava possível avaliar seu tamanho e, mesmo assim, a perspectiva sempre mudava. A princípio, Caribou e as outras ilhas eram quase invisíveis; depois, aos poucos, iam aparecendo. Primeiro a Ilha da Frigideira, com seu longo cabo, e a Caribou, atrás. Depois delas, uma costa mais rochosa, com blocos de pedra e despenhadeiros, bem mais bonita. Cada uma das baías ali era grande o bastante para parecer um lago em si e, ainda assim, de longe, não pareciam nada. Depois, as nascentes, até a geleira, e o rio que levava a outros lagos. Fazia anos que não passava ali.

Quando eram crianças, os pais levavam os dois filhos para acampar nas margens mais distantes. Praias íngremes, de cascalho, emolduradas por florestas e montanhas. Ela e Mark caminhavam por um promontório rochoso, com vista para as baías, dos dois lados, procurando carcajus; criatura quase mítica. Rhoda não conhecia uma única pessoa que tivesse visto um; assim, quando crianças, estavam constantemente caçando carcajus e assustando um ao outro com histórias sobre o que aconteceria quando encontrassem um. Às vezes, o carcaju se fingia de morto, oferecendo o próprio pescoço, mas se um urso o atacasse, ele colava-se à sua parte de baixo, mordia-lhe o pescoço e cortava completamente sua barriga, com as garras afiadas como navalhas. Era isso o que ela imaginava quando era criança, abaixando-se para examinar um carcaju morto e, de repente, vendo-o levantar-se e cortar seu estômago. Não tinha medo de ursos, porque já os tinha visto e adorava animais, mas nunca se deparara com um carcaju.

— Lembra das histórias de carcajus? — berrou ela para Mark, junto ao motor.

— O quê?

Ela repetiu.

— Ah, claro — respondeu, Mark sorrindo. — Você me matava de medo com elas.

Rhoda sorriu também e depois tornou a olhar para frente, vendo as ilhas aproximarem-se. Brancas, com a neve agora, e ela não conseguia lembrar-se quantos anos fazia que não ia lá.

O lado de trás parecia mais calmo, à medida que circundavam a Ilha da Frigideira. Água tranquila, sem borrifos. Ondas pequenas, e algumas cabanas entre as árvores. Já era para ter visto o barco dos pais.

A água agitou-se um pouco mais agora, e Mark diminuiu a velocidade. A ilha parecia íngreme, como um morro. Nenhum barco ao longo da costa. Rhoda não conseguia ver os pais.

— Mais devagar — gritou para Mark. — Eles têm que estar em algum lugar por aqui.

Procurava entre as árvores, começando a entrar em pânico. Não se via nenhum barco. Então, eles já deviam ter partido em direção à parte superior da área de acampamento. Podiam, também, ter naufragado durante a tempestade, se afogado ou o barco ter sido levado, e eles estarem ilhados. Talvez algo tivesse acontecido. Não havia nada ali. Ninguém para ajudar.

— Ali — gritou Mark, diminuindo a velocidade.

— Onde? — perguntou Rhoda. — O que você está vendo?

— A cabana — respondeu ele.

E, então, Rhoda viu também. Parecia uma ruína, uma cabana de cem anos atrás, queimada, faltando o telhado. Um buraco enorme servindo como janela da frente. Toras irregulares cobertas de neve, finas como magros gravetos. Não parecia em nada com o que havia imaginado. Tão pequena, mas só podia ser ela. Uma barraca azul e outra marrom, praticamente ocultas pela vegetação baixa.

— Eles devem ter ido embora hoje — disse Mark.

— É, e a gente devia ter ido lá para cima do acampamento.

— Calma, não é o fim do mundo. Daqui vamos para lá. Mas acho que a gente devia dar uma olhada. Estou curioso.

— O barco deles pode ter sido levado durante o temporal — sugeriu Rhoda. — Eles podem estar aqui. Odeio isso, não saber que porra está acontecendo com eles. Podem estar mortos, pelo que eu saiba.

— Não precisa ser pessimista. Tenho certeza que eles estão bem. — Mark levantou parcialmente o motor da água e desligou.

Eles aproximaram-se devagar, usando um remo, manejado por ele.

— Temos de ser rápidos — falou Mark. — Não é fácil atracar. Na verdade, é melhor eu ficar no barco.

Rhoda olhava para a água, tentando adivinhar a profundidade. Estava sem o macacão com botas impermeáveis. Precisava, entretanto, checar se a mãe estava lá ou não. Entrou na água, que estava acima dos joelhos, provocando-lhe um choque, de tão fria. As pedras eram escorregadias, e ela fez o percurso até a terra com cuidado, passando depois pela praia rochosa, a grama e a neve.

— Mamãe! — berrou. — Papai!

Abrindo caminho entre a vegetação rasteira e os amieiros, chegou a uma pilha de madeiras com vestígios de serragem fresca. Eles haviam trabalhado depois de a neve ter cessado. A marca de suas botas era visível.

— Mamãe! — gritou ela, de novo. — Você está aí?

A cabana era grosseira, pequena e inclinada para um lado. Inacreditável que quisessem viver naquilo. Parecia abandonada havia muito mais tempo, suscetível às intempéries, mas tinha um chão de compensado novo. Nos fundos, um espaço aberto. Eles iriam colocar uma porta ali. A vegetação estava toda pisoteada ao redor. Um fogão Coleman com uma panela em cima. As duas barracas, e Rhoda estava agora realmente assustada. Não queria abrir nenhuma delas, com medo do que encontraria dentro.

— Mamãe — disse ela novamente, mais baixo dessa vez. Estava em frente à maior das barracas e sentia o coração disparar. Abriu-a rápido e viu sacos de dormir, roupas e comida. Ninguém dentro. Nenhum corpo. Nada de errado. Correu depois até a outra barraca e abriu-a. Ninguém lá, também.

— Graças a Deus — falou, fechando os olhos um instante, deixando a respiração acalmar-se e o coração diminuir de ritmo.

— Eles estão aí? — berrou Mark, do barco, com uma voz fraca. — Essa cabana está muito para dentro da vegetação.

— Não — gritou Rhoda. — Não tem ninguém aqui. Eles devem ter ido embora agora de manhã.

Suprimentos na segunda barraca. Ferramentas. Ela não podia crer que eles tivessem vivido ali durante o temporal. E parecia que estavam empenhados, construindo aquela cabana, pretendendo ficar pelo inverno. Rhoda ajoelhou-se no caminho, cerrou os olhos e deu-se um tempo. Estava com tanto medo. Quando o lago começasse a congelar, haveria um momento em que nenhum barco poderia chegar ali, e o gelo não seria sólido o bastante para se caminhar nele. Ficariam isolados, não haveria como chegar até eles se algo desse errado.

EM CASA, IRENE OLHAVA AO REDOR, PARA TUDO. NÃO SABIA
o que levar. As luzes estavam apagadas; nenhum dos
dois tinha mais o hábito de ligar interruptores. Retratos
de sua família nas paredes. Fotos antigas, incluindo até
familiares que jamais conhecera. Rostos austeros, vivendo vidas mais difíceis. Álbuns de fotografias na prateleira mais baixa da estante. Os desenhos dos filhos durante
todos os anos, marcas de mãos pintadas para os tambores de Mark, feitos com couro de alce e álamo. Ele
ainda costurara círculos de madeira neles, executando
rituais de solstício de verão ali, com os amigos do ensino
médio, batucando a noite toda em torno de uma fogueira, na praia, dançando com um crânio de urso, espetado
num pau. A última coisa que conhecera dele, antes de ir
seguir a própria vida.

    Rhoda não se afastara tanto, e todas as paredes exibiam
algum sinal de enquanto ainda morava ali, quando ainda
passavam suas vidas juntos. Até a época dos segredos, no
primeiro ano do ensino médio, quando havia começado a
fazer sexo, estava registrada ali, em fotos de festas e cartazes para peças escolares. Todos aqueles anos juntos significavam alguma coisa, não? O que, entretanto, poderia
ser levado para uma cabana inacabada, para uma barraca?
Aquele lugar inteiro, paredes e janelas, pátio e floresta, tudo
teria de ser transportado.

    — Não consigo — disse ela a Gary.

Podia ouvi-lo no quarto, enquanto colocava mais roupas numa sacola.

— O quê?

Ela levantou a voz:

— Nada que eu leve vai fazer daquela cabana um lar.

— Acho que você só está complicando tudo, Irene. Só viemos pegar nossas coisas. E vamos até a cidade comprar o laminado e mais tábuas, além de um ou outro material. Depois vamos pôr essas coisas no barco e voltar antes que escureça.

— Hoje?

— O quê?

— Você está planejando voltar hoje?

— Sim, a ideia era essa.

— A ideia não era essa. Você nem sequer se preocupou em me avisar isso.

— Irene...

— Vou passar a noite aqui, na minha cama. Se você for, vai sem mim.

Gary saiu do quarto e parou em frente a ela.

— O tempo pode ficar ruim de novo — argumentou. — É a nossa chance. É a hora.

— Hoje eu não vou.

Gary bateu com a mão no balcão.

— Muito bem — falou ele, virando-se e indo de volta para o quarto.

Irene sentou-se no sofá. O sangue bombeado com força ecoava em seus ouvidos. Tentou acalmar-se, e o coração diminuiu o ritmo, mas depois se apertou por umas quatro ou cinco batidas, momentos em que podia sentir sua forma exata, preso às artérias, martelando no peito. Pânico, como se estivesse para ser morta e, no entanto, estava apenas sentada no sofá da própria sala. A luz que vinha de fora era suave, não havia vento nem tempestade, só mais um dia cinzento e fechado. O marido estava no aposento ao lado, e eles não voltariam para a barraca naquela noite. Precisava acalmar-se.

— Se não conseguimos transformá-la em um lar, por que a estamos construindo? — perguntou a Gary.

Nenhuma resposta. Porque sua vida era a eleita, inquestionavelmente. A dela era apenas um acompanhamento; não importava, de fato.

Irene espichou-se no sofá, apoiou a cabeça em uma pequena almofada, fechou os olhos e sentiu o sangue correndo. O coração batendo sem parar, pressionando-a; o corpo era um invólucro do qual queria se livrar. Precisava de paz. Não cair mais em armadilhas. Presa àquele corpo e com Gary naquela vida, e a seus arrependimentos. Sua existência era como um acúmulo de tudo que a estava rodeando, frentes que se juntavam ao longo das margens, aproximando-se. Era difícil até viver os próximos cinco minutos.

— Gary — chamou ela, querendo avisá-lo.

— Sim?

Sua voz era tão sem generosidade. Como diria o que precisava dizer? Que estavam indo longe demais. Que algo se perderia. Que não conseguiriam recuperar-se daquilo.

— Esqueça — disse ela, fechando outra vez os olhos e descansando.

O ar ao seu redor espalhava-se para baixo até ouvir o barulho de pedregulhos esmagados, no lado de fora, alguém chegando de carro. Esperava que fosse Rhoda, mas não foi até a porta. Não tinha vontade de se mexer.

— Mamãe — chamou Rhoda.

— Aqui, no sofá.

Rhoda estava ao seu lado então, abaixando-se para abraçá-la. Quente e vivo, amor de verdade, não o amor ressentido de Gary. Sangue do seu sangue, o único elo permanente. Um casamento podia transformar-se em nada, mas aquilo não.

— Vou dar um telefone via satélite para você — avisou Rhoda. — Não aguento mais ficar sem saber se você está bem.

— E aí, meus velhos — disse Mark, da porta. — Como vai a vida de exploradores? — Ele acendeu as luzes. — O milagre da eletricidade.

— Ei, Mark — saudou Gary, do quarto.

— Você está doente, mamãe? — perguntou Mark, aproximando-se do sofá.

— Só descansando.

— Ela quer ser o centro das atenções — disse Gary, passando em direção à cozinha.

— Que crime da minha parte.

— Vocês dois têm que parar de brigar — interveio Rhoda. — Acho que estão com a "febre da cabana".

— Ah! — exclamou Irene.

— Não comece, Irene.

— Que bom estarmos os quatro aqui — falou ela, levantando-se do sofá e sentindo-se tonta. — Quando foi a última vez que isso aconteceu? E quando acontecerá de novo? Essa pode ser a última vez que estamos aqui como família.

— Isso não é verdade, mamãe — disse Rhoda. — Você não vai ficar para sempre na cabana.

— Pergunte ao seu pai. Mas podíamos comer alguma coisa. Fazer um almoço. Vamos nos sentar todos à mesa.

— Preciso comprar o laminado — disse Gary. — E as vigas.

— Depois do almoço — retrucou Irene.

— Tenho que ir agora. Preciso resolver isso.

Irene foi até o armário e encontrou duas latas de *chili*. Gary estava ao seu lado, no balcão, fazendo uma lista.

— Vou esquentar — falou ela.

— Escute, não tenho tempo.

— Poxa, papai — disse Rhoda. — É só um almoço.

— Todos os obstáculos possíveis para o trabalho de um homem — comentou Mark.

Gary foi até o quarto e voltou com o casaco. Com raiva e impaciente, como sempre.

— Volto daqui a duas horas. Podemos jantar juntos — falou, saindo a passos largos em direção à camionete.

— Ih... — disse Mark. — Ia me oferecer para ajudar. E não posso voltar para jantar. Tenho que devolver esse barco.

Irene abraçou Mark, mas ele sentiu-se desconfortável, soltando-a rápido.

— Vou ficar bem — falou ele.

— Que pena você não poder ficar.

— Sem problema — respondeu, dirigindo-se para a porta.

O que faz esses homens correrem? Podiam ter almoçado juntos. Seria pedir demais? Ser uma família durante uma hora?

— Como está Karen? — perguntou Irene.

Mark deu seu sorriso torto, parando um instante.

— Você nunca pergunta por ela, mamãe. Você não gosta dela.

— Isso não é verdade.

— É, sim.

— Ele está certo, mamãe — falou Rhoda. — Você sempre a evita.

— Não é verdade, nada disso. Só quero que você seja feliz, e se você é feliz com ela, então isso é ótimo.

— Mas a verdade é que você não gosta dela — reafirmou Mark. — É isso que eu estou dizendo. Você a acha burra.

— Não! Por que você pensa isso?

— Tanto faz — concluiu Mark. — Está tudo bem. Tenho que ir.

— Fique para almoçar — pediu Rhoda.

— Prometi que devolveria o barco. Tenho que voltar.

— Fugindo, igual ao seu pai — observou Irene. — Por que você não fica? É só um almoço. Por que os homens da família sempre fogem?

— Não sei — respondeu Mark. — Talvez porque nos cause arrepio. Se eu ficar mais um minuto, vou gritar. Não sei porque isso acontece, mas é a verdade. Desculpe. Não é nada pessoal — concluiu ele, abrindo a porta e escapando.

— Nada pessoal? — perguntou Irene.

— Mais tarde — replicou Mark, fechando a porta atrás de si.

Irene foi à janela e observou-o caminhar rápido até a camionete, com o barco a reboque.

Sentiu então Rhoda atrás dela, enlaçando-a com os braços.

— Está tudo bem, mamãe.

Irene ficou vendo o carro de Mark afastar-se. Não compreendia o que havia acabado de acontecer.

— Sou uma péssima mãe — disse, por fim.

— Não, mamãe.

— Acho que não sabia disso até esse momento — falou Irene.

— Mamãe, Mark é assim.

— Mas você mesma disse que sou eu. Que eu evito Karen. É verdade. Não gosto dela. Acho realmente que ela é burra. E Mark sabe disso.

Rhoda soltou-a então, suspirou e foi sentar-se à mesa.

— Acho que devíamos comer alguma coisa.

— Sim — respondeu Irene, indo procurar o abridor de latas.

Suas mãos tremiam um pouco, não muito. Nada que desse para Rhoda perceber. Abriu as duas latas de *chili*, despejou o conteúdo numa panela e acendeu o fogo. Depois, ficou ali, contemplando o *chili* e mexendo vez por outra com uma colher. O som do gás. Não queria pensar em si mesma como uma péssima mãe. Bastava o resto. E se tudo que estava errado com Gary fosse culpa sua também?

— Vou me casar — disse Rhoda.

— O quê?! — perguntou Irene, virando-se, enquanto Rhoda levantava-se da cadeira.

— Jim me pediu em casamento — continuou ela, mostrando o anel para Irene.

— Rhoda — falou ela, puxando-a para abraçá-la —, isso é maravilhoso.

Abraçava-a com força e não queria soltá-la. O começo do fim para Rhoda, sua vida entregue e destruída por um homem que não a amava. Era isso o que aconteceria, uma repetição cruel da vida de Irene, e o que poderia dizer agora? Não tinha, entretanto, certeza de nada. Esse era o problema. Talvez Jim amasse, de fato, Rhoda e seu casamento fosse uma coisa boa, que fizesse a filha feliz.

— Já chega, mamãe — disse Rhoda, por fim. — Preciso respirar.

— Perdão — retrucou Irene, soltando a filha.

— Vou dar uma olhada no *chili* — falou Rhoda, dando as costas à mãe para mexer a panela e servir depois em duas tigelas.

Irene surpreendeu-se diante da forma como reagia. Queria sentir-se feliz por Rhoda, mas não conseguia. Não podia deixar a filha perceber aquilo.

— É maravilhoso — falou outra vez, enquanto Rhoda colocava as duas tigelas na mesa.

— Obrigada, mamãe — retrucou a filha, sentando-se e olhando para o prato, enquanto comia.

Não olhava para Irene. Sabia que a mãe estava ocultando algo.

— Desculpe — disse Irene. — Só não quero que aconteça com você o que aconteceu comigo.

— Do que você está falando?

— Dá para você olhar para mim enquanto conversamos?

Rhoda levantou a cabeça.

— Nossa!

— Perdão. Parece que não consigo me entender mais com ninguém.

— Então é hora de pensar nisso.

— Como posso pensar em outra coisa? Você é minha filha.

Rhoda estava olhando para baixo de novo, e Irene detestava aquilo.

— Quero que você seja feliz, só isso.

— Que bom — replicou Rhoda. — Obrigada.

— Seu pai nunca me amou.

Rhoda soltou a colher e olhou outra vez para cima, irritada.

— Mamãe, já falamos sobre isso. Você sabe que não é verdade. Papai sempre amou você.

— Esse é o problema — respondeu a mãe. — Ele nunca me amou. Acha que merecia alguém melhor que eu. Já admitiu isso, lá na barraca. E quer que o deixem em paz. Essa é a verdade sobre ele. Fui apenas fácil, uma coisa que aconteceu, e não teria sido nenhum problema me deixar. Ele preferia estar sem mim, mas nunca se deu ao trabalho de fazer isso.

— Não estou nem escutando — falou Rhoda. — É a sua dor de cabeça e talvez essa coisa idiota da cabana também. Ter que morar lá.

— A dor deixou tudo mais claro. Não consigo dormir, e parece que pensar também não. Mas por alguma razão, estou vendo as coisas mais claras que nunca — disse Irene, inclinando-se para a frente, pondo os dois braços na mesa, entusiasmada.

— Isso dá até medo, mamãe. Você deveria escutar o que está dizendo.

— Rhoda, você tem que prestar atenção. O que estou te contando é importante.

— Mamãe — disse Rhoda olhando-a de frente agora. — Você tem que parar. Precisa escutar o que está dizendo. Você parece uma louca falando sobre alienígenas, como se tivesse descoberto o segredo das coisas e entendido tudo.

— Uma louca?

— Desculpe, mamãe. Mas é porque parece que você está ficando um pouco maluca. Nada do que você diz sobre papai é verdade. Ele ama você. Sempre amou.

Irene pôs-se de pé. Tremia. Pegou sua tigela de *chili* e jogou contra a janela, em cima da pia. Não esperava que fizesse tanto barulho quando o vidro estilhaçou-se, mas ainda não fora o bastante. Totalmente insatisfatório. Queria pôr a casa a baixo.

— Ele não me ama — disse ela. — Eu sei. Sou eu quem está passando por isso.

Com o vidro da janela quebrado, surgiu uma vista aberta para árvores e neve. A luz parecia estranha, não havia uma sensação clara de onde estava o sol, uma falta de direção com relação à luz e sombra; o reflexo da neve. Nenhuma percepção de tempo. Era um dia que poderia durar para sempre.

— Não estou me sentindo segura — falou Rhoda. — Preciso ir embora.

— Fuja como os homens — retrucou Irene.

— Não seja injusta, mamãe.

— Injusta? Engraçado.

— Esse é o problema. Você está com uma energia muito negativa. E não se esforça para melhorar. Jogar o prato pela janela. Como é que você quer que eu reaja a isso?

— Você fala como se tivesse sido um ato teatral.

— E não foi?

— Já chega, Rhoda.

— A verdade é a seguinte, mamãe: não tem nada de errado com você. Seu marido ama você. Sua família também. E não tem nada errado com sua cabeça. Você está enlouquecendo. Por que isso?

— Você não acredita em mim?

— Não. Não acredito em nada disso.

Irene sentiu então uma grande calma. Rhoda de pé, diante dela, aborrecida, tratando-a com um ar de superioridade, sem entender nada. No entanto, era a pessoa de quem se sentia mais próxima nesse mundo. Deu um passo à frente e abraçou-a, bem apertado.

— Só vou falar uma vez — disse, calmamente. — Estou sozinha agora.

— Mamãe.

— Quieta. Ouça. Se você não acordar, vai ficar sozinha também. Sua vida vai ter passado sem deixar nada para você. E ninguém vai lhe entender. Você vai sentir muita raiva e querer fazer muito mais do que atirar um prato pela janela.

Rhoda deu um passo para trás.

— Que porra é essa, mamãe?

— É tudo que tenho para oferecer a você. A verdade.

— Está é me assustando.

— Talvez você esteja começando a entender.

Tudo estava contra Gary agora. Irene, o clima, o tempo. O velho duende do sexo feminino trouxera seu arco, dizendo que queria caçar. As pontas das flechas eram afiadas como navalhas; o arco era estranho, com polias; um poder de fogo assustador; e ela parecia encontrar-se num estado de espírito suficientemente sombrio, para usá-lo contra ele.

O vento estava outra vez frio, aumentando. Mais um sistema de baixa pressão, mal houvera uma pausa desde o último. Gary tinha esperanças de que o tempo esquentasse um pouco, após a tormenta prematura. Uma espécie de veranico. Aquele clima, porém, começava a dar indicações de que o outono seria curto. Outro dia de temperaturas negativas. Nenhuma alma à vista em qualquer parte daquele vasto lago. O barco ia carregado de comida enlatada, a água batendo quase na amurada. Parecia uma barcaça dirigindo-se vagarosamente para um horizonte branco, como se o céu estivesse baixando.

Tudo que os sustentava era uma cavidade na água, seu peso em teoria, uma depressão na superfície. Se o barco baixasse mais um pouco, a água correria para preencher o vácuo, e eles iriam direto para o fundo. Gary podia sentir o peso da embarcação, seu desejo de afundar. O mundo inanimado cheio de intenções, e ele muito consciente de como sua vida era frágil. Aguardar, esperar atravessar em segurança, era tudo que podia fazer.

— Eu devia ter posto um pouco menos de carga — gritou para Irene. — Estamos muito pesados.

Ela virou-se a fim de encará-lo um instante, uma presença tão hostil, e voltou a olhar para a frente depois.

Um percurso lento, tão vagaroso que a vontade de Gary parecia ser o único combustível que os movia, mas finalmente chegou a hora de apontar o barco em direção à costa da ilha. Ele aproximou-se devagar, mirou com cuidado, mas estavam muito pesados. Bateram nas pedras a 5 metros de distância e pararam.

— Não é fundo — disse Irene. — Vou saltar aqui.

Pulou a amurada e ficou com água nas coxas. Não estava usando botas impermeáveis. Pegou uma embalagem grande de *chili*, pesada, e deu um passo em direção à praia, escorregando e afundando. Largou as latas, voltou à tona com água até os ombros, balançando os braços. Aprumou-se, encharcada, e não disse nada. Apenas tirou outra embalagem de latas do barco, deu de novo um passo à frente e, dessa vez, alcançou a terra. Estava completamente ensopada e, provavelmente, congelando.

Gary não sabia o que dizer. Não conseguia pensar em nada inofensivo. Ligou o motor e tentou aproximar-se um pouco mais da ilha, mas encalhou. Desistiu, então, e passou sacolas e embalagens para a proa, entregando outra coisa qualquer a Irene, que havia retornado.

— Voltaremos depois de descarregar — disse ele — para você tomar um banho quente e pegar uma roupa confortável.

Ela parecia muito envelhecida, a parte de baixo do cabelo e o rosto molhados. Pegou a embalagem de plástico contendo as sopas e voltou.

Gary passou as pernas pela amurada e entrou na água, sentindo um choque de frio. Pegou uma embalagem e pisou com cuidado nas pedras escorregadias, abaixo, seguindo rumo à praia, quebrando finas camadas de gelo.

— Se você quiser, pode carregar as coisas até a barraca e eu faço as viagens até o barco — falou ele.

Irene parou um instante.

— Está bem.

Ele ia provavelmente fazer umas cinquenta viagens sobre as pedras lisas. Não ter atracadouro nem uma praia melhor foi algo que não considerou devidamente quando comprou aquele lugar. Mais um exemplo de sua falta de planejamento. Eles, porém, não precisariam fazer aquilo com frequência. Mais uma carga duraria ate o gelo endurecer; depois, compraria algum veículo usado para neve e traria tudo nele. Um tipo de trenó de carga. Aquele lugar todo ficaria transformado. Uma planície branca a céu aberto, sem barcos, e não iria demorar.

Gary podia-se imaginar caminhando pelo gelo; a ilha não mais uma ilha. O ar imóvel, nenhum som. Paz.

Irene demorava a voltar porque trocava de roupa, ele tinha certeza, e era uma boa ideia. Poderia poupá-los de outra viagem até a costa. Gary carregou mais embalagens de enlatados. As pernas estavam dormentes, os pés já não sentiam muito as pedras.

Irene reapareceu vestindo roupas secas.

— Está se sentindo melhor? — perguntou Gary, mas não recebeu resposta.

Irene pegou uma embalagem de feijões cozidos e caminhou com cuidado em meio à relva e aos amieiros. A neve começou a cair mais pesada, o mundo desaparecendo então. Nada de montanhas, e o lago estava encurtando de tamanho Aproximando-se, deixando apenas eles dois e seu trabalho.

Ida e volta, mourejando pela água; as pernas de Gary não passavam agora de tocos. Ele tirou todos os enlatados e os tubos de massa para calafetagem, as coisas que pesavam mais. Entrou no barco e conseguiu levá-lo até a praia.

— A águia pousou — disse ele a Irene, reproduzindo a citação de Neil Armstrong e tentando animar um pouco as coisas, mas ela permaneceu imune. Pegou outra embalagem e afastou-se.

Gary terminou de descarregar e começou a ajudar a levar as coisas até a barraca. Irene soltava-as ao acaso, em qualquer lugar.

— Que tal se a gente planejar um pouco? — perguntou ele. — Precisamos organizar isso.

Mas ela não respondeu novamente.

— Muito bem — continuou, olhando em volta.

Não havia espaço nas barracas, e precisavam da cabana livre, para construir. Assim, Gary começou a empilhar as coisas contra a parede de trás. Sopas e feijão cozido de um lado, *chili* e legumes em conserva do outro. No meio, sacolas. Se aparecesse algum urso, teriam problemas, mas parecia pouco provável ali. Havia muitos na costa, mas nunca soubera de nenhum naquela ilha.

Quando terminou, Irene estava sentada sobre uma tora.

— Isso é tudo? — perguntou ele.

— É.

— Devíamos tentar colocar umas duas vigas — falou ele, olhando em volta, mas viu que a luz estava acabando, o mundo ficando de um azul-escuro.

Parecia inverno. Podia ver seu hálito no ar.

— Ou talvez seja um pouco tarde para isso.

— Vou esquentar um pouco de sopa — disse Irene.

— Obrigado — respondeu ele, andando em direção à praia, a fim de pescar a embalagem de *chili* que ela tinha deixado cair.

Entrou na água, agora mais fria, cinza-azulada e opaca, com ondas de 30 centímetros de altura. Não conseguia ver nem os próprios pés, mas tinha trazido a pá. Começou a cutucar o fundo, sentindo sua ponta contra as pedras. Um novo tipo de pescador, quase um explorador, sondando as profundezas a fim de encontrar o que não estivesse enterrado. E se fosse mais fundo? Seguiria aquele declive rochoso até uns 150 metros, aquele vale raso, onde cavaria no sedimento, fazendo grandes pilhas, como de areia. Quem sabe o que poderia estar enterrado ali.

Chamavam-no de o Homem do Lago porque encontrava tudo que já fora esquecido. Uma infância ao longo de um sapato velho, um motor enferrujado, repleto com os pensamentos de alguém sobre uma tarde de verão. Encontraria tudo que já esteve ali.

— Existe alguma coisa com relação à água — disse ele, em voz alta. — O que será?

Gary passou a pá pelo fundo, como se fosse um ancinho, um fazendeiro limpando o solo, sentindo a superfície plana, procurando por uma forma retangular mais macia que a pedra. Penetrou mais no lago e buscou outra fileira de rochas, movendo-se de lado, vasculhando a área, e finalmente encontrou.

— Eureca! O Homem do Lago recupera tudo.

Arrastou a pá com força, enfiando-a nas brechas, até conseguir alcançar a embalagem e pegá-la. Levou-a depois a Irene.

— Consegui encontrar a embalagem de *chili* — disse.

Irene sequer levantou a cabeça. Ajoelhada diante do fogão, contemplava uma panela de sopa.

A luz da chama iluminava-lhe o rosto, já que estava quase escuro.

— Que porra é essa? Você vai voltar a falar comigo ou não?

— Você não ia gostar de ouvir o que eu tenho a dizer.

— Que bom — falou Gary. — Provavelmente você está certa. Já ouvi você falar muita besteira.

Ele entrou na barraca de ferramentas e materiais e abriu um espaço.

Ajoelhou-se na entrada e fez uma pilha alta de um lado. Foi depois até a barraca de dormir para pegar o saco e o travesseiro.

— Vou dormir na outra barraca — anunciou.

Irene continuava como uma monja diante da sopa. Como se aquela comida fosse feita de sinais.

Gary tirou as botas, a calça e as meias molhadas, colocando outras, secas. Conseguiu sentir o pé formigar de volta à vida.

— Vou tomar minha sopa agora. Aposto que já está quente.

Irene derramou metade da panela em uma vasilha grande de plástico, e Gary pegou uma colher, caminhando depois para a beira da água. Encontrou uma pedra de bom tamanho e sentou-se, contemplando a escuridão cair sobre o lago. Não nevava mais. A distância, na margem oposta, não se percebia mais uma divisão clara entre água e céu. O barco balançava sobre as ondas, sendo ocasionalmente arranhado por uma pedra submersa.

Queria viver ali, passar o inverno, experimentar aquilo. Agora, no entanto, podia ver que seria apenas um inverno. Na primavera, iria embora, deixaria Irene. Não sabia para onde ir nem o que fazer, mas sentia que era hora de partir. Essa vida havia acabado.

Irene estava deitada sozinha em sua barraca. Era uma noite mais silenciosa que o normal, não havia vento. Tentava imaginar como seria no inverno. Não devia ser muito difícil, após viver na beira do lago por tantos anos. Enquanto caminhava em sua direção, ia encontrando falhas geológicas na neve. Uma leve camada de poeira; bordas sobressalentes, onde o gelo havia quebrado. Nenhuma outra passada, nenhum rastro de qualquer espécie. Irene era a única pessoa em uma vasta extensão branca.

Começo de inverno, temperatura de 26 graus negativos. Montanhas, lago e geleira estariam brancos. Apenas o céu teria cor nova, um raro azul, um raro sol de inverno, que estaria acima dos picos, movendo-se de lado, incapaz de subir mais alto.

Irene carregaria seu arco, o único som seria o de seus passos. O mundo pré-histórico. Vento arrastando neve, feito areia, pequenas dunas e depressões. A água bem perto, embaixo.

Ela não se imaginava vestida de forma apropriada para o frio, por alguma razão. Usando o que vestiria dentro da cabana, já estava pronta: suéter azul, uma blusa fina felpuda, calças de lã, bota, gorro de tricô, branco e cinza. Sem luvas. A mão que segurava o arco estava fria. Ela caminhava em direção à geleira, às montanhas, para longe da ilha, devagar. Depois, parava e olhava em volta.

O único som vinha de seus passos. Nada de vento, de água movendo-se, de pássaro ou de outro humano. Um mundo brilhante. O som de seu coração, da própria respiração, do sangue nas têmporas, era tudo que ouvia agora. Se pudesse fazê-los parar, ouviria o mundo.

A água abaixo dela movia-se, e aquilo devia ter um som. Uma corrente escura sob o gelo, sem superfície para quebrar, mas mesmo isso tinha que emitir algum som. Água profunda, correntes, camadas, e quando uma se movesse sobre outra, algo escutaria aquilo, água agitando-se contra água. Ao longo do tempo, a mudança nessas correntes, os câmbios; o lago nunca era o mesmo de um momento ao outro. Tudo isso ficaria provavelmente registrado, de alguma forma.

Irene podia imaginar-se continuando a andar sobre a fina crosta, carregando o arco na mão esquerda e deixando a outra aquecida, no bolso. Prosseguindo ao longo de ligeiras dunas de neve, parando em uma área de flocos grandes. Do tamanho de unhas, cada um deles, as ramificações visíveis, formando ângulos finíssimos. Pareciam ornamentais, artificiais, muito grandes e únicos para serem reais. Ela agachava-se para olhar mais de perto, tocava um floco e limpava depois a mão na superfície, que revelava o negror do lago, a cor do gelo sobre os precipícios. Um vácuo de luz. Não havia como enxergar através; a superfície clara, mas tão escura, a ponto de ser essencialmente opaca.

O frio iria pressioná-la. Não estaria vestida nem preparada para aquilo. Pernas e costas frias. Logo, estaria tremendo. O sol tão brilhante, mas sem nenhum calor.

— Gary — dizia ela, e parava.

Aquele lago enorme, tão plano, só as pequenas rajadas de neve. Olhava para as margens distantes, virava-se devagar fazendo um círculo, tentava ver tudo de uma vez, a imensidão daquilo.

Andaria assim em direção à margem mais próxima, querendo ir até as árvores. As distâncias enganadoras, alongando-se. Na beira do lago, rupturas e monumentos de gelo, os picos cobertos de neve, montanhas de outra escala. Atravessaria uma cordilheira, como um gigante, gelo liso sob as botas e depois pedras, grandes seixos, a praia. Meteria-se rápido entre as árvores, lar dos pássaros de inverno: do enfeitado tetraz-das-pradarias, do lagópode-escocês e lagópode-de-cauda-branca. Já tinha visto pequenos bandos de tentilhões alimentando-se em temperaturas mais frias que aquela.

Nenhuma trilha ali. Caminhava sobre gravetos secos, abria caminho em meio a agrupamentos de amieiros desfolhados, grossos, alimento para os lagópodes. Passava por troncos de bétula, brancos e altos, pela pícea de Sitka, alta e fina, com galhos inclinados, formando estranhos ângulos.

Irene procurava por sinais de vida, mas não via nem ouvia nada. Seus pés estalavam. A floresta não escondia nada, era aberta ao céu, muito desfolhada e mirrada para encobrir. Charcos e baixadas, trechos planos e depressões. Abrindo outra vez caminho em meio à vegetação mais densa, até alcançar arbustos espinhosos, surgindo da floresta, chegando-lhe aos ombros. Ela gritava, a mão esquerda perfurada por espinhos. Taquara trançada, com sua cabeça nodosa, cheia de farpas. Percebia então que havia muito mais delas. Uma moita impenetrável. Tinha de retroceder, contornar o charco e encontrar de novo um terreno mais alto.

Encontraria um ajuntamento de bétulas brancas, mais fácil de transpor, com espaço maior entre os troncos, e avançaria bastante, pisando sobre a neve não muito profunda. Por fim, uma elevação, o flanco da montanha, e ela carregando o arco nas costas. O ar frio pesava-lhe nos pulmões. Quando alcançasse o alto de um pequeno morro, poderia ver a montanha acima, branca, sobre o alinhamento das árvores, enrugada e velha. Subiria até chegar ao topo. Muitos quilômetros, e nunca fizera aquilo no inverno, mas não parecia difícil agora. Era quase como se pudesse ser carregada para cima, flutuando sobre o chão. Só o arco protegia suas costas, puxando-a para baixo. Abriria então a mão e o deixaria cair, mas não observaria a queda, não olharia para trás; subiria mais rápido, com uma urgência nova, agarrando-se a pequenos galhos.

Irene sentia-se tonta, atordoada. A subida era como uma espécie de transe; observava a neve à sua frente, sempre imaculada, com pequenas cavidades ao redor de cada tronco. Tudo possuía um contorno, o mundo delineado e mais suave.

Depois disso, mais nada. Perdia a visão. Não conseguia mais ver a si própria nem ao inverno. Estava de volta à barraca, sozinha, pensando que o mundo não era possível da forma como se apresentava. Monótono e vazio demais.

Virou-se de lado no saco de dormir, esperando pelo sono que nunca chegava. A noite era uma vastidão. Hora de se concentrar na própria respiração, contando as expirações e tentando escapar. Depois, virando-se de bruços, os joelhos doloridos devido à posição lateral.

De manhã cedo, o vento soprando. Ainda estava escuro lá fora. Irene, deitada de costas, já não tentava mais dormir. Deixava apenas a dor pulsar na cabeça. Movia-se com ela, sentindo lágrimas brotando nos olhos, mas sem ligação com sentimento algum. Uma sensação geral de tristeza, ou desânimo; um vazio, mas não o que se poderia chamar de emoção. Estava cansada demais para isso. Aguardando a claridade e que o dia começasse para ao menos levantar-se e ir em busca de alguma atividade. Algo para passar o tempo.

Fechou de novo os olhos. Quando os abriu, horas mais tarde, sem ter conseguido dormir, o náilon azul da barraca começava a tornar-se visível, e aquilo era o início do dia. Mais meia hora de espera e já estava claro o bastante para levantar-se e vestir-se.

Ao sair da barraca, encontrou um dia frio e fechado. Caminhou até a cabana e olhou para o espaço aberto da janela da frente, tremendo por causa do vento. Precisava começar a trabalhar para se esquentar.

Dirigiu-se então até a barraca de Gary.

— Vamos levantando — chamou ela. — Está na hora de trabalhar. Estou com frio. Preciso começar logo.

— Está bem — respondeu ele, por fim.

Invejava-lhe o sono. Poder acordar em um dia novo, separado do anterior. Para Irene, a vida estava tornando-se um dia único e longo. Perguntava-se por quanto tempo ainda sobreviveria. A certa altura, quando não se dorme, é possível morrer? Ou ficar deitado por horas, descansando de olho fechado, conta de alguma forma como uma espécie de sono, algo que se possa fazer durante anos e anos?

Gary saiu da barraca com a bota desamarrada, o casaco aberto, a cabeça descoberta. Já quase toda grisalha. Afastou-se alguns metros e urinou, de costas para ela. O que a fez lembrar-se do banheiro. Eles ainda tinham aquilo para construir. Já bastava terem ficado agachados atrás de moitas na neve.

Gary sacudiu, fechou a braguilha, deu meia-volta, amarrou as botas e foi pegar o chapéu na barraca.

— Que frio — comentou. — O vento está aumentando.

— Pois é, tenho que serrar a ponta das vigas. Preciso trabalhar para me aquecer.

— Certo — concordou ele. — E o café?

— Podemos tomar mais tarde.

— Está bem.

Os dois caminharam até a pilha de madeiras, trouxeram uma para dentro da cabana, pela porta dos fundos, e subiram nos banquinhos. Gary segurou a viga acima da cabeça, ao longo da parede traseira, mais alta, e marcou com o lápis a linha de corte.

Depois, Irene serrou, começando a sentir a parte superior do corpo esquentar. Sob outras circunstâncias, poderia até apreciar a construção de uma cabana. Era uma boa distração, dava um sentimento de realização. A peça ficou pronta, e eles foram testar o ajuste.

— Muito bom — elogiou Gary. — Ótimo. Podemos cortar as outras do mesmo tamanho.

Irene tentava apenas trabalhar e não pensar em mais nada. O som do serrote cortando a madeira, a forma como esta prendia a ferramenta, agarrando-a, entre paradas e os recomeços. Ela pensava de novo no inverno, admirando-se do que tinha visto. Significaria alguma coisa? Dizendo o nome dele, de pé sobre o gelo, olhando em volta. Ou removendo a neve, vendo o negror do lago, ou entrando na moita de espinhos, vendo-os. Não fora um sonho, mas uma visão, acordada, e mesmo assim sentira a picada das farpas, vira as taquaras trançadas ao seu redor. Carregando o arco. Teria estado caçando? Como alguém podia não saber sobre as próprias visões e fantasias?

Gary dizia algo. Irene tentava voltar, concentrar-se.

— O quê? — perguntou.

— Falei que não vamos conseguir encaixar os dois lados. Ou talvez possamos... Deixe-me pensar.

Irene parou de cerrar. Aguardou. Olhou para a serragem sobre a neve. Seus pés estavam frios sobre o chão, os joelhos também. Pôs-se de cócoras, mas a posição não proporcionava firmeza para serrar. Então, ajoelhou-se outra vez.

— Não estou conseguindo pensar direito — disse Gary. — Preciso comer alguma coisa. Devíamos ter tomado o café antes de começar.

Irene era a culpada por ele não estar conseguindo trabalhar. Nenhuma novidade. Ela foi até o fogão Coleman e pôs a chaleira para esquentar. Água quente para o mingau de aveia, um chocolate ou chá. Nenhum dos dois tomava café. De muitas formas, seu estranho estilo de vida fora bom. Nada de TV, internet ou telefone. Apenas o lago, a floresta, a casa, as crianças, ir até a cidade para trabalhar e fazer compras. Não fora uma vida ruim à primeira vista. Havia algo de básico nela, que poderia ter sido autêntico se não fosse apenas uma distração para Gary, uma espécie de mentira. Se ele tivesse sido verdadeiro, suas vidas poderiam ter sido também.

Gary estava em sua barraca, descansando ou esquentando-se, enquanto Irene esperava a água ferver. Ela perguntava a si mesma se podia ser mais suave e perdoá-lo por tudo; deixar passar. Aceitar o que fora sua vida. Alguma coisa que reconfortasse. Em última análise, as pessoas sentiam o que sentiam. Não tinham escolha. Era impossível reinventar-se desde o começo. Não havia como recompor a vida de outro jeito.

A água ferveu por fim, e Gary apareceu para tomar o mingau de aveia e o chocolate quente. Sentou-se na porta, onde só havia espaço para um. Assim, Irene tomou seu mingau ajoelhada diante do fogão, pensando que não haveria como recompor a vida de uma forma diferente. Esse era o problema. A sabedoria chega muito tarde, quando já não se tem mais utilidade para ela. As escolhas já haviam sido feitas.

— Já sei — disse Gary. — Só precisava de um pouco de comida no estômago. Vamos fazer um ângulo numa das extremidades das peças, colocar no lugar e depois marcar o local do encaixe.

— Parece uma boa ideia — concordou Irene.

Não estivera escutando e não dava a mínima. Começou a serrar de novo; o ombro ameaçava a doer.

Gary parou para descansar, fazendo planos enquanto ela trabalhava, ou talvez sonhasse acordada apenas. Irene parou de serrar.

— Você pode terminar essas — disse, caminhando até a barraca para se deitar um pouco, a cabeça girava.

A dor nunca estivera tão forte, como se alguém serrasse seu crânio, mas já não se importava muito com isso. Aquilo era assim mesmo. A dor havia se tornado como a respiração. Não havia nada de especial em respirar, mas as pessoas o faziam mesmo assim.

Podia ouvir Gary movendo-se mais rápido, e o serrote prendendo com mais frequência. Impaciente. Querendo instalar o telhado. Irene, entretanto, já percebera que a cabana jamais seria tão confortável quanto a barraca, então não tinha tanta pressa.

— Certo, Irene — chamou ele. — Já estou pronto para tirar as medidas.

A princípio, ela não se mexeu. Parecia tão difícil levantar-se.

— Vamos — incentivou Gary. — Podemos instalar essas vigas todas hoje, talvez até colocar o telhado.

— Está bem — falou Irene, arrastando-se para fora do saco, calçando as botas e saindo.

Um dia de trabalho perfeito. Frio e cinzento, mas sem chuva e com pouco vento. Caminhou até a pilha de madeiras e olhou para o marido. O rosto de um estranho. Nenhuma simpatia.

— Eu entro primeiro — disse ele. — Você fica na parede de trás.

— Está bem — respondeu ela, seguindo-o enquanto segurava sua extremidade da viga.

Depois, subiu no banco e levantou-a.

— Veja se você está no mesmo nível do topo — recomendou ele.

— Está tudo certo. Pode marcar.

— É o que estou fazendo.

Ajustaram a viga e Gary prendeu-a, com marteladas fortes e ruidosas.

— Droga. Não sei como fazer isso.

Irene viu um prego torto na base e outro, inclinado para um lado.

— Talvez você precise colocar uma braçadeira — falou.

— É. Estou vendo. Mas não tenho nenhuma braçadeira e infelizmente não tem nenhuma loja por aqui. Merda.

Ela continuou a segurar sua extremidade enquanto Gary martelava quatro pregos tortos.

Manhã e tarde longas, dedicadas às vigas; ele ficando outra vez frustrado e furioso. Não usava mais o chapéu, o casaco encontrava-se aberto, por causa do esforço; o cabelo em tufos que caíam formando ângulos estranhos, ao capricho do vento. Acertou uma martelada no polegar e, em seguida, partiu uma das extremidades, jogando o martelo ao chão. Passou o dia em meio a pequenos ataques de cólera e mandou Irene segurar firme aquela maldita extremidade perto dela.

Por fim, as vigas estavam no lugar, inclinando-se da parede de trás para a da frente. Gary, de pé sobre um banco, no meio da plataforma, pendurou-se em uma para testar sua resistência.

— Está firme — constatou. — Vamos pôr o telhado antes de escurecer.

Irene não dizia uma palavra fazia horas. Eles pegaram uma lâmina de alumínio e a encostaram contra a frente da cabana. Trouxeram os banquinhos para fora e colocaram o laminado no lugar.

— A cabana não tem muito comprimento — comentou Gary. — Por isso que escolhi as lâminas menores. Mesmo assim ainda vai ficar uma sobra, para não deixar a chuva se infiltrar pelas paredes.

Irene fez como ele mandava, segurou o laminado enquanto Gary entrava para prender.

— Vou ter que vedar os buracos de prego — falou ele.

Irene soube então que estes gotejariam em cima deles o inverno todo, provavelmente. Nada de cama, apenas os sacos de dormir molhados sob as goteiras. Ou talvez tivessem que dormir embaixo de um plástico, as bordas do compensado molhadas e enlameadas, o travesseiro no chão. Ela sabia que era o que tinha de esperar.

— Vamos pegar outra lâmina — disse Gary.

Fim de tarde, apenas uma hora ou duas a mais de luz, correndo contra o tempo agora. Nada de almoço. O dia todo só com o mingau de aveia do café da manhã. Irene sentia-se tonta e fraca, como se estivesse à deriva em terra, flutuando um pouco abaixo do nível das árvores. Segurou outra lâmina no lugar, enquanto ele martelava; depois mais outra, o alumínio frio. Usava apenas luvas finas de trabalho, feitas de lona. A temperatura caindo, alguns graus negativos. Tremia dos pés à cabeça.

Quando levantaram a última lâmina, Gary começou a ficar excitado, com o término à vista. Ela segurou a camada de alumínio enquanto ele entrava para colocar os pregos. A cabeça emergindo entre as vigas, um braço para fora, a fim de poder martelar de cima.

— Só falta a parte de trás agora — falou ele. — Vamos ter um teto sobre nossas cabeças esta noite.

— Está escurecendo — observou ela.

— A gente termina à luz de lanternas.

Irene trouxe então as lanternas de sua barraca.

— Devíamos ter lanternas de cabeça — disse Gary. — Você devia ter comprado. Essas lanternas são uma porcaria. Vamos ter sorte se elas durarem.

Irene, a culpada novamente. Se não conseguissem colocar o telhado naquela noite, seria sua culpa.

Ela trouxe o banco até a parede de trás e tentou firmar as pernas com segurança, o suficiente para não balançar. Subiu e Gary passou-lhe uma lâmina. As menores eram muito mais leves, mas ainda assim difíceis de levantar acima da cabeça. Sentia-se cansada, faminta, gelada, e sua cabeça doía. Puxou o laminado para cima, mas não era alto o bastante para deixá-lo cair sobre o telhado. Conseguia apenas apontá-lo para o céu.

— Porra — reclamou Gary. — Solte isso, então.

Ela deixou a lâmina cair em cima de uma moita de amieiro.

— Vou ter que fazer eu mesmo. Leve o seu banco lá para frente.

Irene foi para a frente e ajudou a levantar o laminado até o telhado; depois, ficou segurando enquanto ele entrava. Viu outra vez sua cabeça despontar entre as vigas. Ele pegou a lâmina e deslizou-a para cima.

— Merda de lanterna! — esbravejou. — Precisamos de luzes de cabeça. Não dá para eu segurar a lâmina, o prego, o martelo e a lanterna. Não tenho quatro mãos.

— Eu seguro a lanterna aqui — ofereceu-se Irene — E se você me arranjar um pedaço de pau ou um galho, posso escorar a lâmina para que não deslize.

— Boa! — exclamou Gary. — Mas depressa. Não aguento mais segurar essa merda.

Irene olhou para a pilha de madeiras, em busca de um pedaço apropriado, mas não via nada. Começou a entrar em pânico. Gary esperando.

— Pegue o gancho do barco — gritou ele. — Vá até lá. Não dá para segurar essa porra mais tempo.

Ela caminhou o mais rápido que pôde, correndo quando era possível, o facho da lanterna pulando de grama para neve. O barco balançava sobre as ondas e arranhava as pedras. Ela subiu pela proa, a luz da lanterna fazendo brilhar o alumínio. Pegou o gancho e correu de volta à cabana.

— Pronto — disse ela, usando o gancho a fim de empurrar a parte de baixo do laminado.

A outra mão segurava a lanterna; tinha medo de que caísse, de pé sobre o banquinho.

— Certo — falou Gary, ajustando um pouco a lâmina. — Agora segure e aponte a luz para cá.

Ele prendeu o laminado nas vigas e depois pediu outro.

— Preciso de ajuda para levantar até o telhado — disse Irene.

— Tudo bem — falou Gary, dando a volta e empurrando a lâmina de alumínio para cima. — Agora segure.

Voltou para o interior da cabana e começou a martelar. Prenderam mais duas lâminas. Já estava completamente escuro. O facho da lanterna fazia o alumínio brilhar, transformando o telhado em uma espécie de refletor. Parecia que estavam construindo uma nave espacial, pensava Irene, algo que decolasse naquela noite, levando-os para longe desse mundo. Que coisa mais estranha eles estavam fazendo ali. Um homem e sua escrava, construindo a máquina dele.

Gary colocou a última peça no lugar, entrou e depois não pareceu ter muita certeza do que fazer.

— Essa fecha o buraco — constatou. — Não vou conseguir pôr a mão de fora para martelar. Não devia ter fechado os lados. Segure aqui e espere um instante.

Gary levou o banco para fora da parede traseira e, depois, da lateral.

—- Porra! Não é alto o suficiente. O chão é muito baixo.

Culpa do chão, pensou Irene. Se tivessem um chão melhor, ajudaria a levantar Gary um pouco. Ela segurava o gancho do barco e a lanterna, tentando manter o equilíbrio sobre o banquinho. Esse era seu papel no circo.

Gary soltou um pequeno grunhido de frustração. A vida inteira sem planejar nada. Apenas atirando-se de um obstáculo a outro, culpando o mundo e Irene.

— Merda! — continuou a xingar. — Vou ter que subir na porra do telhado. Não tem outro jeito.

Irene nada disse. Apenas fazia sua tarefa.

Gary colocou o banco ao lado dela e soltou outro pequeno grito de frustração.

— Nada para se segurar — falou, levando de novo o banco para dentro. — Preciso de um pouco de espaço. Troque a lâmina de lugar.

Irene deixou-a escorregar para o seu lado.

— Mais — disse ele.

Ela deixou deslizar mais um pouco. Viu depois as mãos dele na viga, erguendo o corpo e pondo uma perna sobre o telhado. Gemendo, esticando-a, apoiando-se no calcanhar para tentar alavancar-se. Por fim, passou de lado e conseguiu.

— Preciso do martelo — falou ele. — Está aí dentro.

— E o laminado?

— Eu seguro. Vá pegar o martelo.

Irene desceu do banco, deu a volta rapidamente e retornou à sua posição. Gary pôs a lâmina no lugar; ela escorou-a com o gancho e ele começou a martelar.

— Certo. Já temos um telhado— disse, olhando em volta depois. — Como é que vou descer?

— Vou sair do caminho — falou Irene, descendo do banco.

— Não tenho onde me apoiar — disse ele. — Mas por causa da inclinação, fica mais fácil me dependurar no lado de trás. Dê a volta com a lanterna. Temos que encontrar um lugar seguro para eu pular.

Irene deu a volta depressa, direcionando o facho de luz ao longo de toda a parede traseira. Empurrou para o lado uma pilha de sacos de lixo, contendo os restos da comida deles, e encontrou um lugar cheio de musgo, que dava a impressão de ser macio.

— Aqui parece bom — falou ela. — Um monte de musgo.

— Certo, fique com a luz aí — disse ele, pendurando-se na parte de trás e pulando alguns metros, com facilidade.

— Vamos instalar a janela — anunciou Gary —, para o vento não entrar. Vamos esquecer a porta de trás por enquanto.

— Vamos passar a noite aí dentro?

— Claro, por quê?

— Com essas fendas todas? O vento e a neve vão entrar, você não acha?

— Não é perfeito.
— Por que não usar as barracas mais uma noite?
— Por que você é assim?
— Assim como?
— Tire essa luz da minha cara — ordenou ele, dando um tapa na lanterna. — E não finja que não sabe o que está fazendo.
— Estou ajudando você — retrucou Irene. — O dia todo, até agora à noite.
— Você ajuda, mas também diz o que pensa de mim, dia sim dia não, como destruí sua vida afastei você de todo mundo. Então acho que está na hora de eu dizer o que penso de você.
— Já chega, Gary. Não faça isso.
— Sim. Vou fazer com você exatamente o que faz comigo.
— Gary, estou me esforçando. Construindo a sua cabana no escuro. Não comi mais nada depois daquele mingau de aveia, de manhã.
— Minha cabana — falou Gary. — Viu só? É isso que digo. Nossa vida toda, culpa minha. Nenhuma escolha sua. Não é sua culpa se você não tem amigos. Você é uma excluída social. É por isso que não tem nenhum amigo.
— Pare, Gary. Por favor.
— Não. Eu estou gostando disso. Agora vou até o final.
Irene começou a chorar. Não queria, mas não conseguiu evitar.
— Pode se afogar nas suas lágrimas — continuou ele. — Se não fosse por você, eu teria ido embora desse lugar. Podia até ter me tornado professor finalmente. Mas você queria filhos, e depois tive que sustentar esses filhos, e construir mais quartos na casa. Fiquei preso em uma vida

que não era realmente a minha. Construindo barcos e pescando. Eu estava trabalhando em uma dissertação. Uma *dissertação*. Era o que eu devia estar fazendo.

A injustiça era demais para Irene. Não conseguia falar. Ajoelhou-se no chão e chorou.

— A infelicidade adora companhia — continuou ele — E tudo que você sempre quis foi me puxar para baixo. Você é uma bruxa velha e má. Você não fala, mas está sempre pensando, criticando. "Gary não sabe o que está fazendo. Não planejou nada, não pensou adiante." Sempre criticando tudo. Sua bruxa velha e má.

— Você é um monstro — disse ela.

— Está vendo? Eu sou um monstro. Eu sou a porra do monstro.

O telefone via satélite chegou de tarde, trazido pela UPS. Um estojo amarelo, da Pelican, à prova d'água, com o aparelho dentro, envolto em espuma. Fios para corrente alternada e corrente contínua, um pacote de adaptadores para qualquer lugar no mundo. O tipo de coisa que só Jim tinha como financiar. Um dia tranquilo no trabalho. Então, Rhoda sentou-se, leu as instruções e pôs o telefone na tomada para carregar. Já tinha comprado duas baterias de carro de golfe, a fim de que a mãe pudesse recarregar o telefone usando-as.

Às cinco da tarde, pegou suas coisas e foi para casa. Naquele dia, tinha chegado também, do resort em Kauai, uma grande quantidade de material com instruções para organização do casamento; e Rhoda não via a hora de abrir. Ela e Jim iriam se sentar no sofá e examinar tudo.

Entretanto, quando chegou, Jim já estava exercitando-se, correndo na esteira.

— E aí! — disse ele, resfolegante.

Expressava-se agora de modo diferente, todo moderninho, usando gírias como "e aí!" e "demorou!". Ela não sabia o que estava acontecendo. Jim tinha uma recepcionista nova, e ela falava assim, talvez fosse o contato.

Rhoda pôs o estojo da Pelican no bar, junto com o pacote de programação do resort. As sessões de exercício de Jim estavam tornando-se cada vez mais longas. Duravam no mínimo uma hora e meia, todos os dias, e então ele ia tomar banho. Depois, jantar e deitar cedo. Eles estavam ali, juntos no mesmo aposento, mas Jim não gostava de falar enquanto se exercitava e, de qualquer forma, tinha nos ouvidos o fone do iPod.

Rhoda abriu a geladeira, perguntando-se com que porcentagem de Jim estava casando-se. Dez por cento da atenção, uma quantidade um pouco maior de afeto, noventa por cento de suas necessidades diárias e afazeres, algum percentual do corpo e muito pouco de sua história. Queria saber pelo que iria assinar. Metade do dinheiro dele. Não gostava de pensar daquela forma. Estavam supostamente juntando as vidas. Deveriam estar sentados no sofá, olhando o pôr do sol e os folhetos de casamento.

Salmão, halibute, caribu, frango. Não tinha vontade de comer nada daquilo e nem de cozinhar. Fechou a geladeira e dirigiu-se até Jim. Esperou ele retirar os fones de ouvido. Estava horroroso, suado e cheio de placas vermelhas.

— Vou pedir uma pizza — disse ela. — Não estou com vontade de cozinhar.

Ele estava ofegante.

— Não sei se quero pizza — falou ele. — Todo aquele queijo. Não é bom para o pneu.

Ele havia começado a chamar a barriga de "pneu" e estava fazendo dieta. Nada de álcool, sobremesa e laticínios.

— Estou com vontade de comer pizza — frisou ela.

— Que tal uma saladona? Você prepara um para nós, meu bem?

— Para de me chamar de "meu bem". O que deu em você? Quem é você?

— Rhoda, qual é o problema? Talvez você deva se exercitar mais também. Todo dia. Vai se sentir melhor.

Ela olhou para o estômago. Ainda era magra. Corria três vezes por semana, e estava de bom tamanho. Será que correr não contava como exercício?

— Estou muito bem — retrucou. — Não preciso me exercitar mais.

— Não estou falando do seu peso. Só estou dizendo que você poderia se sentir melhor.

— Essa conversa é uma idiotice — disse ela. — Não quero continuar. Quero falar de outras coisas. O telefone por satélite chegou. Tenho que entregá-lo a minha mãe. E o pacote de casamento também. Temos que ver isso hoje à noite.

— Não sei se hoje à noite vai dar, meu bem. Talvez no fim de semana. Vamos ter mais tempo.

Rhoda sentiu tanta raiva de repente que não sabia o que falar. Não queria dizer nada de ruim. Aquele momento era para ser de felicidade, planejando o casamento e a lua de mel. Balançou então a cabeça e saiu, de volta à geladeira. Tinha um pouco de alface e tomate, um abacate ainda verde e salmão defumado, obviamente, que podia acrescentar. Pinhões. O suficiente para uma salada. Um restinho de pepino. Muito bem, então, comeriam salada. Não era preciso ter pressa. Ele ainda levaria uma hora e meia no mínimo.

Rhoda foi para o quarto, abriu a torneira e tirou a roupa. Deitou-se nua na cama, esperando a banheira encher. Sentia um pouco de frio, mas nada demais. Olhou para o teto. Nada estava saindo como tinha planejado, e sequer conseguia pensar naquilo, porque estava preocupada com a mãe o tempo todo. Com ela dizendo que queria fazer algo pior que jogar um prato pela janela. Estava falando sério. Rhoda tinha certeza. Queria destruir. E como isso havia acontecido?

Suspirou e foi sentar-se na banheira, mesmo não estando ainda cheia. Acrescentou espuma de banho, e ficou como um dos cachorros no trabalho, esperando ser esfregada. Colocou os braços em torno dos joelhos e apoiou a cabeça sobre eles. Tentou concentrar-se na respiração e parar de pensar, enquanto o nível da água subia.

Quando encheu, ela fechou a torneira e se recostou, cerrando os olhos. A espuma tinha um cheiro muito forte de pera e baunilha. Seu corpo alto, esbelto e leve. Pensou em um casamento na água, só para se divertir. Todos usando traje de mergulho e cinto de chumbo, no fundo do mar. A areia marrom-clara se deslocando em ondas, um arco matrimonial branco ancorado no chão. Uma parede de coral como fundo, enquanto segurava as mãos de Jim e olhava seu rosto dentro da máscara, um respirador na boca, lábios pálidos em tons de rosa. Os convidados de pé sobre a areia, assistindo, as roupas das mulheres criando enormes plumas coloridas na correnteza, bancos de coral ao longe e peixes nadando. Um peixe-papagaio, amarelo e turquesa, deslizando por entre os pés de Rhoda.

Ela sorriu. Como se os sonhos se realizassem de imediato. Sem preparações. Decidiria que era aquele o casamento que desejava e, pronto, aconteceria. Não gostava de esperar.

Rhoda cochilou e acordou assustada, sem ter certeza de onde estava. O chuveiro estava aberto; Jim havia terminado de se exercitar. A água do banho já não estava quente. Ela levantou-se e secou-se; vestiu-se e foi para a cozinha. Sentia-se mole enquanto preparava a salada; não tinha interesse na comida. Mais de uma semana sem fazer sexo, tempo muito longo para eles. Perguntou-se o que haveria de errado.

Jim apareceu quando a salada e os pratos já estavam sobre a mesa.

— Beleza — disse ele.

Mais uma expressão "moderninha".

— Panna cotta — retrucou ela.
— O quê?
— Achei que combinava com beleza.
— Hm — fez Jim, servindo-se de salada.

Levantava as pinças de inox muito alto. A cada vez que servia-se, fazia um arco no ar, como se fosse uma representação.

— Estou preocupada com mamãe — disse ela.
— É?
— Tenho que levar esse telefone para ela imediatamente.

Jim mastigava uma folha grande de alface, olhando pela janela, para o deque iluminado por refletores e não para Rhoda. Terminou de mastigar e depois bebeu metade de um copo de água. — Que sede — falou. — Por causa do exercício.

— Estou realmente preocupada com ela.

Jim espetou outra folha de alface com o garfo, mas depois parou e olhou rapidamente para Rhoda.

— Da próxima vez que eles vierem — disse ele —, você pode ir lá e levar o telefone.

— Não. Preciso falar com ela agora.

Jim enfiou a alface na boca. Olhou para o prato enquanto mastigava. Depois, bebeu o resto da água no copo.

— Pode me servir um pouco mais de água? — perguntou.

Rhoda pegou o copo e foi até a geladeira enchê-lo. Voltou para a mesa e controlou-se para não pousá-lo com força demais.

— Olhe — falou Jim. — Sei que você está preocupada, que se importa com eles. Mas tenho certeza que estão bem. E talvez seja bom você se separar um pouco mais da sua mãe, depender menos dela.

— Essa não é uma situação normal — retrucou Rhoda. — Tem alguma coisa errada com ela. Estou com medo.

— Não vai acontecer nada com eles lá — disse Jim, remexendo uma alface no prato, virando-a de um lado e depois de outro. — Cara, isso não satisfaz muito. Sinto falta das panquecas com pêssego, mas elas não são boas para os pneus.

— Acho que ela pode matá-lo.

— O quê?

Rhoda levantou-se e foi para o quarto. Deitou-se de bruços na cama e fechou os olhos, podia sentir o pulso acelerado. Estava com medo de que a mãe matasse o pai ou o ferisse de algum modo. Ou que se matasse. Rhoda não queria pensar naquilo. Queria frear os pensamentos.

Um longo tempo, longo demais, até Jim ir para o quarto. Ele sentou-se ao lado e pôs a mão em suas costas.

— Eles estão bem.

— Não, não estão — contestou ela, e sabia que era verdade.

Não fazia ideia de como sabia e não conseguia explicar aquilo a Jim. Ele não iria acreditar. Rhoda sentou-se na cama e enxugou os olhos. Jim não a abraçava. Era-lhe inútil. Nenhum consolo sequer. Por que estava com ele? Pela primeira vez, pensou em não se casar. Talvez ficasse melhor sozinha. Estavam apenas noivos.

— Preciso ligar para Mark — disse ela. — Preciso ir até lá amanhã.

— Rhoda — falou Jim.

— Você pode ficar quieto?

Estava com as mãos no rosto, de olhos fechados. Ficou esperando, e ele foi finalmente embora. Rhoda pegou o telefone e ligou para Mark.

— Uma chamada das alturas — disse Mark. — Como vai o feudo?

Rhoda sabia que precisava ser cuidadosa.

— Mark — falou ela —, sei que vai parecer absurdo e que estou pedindo demais, na verdade estou implorando. É muito importante.

— Uau! — exclamou Mark. — Mal posso esperar para ouvir. Você decidiu morar numa barraca, que nem os velhos, e quer que eu fique com a casa de Jim?

— Comprei um telefone via satélite para mamãe e preciso ir entregá-lo amanhã.

— Que legal! Você pode conseguir um para mim também? Preciso de um há, nem sei mais, talvez uns cinco anos, para o barco. Como é que você conseguiu comprar a porra do telefone via satélite? É só uma questão retórica. Sei a resposta, claro. Jim, o santo do pau oco.

— Por favor.

— Não sei — falou Mark. — Sei que mamãe está maluca e você, preocupada. Mas eles vão vir em breve para reabastecer, e está fazendo frio agora. A praia está congelando. Seria difícil sair de barco.

— Mas é gelo fino, certo? Dá para quebrar e passar.

— Dá, mas eles vão estar aqui daqui a poucos dias.

— Por favor — repetiu Rhoda.

Houve uma longa pausa. Ela estava com medo de dizer qualquer outra palavra.

— Tudo bem — disse Mark, por fim. — Não diga que nunca fiz nada por você. Só que não pode ser amanhã. Vai ter que ser no domingo.

— Obrigada — respondeu ela. — Obrigada. Mas não dá mesmo para ser amanhã? Estou realmente preocupada. Preciso falar com ela.

— Lamento. Mas é a família de Karen. Vamos nos reunir amanhã.

— Tudo bem — falou ela. — Tudo bem. Obrigada.

Rhoda sabia que aquilo era o máximo de pressão que podia fazer. Teria que esperar. Porém, não sabia como aguentaria mais dois dias. A mãe com ela, na pia da cozinha, dizendo-lhe que estava só e que Rhoda também ficaria. Contudo, o mais assustador tinha sido a calma dela Não se diziam coisas como aquelas, permanecendo calma, se não houvesse algo errado.

O batente não encaixava. Gary segurava-o contra a abertura na parede de trás. Madeira de pinho, pintada de branco, sobre a casca áspera, uma combinação incomum de materiais. Ele havia aberto uma fenda estreita, a fim de ajustá-la mais tarde, decisão tomada quando imaginava ter mais tempo, acreditando ter mais tempo. Agora seria necessário cortar quase 6 centímetros de parede da cabana.

Olhou em volta, um olhar rápido para trás, como se Irene pudesse aparecer. Ainda não a tinha visto naquele dia. Ela saíra cedo, antes de ele acordar.

Gary centrou o batente, sobrepondo-o dos dois lados. Uma porta colocada do lado de fora da parede, projetando-se 10 centímetros. E por que não? Não estava construindo aquela cabana para ninguém mais.

Gary pegou o martelo e os pregos, alinhou o batente e escorou-o com toras. Se Irene estivesse ali, poderia segurá-lo no lugar, muito mais rápido, mas ela não iria ajudar agora.

A verdade era que se sentia mal. Culpado. Queria até se desculpar e, se ela houvesse estado lá na hora em que acordou, teria tentado. Não devia tê-la chamado de bruxa velha e má. Não gostava de pensar nisso e que o tinha dito. No entanto, sabia que tinha. E duas vezes.

Gary suspirou. Sua respiração produzia vapor. Outro dia bom para trabalhar, frio e fechado, mas não sentia a menor motivação. Odiava ficar de mal com Irene. Queria que tudo fosse claro entre eles.

Empurrou o ombro contra o batente, colocou um prego no lugar, ajeitando-o com cuidado. Uma batida forte, mas ele entortou, e Gary sentiu o batente se mexer, saindo do alinhamento.

Fechou os olhos, encostou-se na parede e tentou se acalmar. Não era bom em nada. Sabia disso agora. A cabana era um fracasso, o mais recente de uma longa série. Muito bem. Mesmo assim precisava fixar aquele batente. Havia passado a noite ali, e fizera um frio desesperador. Não daria para viver daquele jeito no inverno.

Colocou mais uma vez o batente no lugar, apoiou-se contra ele e tentou pregar de novo. Conseguiu enterrar bem o prego, até que a madeira rachou. Retrocedeu cerca de 3 metros e atirou o martelo contra a parede. Ouviu um ligeiro eco vindo das árvores e do morro, atrás; depois um som abafado, do chão.

Adiantou-se e pegou a ferramenta. Tentou novamente alinhar e enfiar um prego, que entrou, ainda que frouxo, e quando Gary examinou a parte de trás, viu que tinha pegado apenas um pedaço pequeno da parede. Faltava firmeza por causa do ângulo. Talvez tivesse entrado 1 centímetro. Nada que fixasse de fato. A ponta ficara para fora.

Foi até a barraca de Irene, em busca de uma barra de cereais. De joelhos, esticou-se para dentro, seu rosto tão perto do travesseiro dela que podia sentir o seu cheiro. Deitou um instante, encostando a cabeça nele, e descansou. Dobrou as pernas para que ficassem dentro da barraca. Diria a ela que lamentava. O frio da manhã era como um empecilho, mas estavam perto de terminar a cabana e talvez passar o inverno juntos ajudasse-os a voltar a ser o que tinham sido.

Todavia, não desejava que ela o encontrasse daquele jeito. Pareceria fraco. Levantou-se e comeu a barra de cereais enquanto olhava para a porta e o batente.

— Que se dane — disse, por fim.

Martelou cerca de uma dúzia de pregos nas bordas, todos malpresos, muitos deles tortos ou rachando a madeira, mas em conjunto talvez prendessem o batente. No lado de dentro, viam-se as pontas afiadas dos pregos. Depois pegou a porta, de pinho simples, branca, e colocou-a no lugar. Não sabia como alinhar as dobradiças, ainda mais sem ninguém para ajudar.

A parte que não conseguia entender era como tinha ficado tão alterado. Ela o havia ajudado o dia todo — sem comida, no frio, com dor de cabeça — e ele fora impaciente. Irene suportou tudo, e eles tinham progredido bastante, mais que em qualquer outro dia. Instalaram o telhado todo. Entretanto, ela não quis fazer a última tarefa, colocar a janela. Seria coisa de 15 minutos. De repente, viu-se dizendo tudo que queria falar havia semanas, talvez anos. E sentindo prazer. Emocionante. Uma emoção física, um deleite, apesar de ela estar chorando. Como podia ser assim? Como se divertir com aquilo?

Apoiou a porta com calços e prendeu as dobradiças. Sentia o batente mexendo-se a cada martelada, sem firmeza. Seria preciso comprar braçadeiras na cidade, mas, com sorte, ficaria preso por enquanto. *Você tem de pensar que é uma pessoa boa.* Essa era a questão. E como seria uma boa pessoa se gostava de fazer Irene chorar? Havia algo de errado com ele, que precisava ser examinado. O casamento trouxera à tona o que havia de pior nele.

A janela era a próxima coisa. Não queria esperar por Irene. A moldura era fina, de alumínio, logo não arrebentaria, nem seria necessário inclinação para pregá-la. Poderiam ter feito aquilo na noite passada, em dez ou 15 minutos.

Sozinho, construindo a cabana. Essa era a verdade. O casamento era apenas outra forma de ser sozinho. Colocou o banquinho no lugar, levantou a janela, apoiando-se contra ela, encostando-a contra a parede e enfiando um prego. Segurava os outros entre os dentes. Pregou um de cada lado e soltou-a. Depois foi pregando o restante em torno.

— Isso não vai dar em nada — disse ele.

Deu alguns passos para trás e contemplou a cabana. O reflexo da cabeça de um homem, ele já havia pensado isso antes. Um espelho. Via agora que não era verdade. Só se descobria aquele reflexo quando se estava na área certa, na profissão certa, seguindo a própria vocação. Quando se pegava o caminho errado, tudo o que se conseguia criar era uma monstruosidade. Aquela era sem dúvida a cabana mais feia que já tinha visto, uma coisa malconcebida e malconstruída, do princípio ao fim. Um reflexo de como havia levado a vida, e não o do que poderia ter sido. Aquilo havia se perdido, nunca acontecera, porém não se sentia mais triste, nem frustrado. Entendia agora que era assim.

Gary deu a volta em torno da construção. Queria que a porta abrisse para fora, mas abria para dentro. Empurrou-a e prendeu-a com uma pedra, entrando pela primeira vez na cabana terminada, com telhado, janela, porta, e colocou o banco em frente à janela. Não era o que havia imaginado. Em suas visões e sonhos, o interior era aquecido, e ele se sentava em uma cadeira confortável, fumando um cachimbo. Havia um fogão à lenha, peles de urso e cabrito-montês, de carneiro, alce, lobo. Não tinha visto como era o chão, mas não era de compensado. As paredes não permitiam a entrada do ar. A cabana de sua imaginação era pequena, mas se estendia infinitamente para fora, em uma espécie de "era de ouro". As paredes corriam para fora, até encontrarem a natureza. O lago e a montanha se transformavam nela. Não havia vazio nem distância. Não havia Irene. Todas as vezes em que sonhara com a cabine, nunca a tinha visto. Não percebera isso até esse momento. Ela não estava sentada em uma cadeira ao seu lado, nem de pé diante do fogão. Não existia lugar para ela no sonho de Gary. Ele fumava seu cachimbo, sentado perto da janela, olhando para a água e estava só, na natureza. Era isso o que queria, o que sempre quisera.

A ilha não parecia boa para Irene. As árvores ficavam muito perto umas das outras, muito amontoadas. Troncos que não tinham mais de 30 centímetros de grossura, com distância de um ou 1,20 metro um do outro, todos os espaços preenchidos por galhos mortos mais baixos, arcos curvados, apontados para o chão, frágeis e quebradiços quando se passava por eles. Nunca um espaço aberto, um lugar para correr ou admirar cordilheiras e vales. Se encontrasse um alce, estaria perto o bastante para lhe tocar o pelo com a mão. Seu arco era inútil, constantemente preso entre os galhos. Ela sempre tentando desprendê-lo. Andava rápido, uma caminhada que era quase corrida. Fora feita para isso, para andar rápido ou correr pela neve e a floresta. Em uma paisagem mais aberta talvez, mas tanto no frio quanto na neve. Incontáveis gerações antes dela.

Mantinha o arco perto de si, para que não se quebrasse. Sentia-se eufórica. Procurando movimento, escutando a floresta, além das passadas e dos arranhões. O sangue correndo espesso, ecoando entre as árvores, como uma espécie de sonar. Nada poderia se esconder dela.

Estacou de repente, firmou os pés e pegou uma flecha. Retesou bem a corda, pôs a ponta encostada contra o rosto e mirou em um toco de choupo-do-canadá, a cerca de 15 metros de distância. Disparou e viu a seta cravar-se no tronco cortado. Tudo tão rápido como uma lembrança instantânea, nada que pudesse ser experimentado, só conhecido mais tarde. Irene correu até o choupo, examinou a flecha enterrada, um pouco mais clara que a casca do tronco, quase invisível, irradiando-se do toco, e se olhasse o orifício só veria a parte de trás das lâminas. Não havia como recuperá-la. Segurou de novo o arco bem perto do corpo e correu.

Exaustão. Era isso que queria. Correr até não conseguir mais. Porém, ela estava impelida por outra fonte de combustível, algo que ia além de músculo e sangue. Nunca se cansava. Percorreu toda a extensão até a praia, do outro lado da ilha; passou por tufos de relva e margens pedregosas, viu a Ilha da Frigideira, sua curva graciosa. Pegou outra flecha, mirou para o alto e disparou-a para outra floresta. Caminhou pela beira da água, caçando pedras e sombras maiores, reflexos e gelo. Tirou outra flecha e passou-a pela superfície. Tudo se desvaneceu então, oculto por ondas, e achou que ouviu o som das lâminas batendo em rochas, mas não sabia se fora imaginação.

Só haviam sobrado duas flechas, e as pouparia. Precisava outra vez das árvores e correu até sua proteção, passando por áreas de musgo, de uma para outra, subindo e descendo elevações. Tudo se estreitou, as árvores apertaram-se. Parecia livre da gravidade, pairando sobre morros, arranhada. Estava acordada havia mais horas do que podia contar, e aquilo lhe dava novas forças, tornava suas pegadas mais leves sobre a neve; o ar era algo que a impulsionava para a frente. Parecia que a ilha inteira girava, virando de cabeça para baixo, capotando. Precisava manter os pés movendo-se com velocidade para se manter ereta. Como se a ilha que tinha nascido havia tanto tempo, do fundo do lago, se erguesse até a superfície sobre uma espécie de haste, que acabara de se quebrar. Tinha muito peso em cima: morros de pedra, árvores, e tudo isso giraria até a parte de baixo ficar apontada para o céu. Molhada, escura, conhecida apenas do lago, por milhares de anos, nova para o firmamento. O que aconteceria depois? Irene, porém, não estaria mais ali.

Origens. Esse era o problema. Quando não se sabe o começo, não se pode conhecer o final, nem como chegar até lá. Perdida o tempo todo. Arremessada na vida de Gary, a vida errada.

Que aquilo não era o começo, Irene sabia com certeza. Não seria criada outra vez. E levaria Gary com ela. Esse havia sido o erro da mãe: ir sozinha. Não era certo que o pai tivesse vivido outra vida, sem esposa e filha, uma vida cortada na origem, que não se ligava de forma alguma a ela. Isso não deveria ter ocorrido, nem ter sido permitido.

Irene tinha ficado de novo acordada a noite inteira e, nas primeiras horas, chorara, revoltara-se contra Gary e sua deslealdade e injustiça. Queria castigá-lo, mas na verdade desejava aproximar-se mais. Continuar com ele, mesmo sendo algo tão errado. Tentou encontrar um caminho de volta, mas se acalmara por fim e descobrira que não existia caminho nenhum. Ele não a amava, nunca a amara, tinha apenas usado sua vida. Essa era a verdade. Nada que fizesse poderia mudar isso. Estava além de suas forças. Sentia um vácuo na cabeça, um espaço varrido pelo vento, dentro dela, e ficara deitada ali, vazia, por horas, esperando a luz do dia e, por fim, aquela euforia, um presente, o último. Chegou a parecer que a dor, ainda a atormentá-la, pressionando-a, poderia passar, prometia passar.

Partindo galhos, correndo morro abaixo, e tudo passava tão rápido, sem dar tempo de reconhecer qualquer detalhe. Conhecia aquela floresta e, se diminuísse a velocidade, poderia encontrar sinais: acônitos, com suas flores roxas, pesadas, envergando; mas movia-se com muita rapidez, correndo a pleno vapor, sem parar, sem se importar em proteger-se com os braços. Que os galhos arranhassem seu rosto.

Passadas sobre neve e musgo, a pele queimando-lhe mãos, rosto e pescoço; o céu frio e fechado sobre ela, cujo corpo tecia uma trama própria entre as árvores. Irene, o que quer que pudesse ser chamada de Irene, distanciada, calada. Aproximando-se da cabana, as pernas reduzindo a velocidade até uma simples caminhada, ficando ainda mais lentas, caçando, como já havia caçado em outros tempos com Gary, sem fazer barulho, evitando agora os galhos, abrindo caminho entre eles com cuidado, empurrando-os para o lado, sem quebrá-los. Surgindo entre as barracas, bem atrás da cabana. Ficando imóvel, tentando escutar algum movimento, um som, sem ouvir nada que não fosse a brisa leve e as ondas pequenas batendo na praia. Água e ar, e sangue, correndo mais rápido, então. Ele não estaria nas barracas, mas na cabana ou na praia. Irene pegou uma flecha e colocou-a no arco, negro contra a neve branca, caminhando em silêncio até a porta da cabana.

Viu o batente novo, preso pelo lado de fora, branco, desenquadrado, contra as toras. Sacos de entulho e pacotes de latas empilhados por todo lado. Chegou mais perto, quase na soleira, e ainda não ouvia nada. A cabana parecia maior agora; a parede de trás alta. Casca áspera, frestas, toras projetando-se mais para diante que outras. Não tinha notado antes como a superfície era irregular, vales e cordilheiras, uma paisagem feita de pontas. Aguardou na entrada, deixou os olhos adaptarem-se; estava mais escuro dentro da cabana, mas havia bastante luz entrando pela janela e pelas frestas para que pudesse observar o chão de compensado.

Não podia ainda ver a janela em si, mais à direita, bloqueada pela porta. Um espaço turvo e sem sinal de Gary.

Irene entrou, apertando o arco, pronta para atirar.

— Irene? — chamou Gary, sentado a 1 metro e meio dela, em um banco perto da janela. As rugas do rosto iluminadas em relevo. Velho.

— O que você está fazendo, Irene?

Ela deu um passo para trás. Mais difícil agora que estava ali e ele falando com ela. Gary levantou-se, as mãos abertas contra ela, os dedos em relevo àquela luz.

— Irene — disse ele outra vez.

Ela esticou bem a corda do arco, a flecha roçando-lhe o rosto.

— Eu amo você, Irene — falou ele, e, de repente, tudo ficou fácil de novo.

Disparou a flecha e a viu desaparecer no peito dele. Somente as penas pretas visíveis sobre o casaco. Gary adernou para um lado, olhando para o próprio tronco, e caiu no chão, com o rosto voltado para abaixo. A ponta da flecha e a haste apontadas para cima.

Gary chorava. Ou gritava. Emitia algum som, que pairava sobre o sangue latejante na cabeça de Irene. Ela chegou perto e pegou a última flecha. As pernas e os braços dele moviam-se, impelindo-o pelo chão em direção à parede. O que ele buscava na parede? Retesou novamente a corda, mirou as costas de Gary e disparou novamente. Outro grito; a flecha rápida demais para ser vista. De repente, estava ali, com a parte de trás apontando para o alto. Contudo, havia-o pregado no chão. Ele não podia mais rastejar. Braços e pernas ainda se moviam, mas não o levavam a lugar nenhum. Ainda estava vivo, e ela não tinha mais flechas. Gary gritava agora mais baixo, uma coisa que não soava humana. Irene deixou o arco cair, sem saber o que fazer. Ficou ali esperando que ele morresse, mas isso não acontecia. Um som horrível, como de um animal, o último que um ser vivo emite. Seu marido. Gary.

Irene saiu, caminhou até a praia. O lago era como uma ampliação do céu, branco e fechado, frio. Ela sentia-se quente, como se pudesse cauterizar água, céu, neve e até pedra. Era um gigante poderoso, capaz de esmagar montanhas e esvaziar lagos com as mãos. Andou pela praia, que parecia sua. Não sentia o vento. Tinha vontade de correr e o fez de novo, mais rápido que nunca, por pedras irregulares, poças, sem perturbar a harmonia de nada. Tinha os pés confiantes. O mundo nunca tinha sido real. Não existia gravidade, nada que a detivesse ou impedisse. Corria o quanto desejava; o mundo era uma extensão sua. As ondas, a relva, a neve, tudo aquilo havia sido criado em conjunto.

No entanto, teve que diminuir o ritmo; começou a ficar um pouco cansada. Caminhou o restante do caminho até as proximidades da Ilha da Frigideira e olhou para a praia. Sentiu necessidade de nadar até lá, atravessar a água, deixar aquela ilha, mas algo a continha. Havia mais coisas a fazer. Não terminara ainda. Deu meia-volta e retornou à cabana.

A euforia iria deixá-la, ela sabia. Era um presente, mas temporário. Podia senti-la diminuindo, dissipando-se. Correu de novo, tentando recuperá-la. Os pés escorregavam nas pedras, os tornozelos torciam-se. Produzindo um atrito agora, duro e inflexível. Não mais flutuante, os pés perdendo a confiança. Reduziu a velocidade para a de uma caminhada.

O topo das montanhas fora de vista, os cumes, seus bojos amplos. Só via os flancos, abaixo da cobertura de nuvens. Queria ir até lá. O lago estaria congelado, como na visão que tivera. Atravessaria e escalaria. Era o que deveria realizar. O que tinha feito era para acontecer mais tarde, no meio do inverno. Como podia, entretanto, esperar até lá?

Painéis de gelo ao longo de toda a margem, quebrados pelas ondas. Pequenas poças opacas. Rochas escuras, úmidas do nevoeiro ou do lago. Aquela faixa estreita, uma margem entre água e terra. Esse tempo que tinha, breve, em que tudo seria possível talvez, quando sua vida poderia ser qualquer coisa, mas sabia que só dispunha de uma possibilidade.

Quando chegou ao barco, pegou a corda, grossa, forte, de 10 metros, mais que suficiente. Caminhou até a cabana; ia devagar agora. Algo nela não queria ir.

Galhos de amieiro roçavam-lhe, caminhava pela última vez no que quase se havia tornado um caminho; a relva amassada pela passagem constante dos dois. Um lugar jamais destinado a ser seu lar, mas seu fim, desde o início. E ela concordara com aquilo, mesmo sabendo a verdade. Teria Gary sabido?

Quando ficou de novo ao seu lado, ele estava em silêncio, não se mexia mais. Não se ouvia mais aquele som que ela não desejava ouvir. Mas tudo se encontrava em paz agora. Ele parecia tranquilo, com o rosto encostado no chão.

Irene colocou o banco do outro lado da cabana, a poucos metros da parede lateral. Subiu e passou a corda por sobre uma viga. A folha de alumínio, apertada, mas podia forçá-la, empurrando-a o suficiente para dar um nó. Não sabia muito bem como fazê-lo. Não tinha visto como a mãe se desincumbira daquela tarefa. Nos filmes, era um nó grande, com muitas voltas. Ela amarrou da forma como Gary a havia ensinado a fazer no barco. Não parecia muito bom, mas teria que funcionar.

Prendeu pregos em cada um dos lados da viga, para fixar a corda e ela não escapar, colocou pedaços de madeira sobre o banco para ficar mais alta e a queda ser maior. Equilibrou-se sobre aquela pilha de forma precária, passou o nó em torno do pescoço e apertou-o bem; depois se deu conta de que era preciso que a corda ficasse solta. Desceu com cuidado, mediu-a e colocou-a de volta no pescoço. Era áspera e estava úmida. Precisava agora amarrar o lado solto em algum lugar seguro.

Olhou em volta e não encontrou nada. Nenhuma ponta de âncora ou poste suficientemente forte. Depois viu Gary e pensou em algo lindo. Amarrou a corda em torno de seu tronco. Teve de levantar a cabeça e um ombro, depois o outro. Sentia mau cheiro nele; o intestino esvaziara-se quando morreu. Cheiro de sangue também. Tudo aquilo aumentava a pressão dentro de sua cabeça; havia prometido deixá-la, mas não cumprira a promessa. Uma dor dilacerante, que a fazia trabalhar com mais urgência. Amarrou com força a corda em torno dele. As flechas impediriam que escorregasse.

Depois teve que sair de novo. Os odores eram muito fortes; a dor na cabeça. Não sabia se conseguiria terminar tudo. Era demais. Conduzir-se ao matadouro como um animal. Não sabia como a mãe tinha feito aquilo. E sob muito menos pressão. Não cometera assassinato. Para Irene, não havia escolha, mas para a mãe, ainda tinha havido uma. Como fizera aquilo?

Caminhou até as árvores. Sua cobertura era agora um conforto, um esconderijo. Andou sem rumo por entre os troncos, seguiu caminhos de musgo, quebrando a neve, fina e leve, em alguns lugares nada mais que uma poeira, coberta por galhos. Deitou-se de lado em uma área grande de musgo, encolhendo-se. Vistas de perto, como uma floresta pequena, cada ponta de musgo era grande como um galho e na forma mais perfeita. Sem curvaturas e más formações, simétricos, constituindo-se em camadas, exatamente como uma árvore, e desafiando a gravidade, em uma escala tão pequena, a ponta dos galhos reta. Centenas de árvores em miniatura erguendo-se. Irene esticou a mão e tocou uma, puxou-a para um lado e ela retornou ao lugar. Depois arrancou-a, quebrando-lhe a base; arrancou as vizinhas e destruiu a floresta.

Levantou-se e caminhou mais para dentro, em meio às outras árvores da ilha, mas não sabia onde estava indo nem o que fazia. Deu meia-volta em direção à cabana. Ao sair da floresta, parou e olhou para as barracas, o fogão colocado entre elas. O acampamento. O marido morto. Uma assassina. Era assim que ficaria conhecida para sempre. Filha, professora de pré-escola, esposa, mãe, assassina e suicida. As primeiras qualificações seriam esquecidas. Só as duas últimas lembradas. Dirigiu-se à porta da cabana, entrou e prendeu a respiração. Caminhou até o banco e a corda, passou o nó pelo pescoço e empurrou-o com o queixo. Apontou o dedo do pé em direção ao chão para ver se encostava. Tinha que haver espaço. Não podia encostar.

Levantou as mãos para segurar a corda, pendurou-se nela e ainda tocava o chão. Balançou no ar e entrou em pânico por um momento, achando que ficaria assim, sem estar completamente enforcada. Porém, alcançou o banco e soltou o pescoço. Encurtou mais a corda, o suficiente para uma boa queda.

Tinha medo de usar as mãos. Como não segurar a corda durante a queda? Impossível vencer esse instinto.

Irene saiu da cabana, foi até a barraca de Gary, onde estavam as ferramentas, e encontrou um canivete. Retornou, pôs-se ao lado do corpo, procurou a ponta da corda em torno de seu tronco, cortou um pedaço, soltou o canivete e a amarrou em torno do pulso.

Não devia ser muito difícil. Não tivera dignidade na vida. Até a própria morte de uma pessoa era atrapalhada por coisas grosseiras, pequenas preocupações. Não era justo. E a dor não fora embora. Era possível pensar que já ocorrera o bastante para eliminá-la. Irene estava revoltada, enquanto subia no banco, punha o nó no pescoço, a corda do pulso passando entre as pernas, e amarrava-a no outro pulso. Difícil dar um nó naquela posição, mas tentou fazê-lo bem forte.

Sem saída agora. Mãos amarradas, balançando-se em cima dos calços, nó em volta do pescoço. Respirando rápido e forte, em pânico, o coração apertado. Sangue e medo. Não era a calma que havia imaginado. Nenhum sentimento de paz. Não queria fazer aquilo. Cada parte sua dizia ser errado. Contudo, chutou os calços, lançou-se no ar, soltando um grito que vinha do fundo dos pulmões, de desafio. O nó fechou então e, a princípio, não parecia difícil, mas depois se cerrou com uma força terrível, todos os seus músculos retesaram-se, uma dor lancinante, a respiração parou, a garganta foi esmagada, e ela ficou balançando naquele lugar frio e vazio. As mãos, depois de tantos esforços, relaxaram, e ela jamais se perdoaria.

Rhoda seria a única a passar pela porta e ver aquilo. Irene percebeu então. Não sabia por que não havia previsto isso antes. Sentiu-se ludibriada. Estava fazendo com a filha exatamente o que fizeram com ela. Um dia frio, fechado, igual àquele, a mãe pendurada em uma viga, vestindo roupa de domingo, bege e creme, com renda, um vestido que viera de Vancouver, lembrou-se Irene, meias brancas e sapatos marrons. No entanto, o rosto da mãe, as rugas, a tristeza, o pescoço grotescamente esticado. Tudo isso não podia ser descrito. Irene via agora que não fora rápido, que a mãe deve ter tido conhecimento do que estava fazendo. Tempo suficiente para saber o que havia feito à filha.

Rhoda estava parada na praia, enquanto Mark atirava punhados de sal de rocha sobre a rampa. Como arroz num casamento. A urgência que sentia deixava-a quase sem fôlego. Tinha vontade de gritar para o irmão que se apressasse, mas sabia que não podia. Melhor ficar na beira e olhar para a água, esperando o tempo passar. Quase conseguia ver a ilha contra a outra margem do lago. A água e o ar estranhamente calmos, apenas ondas muito pequenas, nuvens baixas, mas que pareciam imóveis, ancoradas no céu. Ombro a ombro umas com as outras, grandes e escuras.

— Tem que esperar uns minutos até derreter — disse Mark. — E depois vamos.

Rhoda não conseguiu responder, nem sequer virar-se. Sabia que soaria impaciente e daria início a uma briga com o irmão.

— Logo, logo, então — falou ele. — Vou ficar na camionete.

Rhoda estava com raiva da mãe por ter dito que um dia iria ficar sozinha também. Isso era coisa que se dissesse? Ainda mais depois de ter acabado de contar a ela que iria se casar. Seu presente de casamento. A mãe, porém, era assim. Grosseira e sem se importar muito com os sentimentos dos outros. Pelo menos não ultimamente.

Rhoda estava trazendo o telefone via satélite e as baterias, mas desejava mais que isso agora. Pediria aos pais que voltassem, que saíssem da ilha. Nada ali era bom para eles.

Tudo aquilo não passava de um erro. Tinham de viver na própria casa, precisavam de outras pessoas. Rhoda iria vê-los todos os dias.

Aproximou-se da margem, uma mixórdia de gelo quebrado, empilhado pelas ondas. Novas rachaduras começando e fendas que se formariam durante todo o inverno, ao longo da praia, mas não havia muitas ainda. Trechos de água clara em torno das pedras escuras, o gelo irregular. Lago e gelo sempre se movendo. Alguns pedaços submersos, icebergs em miniatura.

Na semana seguinte, tudo aquilo teria derretido. Um clima mais quente chegando, por pouco tempo ao menos, e depois o frio de verdade se instalaria, num inverno precoce. Ela precisava convencê-los a voltar antes disso.

Mark estava com o motor do carro ligado, por causa do aquecedor, mas Rhoda ouviu-o engrenar a ré para colocar o barco na rampa. Observou-o entrando na água, escorregando pelo gelo, os pneus da camionete derrapando.

Depois segurou a corda enquanto o irmão estacionava, e viu-o aproximar-se. Usava aquele casaco cor-de-rosa idiota, da Hello Kitty, que pegara emprestado com Jason. E o chapéu russo, com abas. Cada dia era uma piada para Mark, toda a sua vida era uma piada. Estava tendo que ser simpática com ele porque precisava de ajuda.

— O que foi? — perguntou o irmão ao se aproximar. — Por que está me olhando desse jeito?

— Desculpe — respondeu ela. — Não é nada. Só estou preocupada com a mamãe.

— Certo — disse Mark, puxando o barco mais para perto e fazendo sinal com o braço para que ela entrasse. — Sua carruagem, meu amor.

— Obrigada — retrucou ela, entrando.

Fazia frio no lago durante a travessia. Rhoda colocou o capuz do casaco e virou a cabeça para evitar o vento. Não havia naturalmente mais ninguém lá. E quantos outros lagos do Alasca eram ainda mais desabitados? Quantos mais se espalhavam por vales infinitos e cordilheiras montanhosas, jamais visitados por um ser humano? O Skilak podia parecer um fim de mundo. Era fácil esquecer que era habitado, ao longo de uma estreita linha de povoados, e que tudo em volta era natureza intocada, estendendo-se por distâncias inimagináveis. O que aconteceu ali, ninguém sabia. Algo tentador, convidativo, fácil e, no entanto, a verdade era que os espaços tornavam-se muito maiores quando se entrava neles. Inóspito, frio e implacável. Até a Ilha Caribou era longe demais.

O lago crescia à medida que o atravessavam. Expandia-se como sempre e criava ilhas na outra margem, pedaços de terra a que dava forma. A curva curiosa da Ilha da Frigideira e, depois, o contorno mais sólido da Caribou. A praia de terra firme, mais baixa e alagada, região de alces, com abetos negros, raquíticos, e vegetação morta, devorada por besouros. Centenas de troncos marrons, nus, apontando para o céu, destacando-se contra o branco. Tudo passava por eles, nas águas mais calmas do lado de trás, curvando-se em direção à costa aberta, onde os pais estavam construindo a cabana. Rhoda acabaria com aquilo, trazendo-os de volta para casa. Depois se concentraria no que precisava fazer: planejar o casamento. Um promontório ensolarado e verde, projetando-se sobre o oceano azul, muito distante dali. Montanhas íngremes e cachoeiras, na baía de Hanalei, o início da costa de Na Pali. Seria magnífico. Todos estariam lá, caminhariam pelas areias mornas e macias após a cerimônia. Andando pela praia com o vestido de casamento, segurando o braço de Jim, os pais e Mark seguindo atrás, arrancando-lhe os sapatos e deixando seus pés sentirem a água tépida, o vestido arrastando-se atrás de si, sem se preocupar se molhava a extremidade. Um lugar sem preocupações, o dia que sonhara toda a sua vida, o começo finalmente.

AGRADECIMENTOS

Eu me sinto sortudo. Minha editora, Gail Winston, é brilhante. Meus agentes — Kim Whiterspoon, David Forrer, Lyndsey Blessing e Patricia Burke, da InkWell — têm uma paciência que parece nunca acabar. John L'Hereux tem sido meu mentor desde sempre. E a University of San Francisco, onde leciono, me proporcionou flexibilidade para continuar escrevendo. Também, agradeço à minha esposa, Nancy Flores, que se sentia animada antes mesmo de o livro existir, quando não havia trabalho, dinheiro, e eu vestia o mesmo suéter todos os dias do ano.

Alguns poucos amigos no Alasca foram de extrema importância, também. Especialmente Mike Dunham com o *Anchorage Daily News*; mas também Andromeda Romano-Lax e Deb Vanasse, do blog *49 Writers*; Rich King, que me abrigou em seu barco; o hilário e generoso Rob Ernst, que me ajudou em inúmeras ocasiões; e meu grande amigo Steve Toutonghi, que foi o primeiro a ler o manuscrito.

Também gostaria de agradecer a Tom Bissell, cuja resenha de *Legend of a Suicide*, no *New York Times*, é o motivo para *Ilha Caribou* ser traduzido para pelo menos oito línguas em cinquenta países, e a Lorrie Moore, que selecionou *Legend of a Suicide* para o Clube do Livro, do *The New Yorker*. Esses são momentos de generosidade que podem mudar uma vida, e eu sou muito grato.

Este livro foi composto na tipologia Garamond,
em corpo 12/15,4 e impresso em papel off-white no
Sistema Cameron da Divisão Gráfica da Distribuidora Record.